Schatten über Moabit

Jens Anker arbeitet seit über zwanzig Jahren als Redakteur bei verschiedenen Tageszeitungen in Berlin. Für den »Tagesspiegel«, die »Berliner Morgenpost« und »Die Welt« verfolgte er unter anderem die Prozesse gegen das DDR-Politbüro, den Kaufhauserpresser Dagobert, den siebenfachen Mörder Thomas Rung und den sogenannten Hoyzer-Prozess um manipulierte Fußballspiele. 2011 wurde er mit dem 1. Wächterpreis des Bundesverbandes der deutschen Zeitungsverleger für die Aufdeckung des Missbrauchskandals in der katholischen Kirche ausgezeichnet. Nach dem Doku-Drama »LaBelle – Anatomie eines Terroranschlags« (Berlin, 2002) ist »Schatten über Moabit« sein Krimi-Debüt.

Dieses Buch ist ein Roman. Handlungen und Personen sind frei erfunden. Ähnlichkeiten mit lebenden oder toten Personen sind nicht gewollt und rein zufällig.

JENS ANKER

Schatten über Moabit

KRIMINALROMAN

emons:

Bibliografische Information der Deutschen Nationalbibliothek
Die Deutsche Nationalbibliothek verzeichnet diese Publikation in der Deutschen Nationalbibliografie; detaillierte bibliografische Daten sind im Internet über http://dnb.d-nb.de abrufbar.

FSC
www.fsc.org
MIX
Papier aus verantwortungsvollen Quellen
FSC® C083411

Umschlagmotiv: photocase.com/time.
Umschlaggestaltung: Tobias Doetsch
Gestaltung Innenteil: César Satz & Grafik GmbH, Köln
Lektorat: Lothar Strüh
Druck und Bindung: CPI – Clausen & Bosse, Leck
Printed in Germany 2015
ISBN 978-3-95451-708-4
Originalausgabe

Für Anja

EINS

Und dann ist mir Staatsanwalt Strunz vor die Füße gefallen.

Den ganzen Tag über hatte ich mich durch dicke Pappordner gewühlt. Draußen kochte die Sonne die Stadt gar. Sie hatte ein Zelt aus Hitze aufgestellt. Ich saß im stickigen Amtszimmer und wälzte Akten. Das, was sie einem Azubi so gaben. Scheißfälle, in denen alles klar war. Kleine Raubüberfälle, bei denen nicht ganz so dolle Vollidioten komplette Vollidioten überführten. Tausend nichtssagende Zeugen, eine kleine Gang, ein paar Waffen waren vielleicht auch im Spiel, jede Menge Spuren. Und vor allem jede Menge Uniformierte, die alle Zeit der Welt hatten, auch das letzte Fitzelchen des Universums nach den Regeln der polizeilichen Kunst durchzuackern. Die Juristen saßen dahinter und drehten am Rad. Oder am Mühlstein. Oder führten den Taktstock. Oder machten sich wichtig. Das kann jeder sehen, wie er will.

Ich bin Jurist. Fast. Nach all dem Quatsch an der Uni muss ich mich in der Praxis bewähren. Und drei Monate lang in der Staatsanwaltschaft hocken. Das ist so Sitte bei den Rechtsleuten. Vorher darf niemand die Robe umwerfen und sein eigenes Ding drehen. Beim Gericht war ich vorher. Hinterher geht's zu den Anwälten. Keiner weiß mehr so genau, warum das so ist, aber geändert hat sich seit hundert Jahren nichts. Alles bleibt wie immer. So ist das hier.

Jedenfalls hab ich Strunz' letzten Meter im Zeitraffer erlebt. Der Körper huschte wie ein Schatten im Augenwinkel vorbei. Er schlug auf. Es gab keinen Schlag. Nur ein Knirschen. Strunz wollte diesen Aufprall nicht akzeptieren, schien mir. Sein Körper ploppte auf den Boden – und sprang wieder auf. Dabei stellte er seine Glieder in Winkel, die er ein paar Sekunden früher sicher selbst nicht für machbar gehalten hätte. Der rechte Arm verschwand hinterm Rücken, der linke stach in die Höhe, und die Beine schossen gegen die schöne Kuppel der Eingangshalle des Gerichts, als ob sie gegen die Gesetze der Schwerkraft da oben einen Breakdance aufführen wollten. Hände und Füße gingen dieses Wagnis offenbar nicht ein. Die Finger taten alles, um die Verrenkungen auszugleichen, die Füße zeigten in spitzem Winkel gegen den Boden. Strunz kam mir in dieser Phase seines Daseins sehr komplex vor. Kurz vor dem Ende zwirbelte er sich noch einmal halb um die eigene Achse. Ich glaube, er rang um die letzte Ordnung in seinem Leben, wie es sich für einen Oberstaatsanwalt gehörte, bevor er sich zur vorletzten Ruhe direkt vor mir auf die kalten Kacheln der Halle verteilte.

Die Polizei nennt das Fundort. Ich nenne das eine Schweinerei.

Wäre ich ein paar Sekunden früher gegangen, hätte mich die Sache überhaupt nicht berührt. Ich kannte diesen Strunz gar nicht. Ich wäre draußen gewesen, hätte mich aufs Rad gesetzt und wäre durch den nahenden Abend nach Hause geradelt. Vielleicht hätte ich später mit Moritz noch ein paar Bier getrunken, um meinem muffigen Justizalltag für ein paar Stunden zu entkommen. Moritz hatte es auch nicht leicht. Er hatte Germanistik und Sport studiert und machte sein Referendariat. An einer Hauptschule. Wir hätten geredet, getrunken, das Schlechte der Welt beklagt und den Mädchen zugesehen, wie sie herbei- oder davonradelten. Nichts weiter. Ein schöner Abend im Sommer, an dem wir dem Alltag den Stinkefinger gezeigt hätten. Ich wäre am nächsten Tag ins Kriminalgericht gekommen, noch ein bisschen besoffen vielleicht, und hätte mir die Geschichte angehört.

»Hast du schon gehört, Beierlein? Der Strunz ist gestern von der Empore gefallen.«

»Nee.«

»Der is einfach so runtergeklatscht. War sofort tot. Wahrscheinlich die Russenmafia, sagt Schumann. Der sitzt doch gerade bei den organisiert Kriminellen. Und unten hat er noch fürchterlich gezuckt. Im Todeskampf.«

»Hast du's gesehen?«

»Nee, aber der Schneider. Der ist immer überall dabei. Stell dir das mal vor.«

Ich musste es mir nicht vorstellen. Strunz. Bumms. Mir vor die Füße. Der Tag war gelaufen.

Dabei war die Halle des Kriminalgerichts ein ganz schöner Ort, um zu sterben. Besser jedenfalls als irgendeine Kreuzung, auf der ein volltrunkener Autofahrer nachts Maß nahm und dann, nach seinem Volltreffer, in der Dunkelheit verschwand. Oder ein Krankenhaus, in dem man zwischen Dutzenden anderen am Fließband krepierte.

Die Halle des Moabiter Kriminalgerichts war groß und würdig. Sofort hinter dem Eingangstor versiegte der Lärm, der von der Turmstraße kam. Auch wenn viele Leute da waren, blieb es still. Hinter der Sicherheitsschleuse öffnete sich die Halle wie eine geheime Grotte. Der Architekt hatte darauf gezielt, allen Gästen des Hauses ihre Kleinheit im Angesicht der Größe des Gerichts vor Augen zu führen. Obrigkeitsarchitektur heißt das wohl. Heute hatten die Besucher kein Verständnis mehr für so etwas. Sie klagten über die weiten Wege und das Wirrwarr der Flure: Wer soll denn da pünktlich zum Urteil erscheinen, wenn niemand weiß, wo Zimmer C 672 liegt? Hunderte, manchmal Tausende Menschen drängten morgens in den kalten Bau, um ihren Teil dazu beizutragen, der Gerechtigkeit hinterherzujagen. Manchmal gelang es. Manchmal nicht. Richter, Staatsanwälte, Verteidiger, Beschuldigte, Zeugen, Angehörige, Wachtmeister, Justizfachangestellte, Putzfrauen, Kantinenpersonal, Zuschauer und Polizisten – sie alle kreuzten ihre Wege, verschwanden in den Gängen, tauchten wieder auf, lachten, schimpften, schwiegen. Die heilige Justitia konnte ihnen auch nicht weiterhelfen. Sie hatte ja verbundene Augen.

An der Stirnseite schloss sich eine gewaltige Treppe an, die in alle Richtungen und in die oberen Stockwerke führte. Von der ersten Galerie aus ließ sich das Treiben am Eingang gut beobachten: die Menschen, wie sie in Erwartung eines Fehlurteils reinkamen oder wie sie, je nachdem, ob bestraft oder freigelassen, niedergeschlagen bis wütend oder glücklich wieder rausgingen. Von ganz oben aus verschwamm die Wahrnehmung. Da krabbelten die Leute dort unten nur noch rum. Hin und her. Sie verloren ihre Eigenarten. Die Glatze des Oberverwaltungsassessors Krüger blitzte genauso wie die des fiesen Zuhälters Schumann. Vielleicht rannte da nur einer der Wichtigtuer vorbei. Oder es war ein ganz Alter, der sich, weil es regnete, draußen 'ne Haube aufgesetzt hatte. 'ne schwarze Tüte.

Hier oben stand ich oft und rauchte eine Zigarette. Oder zwei. Meistens war nichts los, doch das Kommen und Gehen da unten beruhigte mich. Ich sah die Menschen, nicht die Schicksale. Die gingen mich nichts an, trotzdem musste ich darüber in den muffigen Akten lesen. Ohne es zu wollen, erfuhr ich Dinge über die Frauen und Männer in diesen Hallen. Ob der Hans seine Hilde schon länger schlug; wie viel der Otto so am Tag soff; ob der Kinderschänder Heiner auch nebenbei noch wichste. Alles Sachen, die mich nichts angingen. Die ich nie wissen wollte. Weil ich die Menschen nicht kannte. Wie sollte ich auch? Ich kannte ja nicht einmal mich selbst. Also rauchte ich hier oben und betrachtete die Leute wie in einem Film.

Von hier irgendwo muss der Oberstaatsanwalt jedenfalls seinen Abgang gemacht haben. Vielleicht ist er selbst gesprungen. Vielleicht hat jemand nachgeholfen.

Seine Sache.

Und plötzlich auch meine.

Und für die Justizniks natürlich ein dolles Ding.

Ich war gerade dabei, den Wahnsinn um mich herum zu begreifen, als die Wachtmeister vor mir standen. Sie blickten böse in der Gegend herum und hofften auf jemanden, der ihnen sagte, wo es langging.

Aber es kam keiner. Zuerst sahen sie Strunz an, dann mich und schließlich in die Richtung, aus der er geflogen gekommen sein musste. Das half nicht. Also sahen sie noch mal in die Runde. Und entschieden sich dafür, mich finster ins Visier zu nehmen. Es war ja sonst keiner da. Außer Strunz.

»Alarm!«, rief einer. Das hörte ein anderer, der an der Eingangskontrolle saß und auf das rote Knöpfchen unter der

Sichtblende drückte. Im ganzen Haus rasselte es sofort los. Ein Klang, den ich noch aus meiner Schulzeit kannte: große Pause. Und wie damals ging sofort das hibbelige Gerenne los. Die Wachtmeister und alle anderen Hausangestellten – Putzfrauen, Richter, Verteidiger, Schreibkräfte, Protokollführerinnen, Sekretärinnen und natürlich Staatsanwälte – kamen aus allen Richtungen herbeigehetzt. Als wenn es darum ging, im Hof als Erster auf der großen Schaukel zu sitzen. (Insider wissen, dass gleichzeitig alle Türen des riesigen Gerichtsgebäudes verschlossen wurden. Keiner konnte rein oder raus.)

Mir dämmerte, dass sich dieser Strunz an diesem Nachmittag entscheidend in mein Leben eingemischt hatte. Seine Hülle lag zermatscht auf den Kacheln. Das Blut lief in die geschwungenen Initialen »KCG«, die für Königliches Criminal-Gericht standen und in jede Kachel eingraviert waren. Wer wusste, wo Strunz jetzt wirklich war? Ich stand daneben. Und ringsum glotzten sie uns an.

Der Strunz war so hinüber, dass keiner auch nur auf die Idee kam, von der grotesken Szene abzulenken und vorzutäuschen, sich um den Staatsanwalt zu kümmern. Sie standen im Kreis, mittendrin Strunz und ich.

Endlich kam die Polizei. Sie deckten Strunz zu, sperrten die Halle ab und brachten mich hoch.

So ein Skandal war für Juristen im Grunde genommen undenkbar. Ein Beamter auf Lebenszeit fiel nachmittags buchstäblich vom Himmel. So etwas war im Beamtenrecht nicht nur nicht vorgesehen, sondern auch ein einmaliger Vorgang. Juristen sind schon schlimm, aber Juristen, die in einer Behörde Karriere machen, sind speziell. Sie sind Menschen auf ferngesteuerten Rädern. Wenigstens das hatte ich in meiner Ausbildung kapiert.

Also erzählte ich alles. Von unserer Seite aus fand sich so schnell niemand, der seinen Kopf hinhalten wollte. Die Zuständigkeit war ja noch nicht geklärt. Und was für die Geistlichen die heilige Dreieinigkeit ist, das ist für den Juristenbeamten die Zuständigkeit. Es ist schlichtweg nicht vorstellbar, dass jemand die Initiative ergreift, ohne zuständig zu sein.

Die Jungs von der Polizei sehen das nicht so eng. Da ist jeder zuständig, der dem Verbrechen gerade ins Auge sieht.

Am liebsten hätten sie mich gleich hopsgenommen. Ein toter Oberstaatsanwalt. Ein Azubi daneben. Das stank. In der Dauerfehde zwischen Polizei und Justiz witterten sie einen schnellen Knock-out. Am Ende sahen sie ein, dass ich Strunz nicht gleichzeitig oben runtergeschubst und unten in Empfang hätte nehmen können, und ließen von mir ab.

Außer mir gaben nur noch ein paar Wachtmeister ihren Senf zur frisch eröffneten Akte. Der Rest war Angelegenheit des Spurentrupps.

Es war dunkel, als ich das Gericht verließ. Vielleicht halb elf.

***

Am nächsten Morgen lagen die Flure verlassen wie immer da. Auch die Halle strahlte ihre verlässliche Stille aus. Die Kripo hatte die ganze Nacht gearbeitet. Nichts war mehr abgesperrt, kein Tröpfchen Blut hing zwischen den feinen Rillen der Kacheln.

Gut so.

Ich sah mich um. Morgens schien mir das Licht in der Halle heller, weißer, durchsichtiger. Am Nachmittag schlich sich eine bläuliche, leicht staubige Kälte ein. Die Treppe schlug Schatten. Die Symmetrie des Raumes ging flöten. Vielleicht lag es daran, dass hier im Lauf eines Tages so viele Lügen und Dreck durchwaberten.

Ich stieg die Treppe hinauf. Mein Zimmer lag am Ende des großen Querflures im zweiten Stock. Es trug die stolze Nummer 306. Das hatte mir von Beginn an gefallen. Weil es so unauffällig zwischen der 305 und der 307 lag. Früher war mein Zimmer wahrscheinlich eine kleine Besenkammer gewesen. Oder die Ankleide des Oberamtsgerichtsdirektors. Oder es war ein kleines Folterzimmerchen. Im Namen der Gerechtigkeit natürlich. Mit dicken Wänden, damit es nicht so lärmte. Und unauffällig, damit die Ankläger nicht so weit zum plötzlich Geständigen laufen mussten.

Jetzt war es jedenfalls das Zimmer für den Azubi. Ich konnte mit meinen ausgestreckten Armen die beiden Seitenwände berühren. In der Länge hatte es vielleicht vier Meter. Ein Schrank stand rechts an der Wand. Ich hatte keine Ahnung, was darin aufbewahrt wurde. Der Schlüssel fehlte. Vor dem Fenster stand der Schreibtisch. Links hing ein Poster, das von früher stammte. Ich kannte es noch aus meiner Kindheit: Eine Blondine machte auf einem Motorrad Werbung für die Polizei. Sie trug Ringelsöckchen und Hotpants. In ihrer linken Pobacke steckte ein Dartpfeil. Die Polizei – ein Volltreffer, wollte das Plakat wohl mitteilen.

Das Tolle daran war, dass irgendjemand einen echten Pfeil in die Backe gebohrt hatte, der da bestimmt schon ein Jahrzehnt steckte, so verstaubt ragte er heraus. Ich ließ ihn drin und hoffte, dass auch mein Nachfolger ihn stecken lassen würde. So waren wir alle, die in diesem Zimmer saßen, Teil einer kleinen, albernen Tradition.

Als ich kam, lagen ausnahmsweise keine neuen Akten auf dem Schreibtisch. Ich setzte mich und versuchte, die Kontrolle wiederzugewinnen: Ich war in meiner Bude unverletzt und allein aufgewacht. War aufgestanden und zur Arbeit gefahren. Nur der Kopf schmerzte. Ich hatte versucht, die Aufregung mit schlechtem Wein runterzuspülen.

Die Ruhe im Haus hätte mich stutzig machen sollen. Aber ich war ja noch ein Neuling im Justizgetriebe. Egal. Ich hielt meinen Kopf in den Händen, sah aus dem Fenster und dachte nach.

Okay. Die Staatsanwaltschaft war im Prinzip besser als der trockene Kram beim Kammergericht oder im Amtsgericht Trallala. Hier ging es um echtes Blut. Aber das System war das gleiche. Die Staatsanwälte sind so etwas wie die Verlierer unter den Juristen. Wer keine andere Idee hat, wird Staatsanwalt – und nimmt sich dann umso wichtiger. Das Wort kam mir schon schwer über die Lippen: Staats-an-walt-schafft. Das schafft einen. Wirklich. Vor allem im Sommer. Sechs Wochen hatte ich hinter mir, zehn noch vor der Brust.

Das Knallen der Bürotür holte mich aus meinen Träumen.

»Da is Musike drin«, sagte Oberstaatsanwalt Weber, mein Ausbilder.

Mindestens dreimal am Tag sagte er das. Dabei zog er jedes Mal die Augenbrauen hoch, als wenn er eine Weisheit des Laotse verstanden hätte. Weber war Mitte fünfzig, ein bisschen dick, ein bisschen klein und ein bisschen schwammig im Gesicht, wie ich fand. Die Justiz hatte sich im Lauf der Jahre seiner Persönlichkeit bemächtigt. Weber und die Staatsanwaltschaft waren eins geworden. Dabei hatte er sein Äußeres vernachlässigt. Er trug einen Bauch vor sich her, ohne allerdings richtig fett zu sein. Sein Körper hatte eine Birnenform angenommen. Sein Hals drohte hinter einem Doppelkinn zu verschwinden, sollte er sich weiter so gehen lassen. Weber trug graue Stoffhosen, karierte Hemden – jetzt im Sommer kurzärmlig –, die er unordentlich in die Hose stopfte, und eine etwas dickrandige Brille. Nur freitags ließ er sich manchmal in einer Jeans blicken, um das Wochenende einzuläuten. In den Schilderungen der Kollegen schwang trotz seiner plumpen Art ein ziemlich großes Stück Anerkennung mit, die ich mir nach den ersten Wochen in der Lehre meines Ausbilders noch nicht abringen konnte. Er war so etwas wie der Platzhirsch hier.

»Da is Musike drin«, sagte er also und zog seine Augenbrauen hoch.

»Jetzt kannste mal sehen, wie wir hier so richtig arbeiten.«

Und:

»Jetzt is Schluss mit dem Pipikram. Den Strunz übernehmen wir.«

Weber blieb kurz in der Tür stehen und grinste mich an. Er hatte offenbar etwas auf dem Herzen.

Er löste sich vom Rahmen, schlängelte sich durch mein schmales Büro und setzte sich auf den Tisch. Dann blickte er aus dem Fenster und betrachtete zufrieden die zwei oder drei Schäfchenwolken am ansonsten hellblauen Himmel. Schließlich nickte er mir väterlich zu und ging. Ich wurde das Gefühl nicht los, dass er mich in diesem Moment auserkoren hatte, an seiner Gedankenwelt teilhaben zu dürfen. Vermutlich hatte er schon länger nach einem Opfer Ausschau gehalten, dem er seine gesammelten Weisheiten ungefragt eintrichtern konnte.

Eine beklemmende Vorstellung.

***

Das Ergebnis des Obduktionsberichtes lag schnell auf Webers Schreibtisch. Strunz war wohl an den Folgen seines Aufpralls gestorben. Die Liste der Mediziner wies vielfältige Knochenbrüche und Risse der Organe auf. Jedenfalls hatte Strunz keine Schmerzen gehabt, nachdem er unten angekommen war. Ob ihn oben noch jemand gewürgt, geschlagen oder gestoßen hatte, ließ sich nicht mit letzter Sicherheit sagen. Die Rechtsmediziner zweifelten daran, wollten aber auch nichts ausschließen. Erschossen wurde er jedenfalls nicht.

Auch an der Kleidung fanden sie keinerlei Spuren von Gewaltanwendung. Strunz hatte einen schwarzen Anzug unter seinem Talar getragen. Niemand hatte eine Antwort darauf, was Strunz zu diesem Zeitpunkt oben auf der Empore wollte und warum er einen Talar trug, den Staatsanwälte normalerweise ablegen, sobald sie den Gerichtssaal verlassen.

Auffällig war allein ein dreimal zusammengefalteter Zettel, der sich in der Innentasche seines Jacketts fand.

Weber fingerte den Zettel aus der Klarsichthülle und hielt ihn hoch. Dann holte er ihn wieder runter und faltete ihn mit routinemäßigem Gleichmut auf. Er hob die Augenbrauen für einen kurzen Moment und senkte sie sogleich wieder. Dabei stieß er ein leises »Pfhhhh« aus.

Pieper?
Legende?
Auto?

Die Notiz war mit hartem Bleistift in feinen Linien geschrieben.

»So etwas wie eine Gleichung«, murmelte Weber und hielt mir den Zettel vor die Nase.

Ich wich zurück.

»Pieper, Legende, Auto«, wiederholte Weber. »Was das wohl bedeuten mag? Hat es überhaupt eine Bedeutung?«

»Ein Ansatz«, sagte ich.

Weber schob den Zettel wieder in die Folie zurück. »Komm mit.«

Die Uhr zeigte auf zwölf. Mittags trommelte er seine Abteilung zusammen, um die Arbeit zu besprechen. Es herrschte eine unterdrückte Aufgeregtheit, als Weber, mich im Schlepptau, den Raum betrat. Zwei Kollegen standen am Fenster, eine Kollegin saß auf dem Stuhl hinterm Schreibtisch, der vierte stand an der Wand.

»Es geht los, meine Herren«, sagte Weber zur Begrüßung und nach einer kurzen, aber gewollten Pause: »Und meine Dame natürlich auch.«

Niemand lachte über diese Männerallüre, die sich im Lauf der letzten Dienstjahre Webers offenbar abgenutzt hatte.

Alle hatten längst gehört, dass unsere Abteilung den Fall Strunz übernahm. Aber es fehlte noch die offizielle Bestätigung des Chefs, die Weber in zwei weiteren knappen Sätzen sogleich lieferte. Erst danach setzte er sich an den Tisch, die Kollegen rückten näher, und es ging an die Einzelheiten.

»Strunz ist wichtig.« Weber sah in die Gesichter seines Staatsanwälte-Teams. »Deswegen gilt es, keine Zeit zu verlieren.«

Er verteilte Arbeitsaufträge. Das Team war eingespielt, niemand hatte trotz der knappen Anweisungen Fragen. Mir blieben die unterschwelligen Signale verborgen, die er an seine Untergebenen aussandte. Offenbar hatte sich ein Code der Eingeweihten herausgebildet, der für Außenstehende schwer zu entschlüsseln war. Weber kam mir in diesem Moment wie Käpt'n Ahab vor. Alles war darauf ausgerichtet, den großen Moby Dick zu fangen. Nach kaum zehn Minuten war das Treffen auch schon beendet. Du das. Du das. Und du das. Zack, zack! Fertig. Die konzentrierte Arbeitsatmosphäre beruhigte und beunruhigte mich zugleich.

Ich hätte mich jetzt gern weiter mit dem merkwürdigen Zettel aus Strunz' Hose befasst, aber der Alte hatte anderes mit mir vor.

Weber lud mich in seinen Dienstwagen. Er hatte seine gute alte Justizmaschine angeschmissen, und sie begann zu rattern, ein wenig stotternd zwar, aber zuverlässig. Das musste ich Weber lassen, ihn hatte das Jagdfieber gepackt, und er legte, ohne zu zögern, los. Er hatte seine Leute zusammengerufen und ausschwärmen lassen, jeden – »und wenn ich sage jeden, dann meine ich jeden« – Menschen ausfindig zu machen, der sich zur Tatzeit im Justizpalast befunden hatte. Natürlich war das unmöglich. Vor allem aber war es hoffnungslos.

Aber es war ein Anfang.

»Das beschäftigt sie eine Weile«, sagte er. »Wir fahren zu Pieper.«

Weber legte mir die Akte wortlos auf den Schoß, nachdem ich mich angeschnallt hatte. Martin Pieper gehörte nicht zu denjenigen, die da gewesen waren, als Strunz von der Galerie fiel. Er war das Opfer in Strunz' letztem Fall. Und sein Name stand als Erstes auf dem Zettel. Es ging schneller voran, als ich dachte.

»Das musst du dir merken, mein Junge«, sagte Weber. »So einen Fall musst du immer von vorne und von hinten angehen.«

Ich blätterte in dem Papierhaufen.

»Vorne, das ist der Moment, in dem der Fall losgeht. Also der Tod unseres geschätzten Kollegen Strunz. Er hat an diesem Fall schon ein paar Wochen gearbeitet, wurde aber nicht besonders schlau daraus. Es war sein letzter. Deswegen setzen wir da an.«

»Und hinten?«

»Ja, genau. Das ist etwas anderes. Da musst du suchen, wo ein Bruch stattgefunden hat. Etwas Einschneidendes. Das ist bei Strunz ganz einfach. Die älteren Kollegen kennen die Geschichte. Aber das erzähl ich dir später. Jetzt ist das hier erst einmal wichtig. In acht von zehn Fällen lässt sich so ein Fall lösen, wenn man direkt an die Tat rangeht. Das hier ist sein letzter Fall, und der stinkt ein bisschen. Würde mich nicht wundern, wenn da was faul wäre. Aber lies selbst.«

Er tippte mit den Fingern auf den Deckel und nickte mir

aufmunternd zu. Danach ließ er mich die Akte lesen und lenkte den Wagen besonnen durch den Verkehr.

In Webers Augen mochte ich zwar ein ahnungsloser Anfänger sein, dennoch erkannte ich schon beim ersten Überfliegen, dass das ein merkwürdiger Fall war, an dem Strunz da gearbeitet hatte.

Die Angelegenheit hatte sich mitten am Tag auf dem Potsdamer Platz zugetragen. Eine Zeugin hatte gesehen, wie zwei Männer aufeinandertrafen, kurz miteinander sprachen, bevor einer von beiden ein Messer zog und sein Gegenüber damit am Hals traf. Die Frau sprang sofort bei, der Täter flüchtete. Pieper blutete fürchterlich, aber er überlebte. Das Messer hatte seine Halsschlagader knapp verfehlt.

Das Merkwürdige begann danach: Pieper schwieg. Außer seinen persönlichen Angaben machte er keine Aussage. Er bat nicht um rechtlichen Beistand oder Hilfe von anderer Seite. Auch bei der zweiten und dritten Vernehmung sagte er kein Wort zu den Umständen seines kurzen Zusammentreffens mit dem Unbekannten, das ihn fast das Leben gekostet hätte. Ein Opfer, das den Täter deckte.

Das kleine Dossier enthielt auch biografische Angaben zu Pieper. Seltsamer Typ. Abgebrochenes Studium. In der Wirtschaft als Dienstleister unterwegs. Berater. Mit Beraterverträgen. Inhaber einer Agentur. PR, Beratung, Anbahnung. Der übliche Bauchladen für freiberufliche Krauter im Fahrwasser der Wirtschaftstanker.

»Das Bürschchen nehmen wir jetzt mal ein wenig in den Schwitzkasten«, sagte Weber, als ich den Stapel wieder auf meine Oberschenkel fallen ließ.

Wir rollten im Strom des Vormittagsverkehrs nach Süden, bis wir irgendwann am Hermannplatz ankamen. Weber fuhr zielstrebig, ohne zu übertreiben. Als wir in die Friedelstraße einbogen, verlangsamte er die Fahrt und sah sich um. Wir waren angekommen. Ein paar Häuser strahlten schon im neuen, frisch sanierten Einheitslook. Weiter hinten war es noch nicht so weit. Die Spekulanten arbeiteten sich langsam voran. Die Brandmauern ragten noch in braunem Backstein der Sonne entgegen, der Putz blätterte von den Fassaden der Häuser.

Weber parkte seinen Wagen selbstbewusst direkt vor einer Einfahrt. Eine Wanne der Polizei stand bereits ein paar Meter weiter vorn und wartete auf uns. Es blieb aber Chefermittler Weber vorbehalten, nachdem wir ausgestiegen waren und die Gegenseite begrüßt hatten, mit dem Zeigefinger auf Piepers Klingel zu drücken.

Pieper wohnte im ersten Stockwerk. Weber klingelte. Wir anderen standen daneben und starrten auf den Klingelknopf.

Pieper öffnete nicht.

Weber nickte und überließ den Kollegen den Vortritt. »Gefahr im Verzug« war für Weber ein sehr dehnbarer Begriff.

Zwei Minuten und zwei aufgebrochene Türen später standen wir in Piepers Wohnung. Die Beamten durchsuchten die drei Zimmer in stiller Routine. Ich wartete im Flur. Eine kleine Wohnung für so einen Wirtschaftsheini. Ich dachte immer, diese Leute hätten einen Hang zum Geldverdienen. Pieper offenbar nicht. Zwei Zimmer, Küche, Bad und eine Abstellkammer. Ordnung gehörte nicht zu seinen Stärken. Im Wohnzimmer lagen mehrere Stapel Zeitschriften und Computerausdrucke auf dem Boden. In den Regalen drängten sich die Bücher aneinander. Auch die Freiräume darüber waren vollgestopft. Pieper legte keinen Wert auf Statussymbole. Ich erkannte keine Einrichtungsgegenstände von Wert darin. Jedenfalls entdeckte ich nichts, was ich mir unbedingt in die eigene Wohnung hätte stellen wollen.

Pieper hatte im Flur ein paar Fotos von sich in den Rahmen des Spiegels gesteckt. Sie zeigten ihn mit seiner Fußballmannschaft, auf dem Empire State Building in New York, in einem Büro vor dem Computer und auf irgendeiner Wiese in die Kamera lachend.

»Schön, nicht?«, sagte Weber, der sich hinter mich gestellt hatte. Er nahm das Bürobild aus dem Rahmen und betrachtete es.

»Junge, nimm es schon mal mit und warte unten auf mich. Du bekommst einen Sonderauftrag.«

Er kniff sein rechtes Auge zu und bedeutete mir mit einem Nicken zu gehen. Im selben Moment drehte er sich um, zog seine tief hängende graue Stoffhose hoch und schlenderte zurück ins Wohnzimmer, wo die Kollegen der Polizei unter seiner Aufsicht freudlos, aber gewissenhaft ihrer Arbeit nachgingen.

Vor der Tür drehte ich mir eine Zigarette. Als ich die Kippe auf dem Boden zertrat, kamen die ersten Beamten auch schon aus der Wohnung zurück. Der erste trug eine externe Festplatte unterm Arm und verstaute sie im Transporter, der nächste hatte Piepers Laptop dabei, der dritte das Werkzeug, mit dem sie die Türen wie Konservendosen geöffnet hatten. Es folgten Kisten voller Papierkram. Weber kam als Letzter.

Wir sahen den Kollegen beim Wegfahren zu. Weber wirkte gedankenverloren. Er sah auf den Boden. Und wieder hoch.

»Du hast doch früher sicher auch Sport getrieben«, sagte er, ohne mir Zeit zum Antworten zu lassen. »Dann weißt du auch, worum es im Kern dabei geht.« Er schob sich einen Kaugummi in den Mund und wischte sich mit dem Handrücken den Schweiß von der Stirn. Die Blätter an den Bäumen flirrten in der Sonne. Aber hier unten war kein Wind zu spüren.

Sport. Wettkampf. Sich messen.

»Dabei sein ist alles?«

Weber lachte auf.

»Was hast du gemacht, Ballett?« Die Vorstellung amüsierte ihn. Er grunzte ein wenig in sich hinein.

Na komm schon, den Punkt hast du billig kassiert, dachte ich. Sag doch einfach, was du willst.

Wir schwiegen ein paar Momente lang.

»Sieg. Oder Niederlage. Es geht ums Gewinnen, Junge. Sonst nichts. Dieses Gerede vom Dabeisein, das hat mich schon immer genervt. In Wahrheit geht es darum, den Gegner zu besiegen. Besser zu sein. Irgendwie.«

Er musterte mich kurz, dann legte er den Körperschwerpunkt nach vorn und lud mich mit einer knappen Geste ein, ihm die Straße entlang zu folgen.

Okay.

Die Wärme strahlte von den Häusern ab und machte es noch unerträglicher. Entsprechend gemächlich setzte Weber einen Fuß vor den anderen. Wir waren allein. Die Leute mieden es, in der Mittagshitze das Haus zu verlassen.

»Und so ist es bei uns auch«, sagte er nach einer Weile. »Es geht nur darum, dass Spiel zu gewinnen.« Er sah zufrieden vor sich auf den Boden, den Kaugummi langsam zwischen den Kiefern malmend.

»Ich verstehe.«

»Nein. Es geht um etwas anderes. Das ist so ein internes Ding. Zwischen der Polizei und uns. Wir ziehen alle am gleichen Strang. Klar. Aber wir sind oben und die sind unten. Die Staatsanwaltschaft ist die Herrin des Verfahrens. Das darf niemand in Frage stellen. Bei Strunz schon gar nicht. Das ist unvorstellbar, dass die Polizei uns hier abhängt. Und in unserem Teich fischt. Das muss so sein. Da gibt es kein Aber.«

Okay. Kein Aber.

»Aber liegt es überhaupt in unserer Hand?«

Weber stoppte. Atmete tief ein. »Besser. Wir müssen besser sein.«

Er zögerte.

Ich zögerte.

»Besser als was?«, fragte ich.

Er spuckte den Kaugummi aus und versuchte, ihn mit dem Fuß auf die Straße zu kicken. Er verfehlte ihn knapp.

»Ich verstehe«, sagte ich.

»Gut.«

Auf der Rückfahrt redeten wir nicht viel. Ich ließ das Seitenfenster runtersurren und genoss den Fahrtwind. Schweigend betraten wir das Justizgebäude, gingen an der Schlange der Wartenden vorbei und zeigten flüchtig unsere Dienstausweise. Grußlos trennten sich unsere Wege, als Weber in sein Chefzimmer und ich in die Ausbildungsbutze verschwand.

Ich schmiss den Computer an und dachte nach, während er hochfuhr.

Pieper. Legende. Auto.

Okay. Pieper war Pieper. Legende war das Rätsel. Aber was bedeutete Auto?

Wie war Strunz auf diese drei Begriffe gekommen, was war daran so wichtig, dass er sie auf einen Zettel schrieb und bei sich trug, und welchen Sinn ergaben sie? Er musste mehr gewusst haben, als er sie notiert hatte.

Irgendwo musste der Schlüssel bereitliegen, das Rätsel zu knacken. Aber Strunz hatte uns nicht den Gefallen getan, ihn mitzuliefern.

Bis es so weit war, mussten wir uns mit dem Pieper-Ansatz begnügen.

Ich sah den ersten Pfeiler in den matschigen Boden dieses – meines ersten großen – Falles gerammt. Es fühlte sich gut an. Das nervöse Kribbeln stand in merkwürdigem Widerspruch zur tristen, staubtrockenen Umgebung meines Zimmers. Aber es machte es ein wenig erträglicher.

Bis ich den Atem Webers hinter mir spürte.

»Hahaha«, rasselte er mir ins Ohr. Und nahm mich mit in sein Büro. Schob einen der Besuchersessel an die Seite seiner Trutzburg, seinen mit billigem Furnier beschichteten Schreibtisch, und beschied mir, mich zu setzen. Es war wohl als nette Geste gemeint, mich ein Stück näher an seinen Machtapparat heranzubringen und die Dinge aus seiner Perspektive erleben zu dürfen.

Es stellte sich als Flop heraus. Meine Knie stießen an die Seiten seines Tisches, als ich näher rückte, um meine Arme abzustützen. Es gelang nur zum Preis, eine bescheuert steife Körperhaltung einzunehmen.

Weber grinste. Er hatte das wohl genauso geplant. Sein plötzlich in die Höhe schnellender Zeigefinger stoppte mich darin, nach einer passenden Antwort zu suchen. Er hatte Schritte gehört, die ich erst jetzt wahrnahm.

Ein leises Klopfen. Weber nickte. Die Tür öffnete sich, als ob jemand sein Nicken röntgenartig wahrgenommen hätte. Noch so eine Demonstration der Macht.

Die beiden Männer trugen ein paar Akten unter dem Arm und setzten sich ungefragt auf das Sofa in der Besucherecke.

»Das ist ein kleiner Teil dessen, was wir in seinem Büro gefunden haben«, sagte der erste.

»Wirklich nur ein sehr kleiner Teil«, assistierte der zweite.

Sie hatten sich Strunz' Büro vorgenommen und das Material gesichtet und berichteten abwechselnd davon. Alles einte nur eines: Strunz hatte sämtliche Blätter mit allerlei Bemerkungen an den Rändern versehen.

Die Männer warfen uns einen Stapel auf den Tisch. Seht selbst nach, sollte das wohl heißen.

Strunz' Schrift hatte etwas Manisches, penetrant Beharrliches. Überall wimmelte es von seinen Notizen. Knappe Kommentare, akkurat an den Rand gesetzt. Und immer mit diesem knallharten Bleistift, der die Worte mehr in das Papier ritzte, als dass er sichtbare Spuren hinterlassen hätte. Aber immer kontrolliert. Nichts war einfach so hingeworfen. Oder gekritzelt. Hier hatte jemand hoch konzentriert jeden Buchstaben in die Unterlage gemeißelt.

Genau! Das passt.
Am 24.3. in Baden-Baden.
Und am 25. zurück in Amsterdam.
Geldströme überprüfen!

Kein Detail, das Strunz nicht interessiert hätte. Bewundernswert und abschreckend zugleich. Verbissen.

Dieses wahnhafte Sezieren war nichts für mich. Eine ziemlich kluge Freundin hatte mir einmal gesagt: Manchmal ist es vernünftiger, unvernünftig zu sein. Aber Strunz war da ganz anders. Dieses konsequent strukturierte Vorgehen einiger Menschen war mir schon immer suspekt gewesen. Wie an einer unsichtbaren Schnur gezogen, machten sie stets das Vernünftige. Mir war die Vernunft dagegen eher verdächtig. Um ehrlich zu sein, auch meistens zu anstrengend. Langweilig sogar.

Insgesamt hatte Strunz sechs Fälle in seinem Büro archiviert, die allesamt mit der Arbeit in seiner Abteilung nichts zu tun hatten. Es schien sich um eine Art Privatarchiv zu handeln. Ganz hinten befand sich ein schmaler Schnellhefter. Er bestand nur aus wenigen Seiten. Eine Liste, die die Namen der mutmaßlichen Täter in ungeklärten Fällen der vergangenen Jahre dokumentierte. In der ersten Spalte hatte er die Namen alphabetisch zusammengefasst, in der zweiten die jeweiligen Tatorte.

Ich erkannte keinen Sinn darin. »Birksen«, »Falck«, »Jameson« hießen die Protagonisten dieser Sammlung. Sie alle waren in verschiedenen Fällen in Verdacht geraten oder als Zeugen rund um Straftaten gefragt gewesen. Als die Ermittler ihnen aber auf die Spur kamen, waren sie verschwunden. Spurlos. Die Angelegenheit verlief wie in solchen Fällen üblich. Die Polizei schnüffelte ein wenig herum, dann beerdigte die Staatsanwaltschaft den Fall still und im engsten Familienkreis.

Ich zog den obersten Hefter hervor. Der Fall hatte sich in Mailand zugetragen, vor sieben Jahren. Der ehemalige Mitarbeiter eines Biotech-Labors war in Verdacht geraten, einen Einbruch in ebendiesem Labor verübt zu haben. Wenige Wochen zuvor war er bei dem Versuch gescheitert, einen bestimmten Virenstamm aus dem Labor zu schmuggeln, und entlassen worden.

Auch in Wien war jemand unter falschem Namen unterwegs gewesen, erfuhr ich im zweiten Hefter. Hier allerdings als Lobbyist, der die Regierung davon überzeugen wollte, die Zulassungsbeschränkungen für neue Medikamente zu lockern. Als er damit scheiterte, tauchten kompromittierende Informationen über den Gesundheitsminister in der Öffentlichkeit auf. Er hatte riesige Summen von Pharmakonzernen für Beraterverträge erhalten, ohne zu beraten. Der Rücktritt war unvermeidlich. Doch der Lobbyist war verschwunden, seine Existenz entpuppte sich bei näherer Betrachtung als Seifenblase.

In Stockholm war es ähnlich verlaufen, dieser Fall hatte sich vor drei Jahren zugetragen. Strunz hatte noch einen Mord in Lyon, gefälschte Studien in Basel und einen Korruptionsskandal in Leverkusen zusammengetragen. Überall waren seine Notizen an den Rand gekritzelt. Es kam mir fast trotzig vor. Es schloss sich eine Lose-Blatt-Sammlung an, Zeitungsartikel, kopierte Rechnungen, Auszüge aus Geschäftsberichten.

War Strunz also ein Spinner gewesen? Oder rang er um Selbstbehauptung durch Akribie? Solche Leute manövrierten sich regelmäßig ins Abseits. Niemand steht auf Buchhaltertypen, die mit harten Bleistiften unterwegs sind.

Wie belanglos hätte wohl mein Leben ausgesehen, wenn Strunz es auf diese Weise durchgearbeitet hätte? Wie er meine kleinen und großen Fehler aufgestöbert und zusammengetragen hätte. Untereinander in das Papier geritzt. Nein. Das hätte ich nicht gewollt.

Geheimnisse sollten Geheimnisse bleiben.

Das sah Weber offenbar genauso. Er dankte. Und Team eins verschwand. Die anderen waren auch nicht weiter. Nicht einmal Pornoseiten hatte Strunz im Internet besucht. Jeweils um sieben Uhr dreißig hatte er das Gebäude betreten, sich vier Minuten später am Computer angemeldet – und die Mails gecheckt. Ansonsten war er offline geblieben. Hatte ein paar Telefonate geführt. Auch mit seiner Ehefrau. Pünktlich um sechzehn Uhr dreißig hatte er ausgecheckt.

»Post?«

»Nichts.«

»Besuche?«

»Negativ.«

Weber nickte zufrieden und rieb sich die Hände.

»Da is Musike drin.«

ZWEI

»Das is 'ne Scheißgeschichte«, sagte Moritz, nachdem ich alles erzählt hatte. »Aber geil.«

Wir tranken Bier. Der Wind wehte einen Hauch von Kamelscheiße aus dem Zoo herüber. Wir saßen im Biergarten vom Schleusenkrug. Die Sonne ging hinter den schattenspendenden Kastanien weiß glitzernd in Würde unter. Alle Tische waren besetzt, die trockene Hitze machte die Leute durstig.

»Pass auf, Robert«, sagte er. »Die dreh'n das Ding so, dass du am Ende der Arsch bist.«

»Ich weiß nicht«, sagte ich.

Ich wusste wirklich nicht. Ich trank schnell. Um die Unruhe in mir zu betäuben. Ich holte noch eine Runde Bier. Und noch eine. Dann war Moritz dran.

»Ich meine, hier geht es nicht um irgendeinen Scheiß, sondern um Leben und Tod. Der Typ ist da einfach runtergeklatscht. Das ist kein Spiel, sondern echt.«

»Das ist echt. Ja.«

»Mann, und was da alles hinten dranhängt. Die Bullen. Der ganze Apparat.«

»Und ich sitz mittendrin in diesem Scheißkrimi.«

»Jau. Sieh's doch mal so: Wer kann schon von sich behaupten, in einem Krimi mitzumachen? Du siehst das jetzt alles von innen. Das ist doch irre. Du hast 'ne Hauptrolle. Irgendwie wollen wir doch alle eine Hauptrolle. Und die haste jetzt.«

»Hey, ich will aber keine Hauptrolle in dem Stück ›Oberstaatsanwalt Strunz klatscht auf die Scheißkacheln im Moabiter Kriminalgericht und ist tot‹ spielen. Ich will wenigstens gefragt werden, ob ich eine Rolle will.«

Moritz beobachtete mich. Er wollte in mich reinsehen. Ergründen, was geschehen war. Was die Ereignisse der vergangenen Stunden bei mir ausgelöst hatten.

Wie Billardkugeln hatten sich unsere Lebenswege zufällig gekreuzt. Wir hatten nie viel über unsere Freundschaft geredet.

Das richtige Maß an Nähe und Distanz hielt das Magnetfeld zwischen uns zusammen.

Ich glaube, wir waren einfach froh, einen anderen Menschen getroffen zu haben, mit dem wir auf einer Wellenlänge waren, ohne uns gegenseitig den Raum zum Leben zu nehmen und in irgendwelche Wettrennen einzusteigen, wer wo die Nase vorn hatte oder nicht. Jeder von uns beiden verfolgte seinen Weg, mehr oder weniger ernsthaft und mehr oder weniger orientierungslos. Da war dieses Gefühl, nicht mehr irgendwie im Sandkasten zu spielen, sondern endlich dabei zu sein, bereit, die Welt aus den Angeln zu heben, und gleichzeitig keine Ahnung zu haben, was da draußen eigentlich los war.

Ich hatte Moritz vor ein paar Monaten auf einer Uni-Party kennengelernt. Ich glaube, es war bei den Lateinamerikanisten. Die machten die coolsten Partys. Das war so etwa, als ich mit der Uni fertig war und in die Tretmühle wechselte und Moritz seinen Job an der Hauptschule angetreten hatte.

Er brachte zwei neue Biere.

»Mann, das is ein geiler Sommerabend, und wir tun so, als ob hier grad Tschernobyl hochgeht. Ich meine, das is 'ne Geschichte. Vielleicht 'ne Scheißgeschichte. Aber eben nur 'ne Geschichte. 'ne andere Geschichte is, dass wir hier im Wald sitzen, zusammen mit hundertsiebenundfünfzig Leuten, die auch was erleben in ihrem Leben, sich auch was zu erzählen haben und darüber nicht schwermütig werden. So is das nun mal.«

Er prostete mir zu.

»Was ist das jetzt für eine Ansage?«

Ich fühlte mich nicht ernst genommen. Aber Moritz hatte ja recht. Da lag sie also direkt vor uns, die große weite Welt. Und nach dem ersten Staunen musste man feststellen, dass es hier auch nicht anders war. Überall tummelten sich diese Typen herum, die meinten, alles besser zu wissen und die Schlausten zu sein. Die sich immer in die erste Reihe drängten und »Hier« schrien, wenn es etwas zu verteilen gab.

Die Streber und Schleimer waren also auch schon da. Die gemeinsame Weltrevolution, der Aufstand der Anständigen, der Aufschrei der jungen Wilden schienen weiter weg als je zuvor.

Bei Moritz und mir war das anders. Wir waren so etwas wie eine verschworene Gemeinschaft gegen die Welt der Wichtigtuer. Eine verschworene Gemeinschaft der Biertrinker an einem lauen Sommerabend gegen das träge Establishment.

Ich war wieder dran.

Gelb, rot, orange. Die Lichterketten im Biergarten wiesen mir den Weg an den Tresen. Ich schloss die Augen, während ich auf die Gläser wartete. Das Stimmengewirr beruhigte mich.

»Acht fuffzich.«

Ich zahlte und lief zurück an unseren Tisch.

»Was soll's. Was soll das bisschen Aufregung um einen toten Staatsanwalt? Lass uns trinken.«

Filmriss. Keine Ahnung, wie ich nach Hause gekommen bin.

***

Vielleicht hatte Weber so eine Ahnung. Jedenfalls ließ er mich am nächsten Morgen in Ruhe. Erst am Mittag rief er mich zu sich und kam gleich zur Sache.

»Erinnerst du dich an die Kneipe gegenüber Piepers Wohnung, diesen Laden mit den trüben Fenstern?«

»Ja, klar.« Ich holte das Foto vom Spiegel hervor.

»Da gehst du jetzt hin. Dreh vorher noch ein paar Runden um die Häuser. Mach dich schlau. Diese Wohnung war bewohnt, ich konnte diesen Pieper fast riechen. Aber pass bloß auf, dass die Polizei keinen Wind davon bekommt. Ich möchte diesen Pieper haben, bevor die ihn kriegen.«

Er klopfte mir auf die Schulter, zeigte mir aufmunternd seinen nach oben gestreckten Daumen und winkte mich noch einmal heran. »Und hör dich ein wenig um, vielleicht erfährst du was.« Dann senkte er die Stimme. »Und wenn Pieper auftaucht, ruf mich an. Egal, wann.«

So sah sie also aus, die stolze Arbeit der Ermittler: herumlaufen, rumsitzen und warten. Aber warum sollte ich mich beschweren?

Besser in irgendeiner Kneipe rumsitzen, als im staubtrockenen Büro unter Webers Fuchtel zu ackern. Andere Leute geben ihre letzten Cents in einer Kneipe aus, und ich werde dafür bezahlt. Alles eine Frage der Perspektive.

Ich sah noch eine Weile aus dem Bürofenster und dachte nach. Dann nahm ich meine Jacke, stand auf, öffnete die Tür – und sah eine Faust vor meinem Gesicht.

»Oh«, sagte die dazugehörige Person, wich einen Schritt zurück und senkte den Arm. »Ich wollte gerade klopfen. Was für ein Zufall.«

Auch ich hatte innegehalten und hielt die Klinke der halb offenen Tür fest. »Wollten Sie zu mir?«

Wir waren ungefähr gleich alt, schätzte ich. Sie war einen Kopf kleiner als ich, das rotbraune Haar fiel bis über die Schultern. Sie sah mich offen an, mit einem angedeuteten Lächeln, aber auch ein wenig schüchtern.

»Ja und nein«, sagte sie. »Ich suche Staatsanwalt Strunz. Aber sein Büro ist verschlossen. Mit so einem Aufkleber.«

Auch das noch. Das könnte kompliziert werden. Mit ungewissem Ausgang.

»Strunz?«

»Ja. Wir hatten einen Termin.«

»Was Wichtiges?«

»Oh nein.« Jetzt lachte sie mich offen an. »Ich studiere. Und im Rahmen meines Stipendiums betreut er mich. Er gibt mir Tipps für die Prüfungen und coacht mich.«

Es ergab keinen Sinn, sie lange im Unklaren zu lassen. Sie würde es sowieso erfahren. Natürlich war es lästig, dass ich es sein musste, der ihr die Nachricht überbrachte. Hoffentlich war sie nicht so vertraut mit Strunz, dass es zu anstrengenden Szenen kommen würde.

»Es tut mir leid. Sie werden Strunz nicht treffen. Er ist gestern verstorben.«

Erst jetzt schloss ich die Tür hinter mir. Ihr offener Blick zerbrach. Nach ein paar Sekunden hatte sie sich halbwegs gefangen.

»Das ist ... das ist ja schrecklich.«

Ja, es war schrecklich. Aber ich wollte ihr das ganze Beiwerk ersparen. Ich steckte aus heiterem Himmel knietief in dieser Angelegenheit drin, aber dafür konnte sie nichts.

»Sie sehen blass aus, wollen Sie sich setzen?«

Sie zögerte. »Nein, nein. Schon gut«, sagte sie schließlich. »Aber was ist geschehen?«

Ich hätte nichts dagegen gehabt, sie möglichst schnell abzuwimmeln, deswegen hielt ich die Tür hinter mir geschlossen. Aber hier auf dem Flur im Stehen zu reden, war ebenso unwürdig. Ich zeigte den Gang hinunter, dann gingen wir schweigend Richtung Ausgang.

Die Kantine fiel auch aus. Da unten im Souterrain war das Licht schummrig, und die Küchengeräusche lärmten durch den Raum. Draußen sah sie mich fragend an.

Ich begriff nicht, was sie wollte, und erwiderte stattdessen ihren Blick mit einem Ausdruck, der Offenheit, Freundlichkeit und Souveränität, verbunden mit einem kleinen Fragezeichen, ausdrücken sollte. Das hätte ich allerdings vorher ein paarmal üben sollen. Obwohl ich nicht in einen Spiegel sah, verriet mir ihr kurzes Zucken mit den Augenbrauen, dass die Botschaft nicht glaubwürdig rübergekommen war.

»Ich bin Jana«, sagte sie.

Okay.

Darauf hätte ich auch kommen können. Wir waren Studenten, und nur diese förmliche Umgebung und das zufällige Aufeinandertreffen hatten uns auf diesen Siez-Modus gepolt. An der Uni oder irgendwo sonst hätten wir uns auch sofort geduzt.

»Robert.«

Wir überquerten die Turmstraße, auf der Suche nach einem Café oder einer ruhigen Ecke. Rimpel stand vor seinem Laden und blinzelte in die Sonne. Er war so etwas wie das Moabiter Gewissen. Während drüben im Kriminalgericht die Alltagsmühle ratterte, sammelte er in seiner Buchhandlung die Geschichten: Bekenntnisse von Serienmördern, Autobiografien von Staranwälten oder Berichte der Polizeipräsidenten aus dem ausgehenden neunzehnten Jahrhundert. Er zwinkerte mir mit einem Blick auf meine Begleiterin kurz zu. Dass alles ganz anders war, müsste ich ihm ein anderes Mal erklären.

Wir gingen ein Stück die Straße entlang. Schließlich lotste ich Jana in einen Laden, der erst kurz zuvor aufgemacht hatte. Zwei junge Leute hatten den monotonen Moabit-Beat von Dönerbude, Sonnenstudio und Wettbüro durchbrochen und in einem ehemaligen Friseursalon eine Konditorei-Lounge aufgemacht: »Johann Sebastian Back«.

Im Hintergrund dudelte ein Flötenkonzert von Händel. Wir setzten uns ans Fenster und bestellten.

Ich konnte es nicht länger hinauszögern.

»Was soll ich sagen, Strunz ist gestern völlig unerwartet hier im Gericht gestorben. Mehr wissen wir auch noch nicht. Kannten Sie, kanntest du ihn gut?«

Sie dachte nach.

»Nein. Er war mein Mentor. Ich bin neu in der Stadt. Wir haben uns vielleicht dreimal getroffen. Er war immer sehr nett. Aber auch irgendwie unnahbar, distanziert. Er sollte mir helfen, mich zurechtzufinden. Aber egal. Wie ist das geschehen, und warum?«

Warum, das würde ich auch gern wissen, wollte ich in einem ersten Impuls antworten.

»Die näheren Umstände kennen wir noch nicht. Er ist gestern oben von der Empore in der Eingangshalle gestürzt.«

Sie nahm die Serviette vom Tisch und zerknüllte sie in der Hand. »Mein Gott.«

Ich zuckte mit den Schultern. Wir vermieden es, Blickkontakt zu halten. Ich sah aus dem Fenster, Jana auf den Boden. Das Schweigen belastete mich. Die beiden Kaffees kamen.

»Er war so ein dunkler Mensch«, sagte sie schließlich. »Dabei hatte er doch Familie. Zwei Kinder, meine ich. Er hat mir von ihnen erzählt und dass er stolz auf sie ist. Das muss für die Familie ganz furchtbar sein. Auch diese Ungewissheit.«

Ich widersprach nicht, wollte mir diese Probleme aber nicht auch noch zusätzlich in meinen Rucksack packen. Es war ein Fehler gewesen, mit dieser Jana hierher zu gehen, spürte ich. Wir wurden gleich nach diesen ersten Minuten vertrauter, als es mir lieb war. Als wenn ich den Kopf nicht schon voll genug hatte. Dabei war sie eine angenehme Gesprächspartnerin. Nicht allzu aufdringlich – und erst jetzt im einfallenden Sonnenlicht bemerkte ich, wie gut sie aussah. Die helle, aber nicht bleiche Haut, die dunklen, zu den Haaren passenden Augen, aus denen es zu funkeln schien. Hier drohte ein neuer Strudel zu entstehen, in dessen Sog ich weiter hineingezogen würde, wenn ich nicht schleunigst handelte.

Ich schlug vor, das Gespräch ein anderes Mal fortzusetzen – in der eingebildeten Hoffnung, dass dieser Fall nicht eintreten würde –, entschuldigte mich für meine Unhöflichkeit und erhob mich. Ich hatte ja noch zu tun.

Sie war nur kurz irritiert, dann war ihr angedeutetes Lächeln wieder da.

Ich ging die Rechnung begleichen, meinen Kaffee hatte ich nicht angerührt.

Sie ging Richtung U-Bahn, ich den halben Weg zurück. Das Gerichtsgebäude warf einen dicken, kalten Schatten auf die Straße.

Ich machte mich auf den Weg zu Piepers Wohnung. Angekommen, lief ich einmal um den Häuserblock, blickte auf die Uhr: Viertel nach zwei. Ich sah durch das trübe Fenster und registrierte, dass »Die gute Stube« sich für mich nicht herausgeputzt hatte. Nach einem Zögern trat ich ein.

In dem Laden roch es nach verschüttetem Bier und kaltem Rauch. Die Fensterscheiben waren stumpf, aber ich konnte durch ein paar lieblos auf der Fensterbank verteilte Blumentöpfe, deren Pflanzen seit Monaten mit dem Tod rangen, auf die andere Straßenseite sehen. Ich setzte mich ans Fenster. Mit meinem Vater war ich als Kind oft sonnabends nach dem Einkaufen in so einer Eckkneipe gewesen. Er hatte sich an den Tresen gesetzt und ein kleines Bier bestellt und so den Beginn seines freien Wochenendes eingeläutet. Ich hatte daneben gesessen und durfte an einer Fassbrause nippen.

»Was darf's sein?«, fragte der Wirt und baute sich vor mir auf. Ein Riesenkerl, Glatze, unrasiert und mit einem ordentlichen Körperumfang, aber trotz der dicken tätowierten Arme nicht unsympathisch. Rote Äderchen gaben den Wangen einen interessanten Kontrast im Vergleich zur Blässe der runzligen Haut. Volle Lippen dominierten die untere Gesichtshälfte. Dagegen wirkte seine Nase fast aristokratisch. Im Gegensatz zur massiven Gestalt des Mannes strahlte sie eine nahezu elegante Zurückhaltung aus. Dennoch wollte ich ihm nicht nachts im Dunkeln und in übler Laune begegnen.

»Eine Fassbrause, bitte.«

Enttäuscht beobachtete ich, wie er eine Flasche aus dem Kühlschrank nahm und eingoss. Die Fassbrause meiner Kindheit kam, wie der Name in Aussicht stellt, wie Vaters Bier vom Fass. Aus der Flasche schmeckte sie langweilig. Langweilig wie der Spezialauftrag, der mich hierhergeführt hatte. Ich sollte also auf Pieper warten, falls er denn erschiene. Als ob!

Ich trank die Brause und bestellte noch eine Boulette hinterher. Hausgemacht, wie das Schild an der Wand ankündigte. Ich wusste nicht, ob das ein Versprechen oder eine Drohung war. Langeweile macht hungrig.

Draußen tat sich nichts. Autos fuhren gleichgültig vorbei, Fußgänger trugen ihre Einkäufe nach Hause. Niemand ahnte, dass sie oder er in diesem Moment als Statist in diesem Kriminalfall mitwirkte.

»Versetzt worden?«, fragte der Wirt, als er die Boulette mit Kartoffelsalat brachte.

Ich antwortete mit einem Schulterzucken.

»Weil Sie ständig raussehen und so tröpfchenweise bestellen. Als ob Sie die Zeit totschlagen wollen.«

Der Wirt blieb vor dem Tisch stehen. Um andere Gäste musste er sich nicht kümmern. Er sah mich gleichgültig an.

»Ich warte auf einen Freund.«

Der Wirt nickte.

»Ich weiß«, sagte er und ging zufrieden hinter seinen Tresen zurück.

Ich erschrak. »Was wissen Sie?«, rief ich ihm etwas zu schnell und etwas zu laut hinterher.

Er nahm ein Glas und tauchte es in das Spülbecken.

»Alles.« Er hielt das Glas gegen das trübe Licht der Lampe und trocknete es ab. »Und nichts.«

Offenbar zufrieden mit seiner Arbeit, stellte er das Glas zurück und nahm sich das nächste vor.

Mir fiel keine passende Antwort ein, die gleichzeitig lässig genug war, um meine Neugierde zu verbergen, und dennoch ausreichend herausfordernd, um den Mann bei der Stange zu halten. Also schwiegen wir uns an, behielten jedoch den jeweils anderen im Blick. Mehr oder weniger heimlich.

Drüben tat sich immer noch nichts. Meine Aufmerksamkeit wandte sich drei Fliegen zu, die in irren Bahnen zwischen dem klebrigen Fenster und dem Aschenbecher auf meinem Tisch herumflogen. Stets vollkommen irrationale und vollkommen verschieden lange Pausen auf dem Lampenschirm einlegend.

Der Wirt nahm einen Lappen und wischte den Tresen. »Wissen Sie«, sagte er und spülte den Lappen gelangweilt im Spülbecken aus. »Wissen Sie, ich weiß zum Beispiel, dass Sie nicht auf einen Freund warten.«

Während er mir diesen Gesprächsbrocken hinwarf, vollführten die drei Fliegen vor mir einen wilden Kampf gegeneinander, dessen Sinn mir verborgen blieb. Die Menschheit sollte sich mehr den Flugbahnen von Fliegen widmen, dachte ich noch, während der Wirt sein Spültuch ablegte, die Hände an seinem speckigen Hemd abwischte und wieder meinen Tisch am Fenster ansteuerte. Ich verstand und rückte den Nachbarstuhl ein wenig vom Tisch weg. Es sollte eine einladende Geste sein.

Der Wirt setzte sich. »Wissen Sie«, sagte er erneut. »Ich erzähle Ihnen jetzt einmal eine Geschichte.«

Zu dem Geruch nach kaltem Bier und altem Rauch mischte sich die Schärfe seines Schweißes. Ich lehnte mich zurück, auch um Piepers Haus besser im Blick zu behalten.

Den Wirt störte das nicht.

»Wissen Sie, Sie hören es vielleicht an meinem Akzent. Ich komme aus Russland. Ich rolle das R anders, als Sie es gewohnt sind. Ich bin vor langer Zeit hierher nach Berlin gekommen.

Nicht so, wie die Leute heute einfach so hin und her ziehen können. Damals stand der Eiserne Vorhang noch. Verstehen Sie? Aber ich habe es geschafft.«

Er erzählte seine Geschichte ohne Emotion, als ob es sich um irgendeine Geschichte aus seinem Kneipenalltag handelte, die er mir in den Block diktierte, wie er sie schon zig anderen Kneipengästen zuvor erzählt hatte.

Ich trank meine Fassbrause aus und nickte ihm zu.

»Ich habe viele Fehler gemacht«, fuhr er fort. »Früher. Man war jung, schnell und mutig. Übermutig wahrscheinlich sogar. Und irgendwann stand ich knietief in der Gülle. Verstehst du?«

Er erwartete keine Antwort und sprach weiter. Beiläufig war er zum Du übergegangen.

»Plötzlich hatte ich die Miliz, den Staat und die Zuhälter gegen mich. Ja. Natürlich gab es auch Zuhälter in der guten alten Sowjetunion, wie überall auf der Welt auch. Die Luden, das waren sogar die Schlimmsten. Ich begab mich auf die Flucht, um am Leben zu bleiben. Weißt du, Junge, weißt du, was es hieß, damals auf der Flucht zu sein?«

Ich wusste es nicht.

»Nein, du weißt es nicht. Ich habe schnell lernen müssen. Wer meint es gut und wer nicht? Das war lebensnotwendig. Überlebensnotwendig. Auf der Flucht lernst du, die Gefahr zu riechen. Du erkennst sie am ersten Blick, der dich scheinbar gleichgültig bis ins Innerste taxiert. Und du lernst zu beobachten. Du musst dich nicht zurücklehnen, um alles zu erfassen. Du erfasst es sofort. Mir kann keiner etwas erzählen. Ich habe all die Zeit in höchster Anspannung gelebt.«

Er zog seinen Lappen hervor und wischte den Tisch. Die Fliegen zogen unbeeindruckt weiter ihre wirren Kreise.

»Vor ein paar Tagen, zum Beispiel, kam so ein Typ wie du hier rein. Nur älter. Den kannte ich vom Sehen. Er wohnt da drüben, in dem Haus, das dich so interessiert. Er roch nach Flucht. Verstehst du? Er trank einen Kaffee und verschwand wieder. Wir sprachen kaum ein Wort.«

Ich zog das Foto aus der Tasche und legte es auf den Tisch.

»Ja, das ist er. Und ja. Er wohnt da drüben, in der Wohnung in der ersten Etage, die ihr auseinandergenommen habt. Eine Zeit lang verließ er regelmäßig das Haus, seit vier oder fünf Wochen nicht mehr.«

Der Wirt stand auf und wischte ein letztes Mal über den Tisch. Nicht, dass er danach weniger klebrig war als zuvor. Aber darauf kam es in diesem Moment nicht an. Die Fliegen hatten sich an das Fenster verzogen und folgten unverdrossen ihren unrhythmischen Bahnen.

»Und weißt du, warum ich das alles ausgerechnet dir erzähle, junger Mann?«

»Weil ich ein Pater sein könnte, dem Sie beichten möchten«, antwortete ich und war ein bisschen stolz auf meine Schlagfertigkeit.

»Nein, Bulle, weil du nicht gefährlich bist.«

»Ich rieche wohl anders, nicht so nach Angst und Gefahr?«

Der Wirt lächelte. »Nein. Bestimmt nicht.«

Meine Frage erheiterte ihn. Ich kam mir irgendwie nackt vor. Menschen mit einem Röntgenblick, die jede Fassade einfach so durchleuchten konnten, flößen mir gleichzeitig Angst und Respekt ein.

Endlich hatten sich die Fliegen geeinigt. Zwei von ihnen vergnügten sich über der Lampe, die andere suchte sich ein neues Abenteuer irgendwo in der Kneipe.

Ich stand auf, warf einen Blick auf Piepers Haus und setzte mich zum Wirt an den Tresen.

»Was wissen Sie über Pieper?«

»Nichts.«

Und nach einem Moment.

»Er ist nicht hier.«

Das ganze Versteckspiel begann von vorn. Dabei hatte ich gedacht, mich einigermaßen klug verhalten zu haben.

Der Wirt goss mir eine neue Limo ein und stellte sie auf den Tresen. »Er war nur einmal hier. Wahrscheinlich, um seine Wohnung abzuchecken. Das ist ein schlechtes Zeichen. Der Mann ist nicht mehr Herr seiner Lage. Er reagiert. Das heißt, er hat keine Chance.«

»Und warum ist er nicht hier?«

Der Russe staunte.

»Er ist nicht hier. Das heißt, er kann nicht weit weg sein. Verstehst du, junger Mann? Dass er sich nicht in seiner Wohnung zeigt, heißt, er versteckt sich irgendwo in der Nähe. Nicht hier direkt vor dem Haus. Er beobachtet. Und schleicht irgendwann in die Wohnung. Wenn er noch irgendetwas braucht. Oder er schickt jemanden. Natürlich nur, wenn er kein Profi ist.«

»Und wenn er einer ist?«

»Dann ist er längst über alle Berge. Irgendwo in Osteuropa oder Südamerika. Und du wirst ihn niemals finden. Aber das glaube ich nicht. Er ist ein Anfänger.«

»Das haben Sie gerochen?«

»Ja.«

Ich legte einen Zehner auf die Theke und bedeutete ihm, dass es so stimmte. Als ich in der Tür stand, kam er um den Tresen herum und auf mich zu. »Versuch's mal zwei Straßen weiter unten. Da ist so ein Nachtschuppen für das letzte Absackerbier im Morgengrauen. Wenn er hier irgendwo rumstreunt, würde es mich wundern, wenn er nicht ab und an da abhängt.«

Wir gaben uns die Hand. Seine war feucht und muskulös, ich hatte ihr nichts entgegenzusetzen.

Draußen rollte das Leben in Zeitlupe. Die Sonne brannte gnadenlos. Dann dieses Lichtsignal im Augenwinkel. Dieser kurze Blitz, als ich die Augen einen Moment lang schloss und wieder öffnete. Eine kleine Störung der Routine, leicht versetzt, die ich ernster hätte nehmen sollen. Vielleicht wäre vieles anders gekommen.

Im nächsten Moment huschte ein Schatten auf der Straße vorbei. Und schon ein Zwinkern später war alles wieder im Alltagsrauschen untergegangen.

Der Russe wusste vielleicht mehr, fühlte ich im ersten Moment. Er war aber vorsichtig. Was hatte er mir eigentlich verraten? Pieper sei wohl noch in der Nähe, aber kein Profi. Und ein Getriebener.

An der nächsten Ampel suchte ich den Schutz eines Straßenbaumes, bis sie auf Grün sprang. Diesmal irritierte mich die Störung tiefer, ohne allerdings konkret ins Blickfeld zu geraten. Ein grauer Wagen fuhr vorbei, vielleicht etwas langsamer als all die anderen Autos.

Junge, das ist ein bisschen früh für Verfolgungswahn, findest du nicht auch?, sagte ich zu mir und schüttelte das aufkommende Gefühl ab.

Weber erzählte ich nichts von meinem Gespräch mit dem Russen, sondern versteckte mich erfolgreich den Nachmittag über im Büro. Ich fuhr früh nach Hause, briet mir ein paar Eier, zappte durch das Fernsehprogramm, las, stellte nach ein paar Seiten fest, dass ich mich nicht erinnern konnte, worum es ging, putzte mir die Zähne und betrachtete mich dabei im Spiegel. *Junge, was willst du eigentlich?* Ich fand noch einen Rest Cointreau in der Kammer, mixte ihn mit Multivitaminsaft, stellte mich auf den Balkon, sah auf die Straße hinab, lauschte, erhielt keine Antwort, prostete einem unsichtbaren Nachbarn zu und ging ins Bett.

Wilde Träume.

DREI

Weber machte mir eine Szene. Wie könne es sein, dass ich schon wieder im Gericht auftauche? Habe er nicht gesagt, ich solle bleiben, bis er mich rief? Habe er sich gemeldet? Die Jugend von heute sei ein leistungsunwilliger Sauhaufen und ich ein Paradebeispiel für eine Generation von verweichlichten Wohlstandsverwahrlosten. Wenn sein Chef ihn damals, als er ein wissbegieriger junger Mann gewesen sei, in die Kneipe gegenüber diesem verdammten Haus zum Wacheschieben verdonnert hätte, wäre er selbstverständlich dort geblieben. Und wenn sein Chef ihn nicht eigenhändig zurückbeordert hätte, dann säße er noch heute da. Verdammt noch mal, das sei doch nicht so schwer zu begreifen. Ohne ein Mindestmaß an Teamgeist und Zuverlässigkeit könne man das Ganze gleich vergessen.

Ich hörte mir das alles an, nickte ab und zu, machte ein zerknirschtes Gesicht und ging, als Weber fertig war. Über den Russen nachdenken und über das, was er über Pieper gesagt hatte. Weber jetzt davon zu erzählen, hätte es nur schlimmer gemacht.

Als ich mein Büro betrat, hatte ich bereits sechs Anrufe in Abwesenheit. Und es dauerte nicht lange, bis es erneut klingelte. Jana. Sie habe die ganze Nacht nicht schlafen können. Sie wisse ja nicht, an wen sie sich sonst wenden soll. Sie sei verzweifelt. Ob wir uns treffen könnten, sie benötige einen Ratschlag, wie es denn jetzt weitergehen könnte.

Ich hatte so etwas schon geahnt. Wir verabredeten uns am frühen Abend in der Tiergartenquelle, direkt in den S-Bahnbögen des Bahnhofs Tiergarten. Ich wollte von Anfang an keine Zweifel darüber aufkommen lassen, dass es sich nicht um ein persönliches Therapiegespräch handelte, sondern um eine Art berufliches Treffen außerhalb des Protokolls. Den Rest würden die S-Bahnzüge erledigen, die über die S-Bahnbögen donnerten und die Gläser auf den Tischen im Takt des Fahrplans vibrieren ließen.

Der Vormittag blubberte so vor sich hin.

Ich ging rüber zu Rimpel und stöberte im Regal. Er hielt sich im Hintergrund und sprach mich nicht auf mein kleines Rendezvous an. Ich dankte ihm schweigend.

Stattdessen erfuhr ich in einer Sammlung spektakulärer Kriminalfälle, dass die Meisterdiebe Sass gleich hier um die Ecke gewohnt und ihre spektakulären Bankeinbrüche vor jetzt fast hundert Jahren geplant hatten. Dass es im Jahr 1900 in Berlin achtzig Anzeigen wegen Majestätsbeleidigung gegeben hatte und sechs Duelle aktenkundig geworden waren, hieß es in einem Nachdruck der Polizeistatistik der vorletzten Jahrhundertwende.

Für solche Informationen liebte ich Rimpels Laden.

Ich entschied mich dann aber für das Brevier eines Dominikanerpaters des Klosters St. Paulus gleich hier um die Ecke. Vielleicht hilft ja Beten, dachte ich mir. Ich wechselte die Straßenseite und tauchte wieder in meinen Gerechtigkeitsirrgarten ein. Wie würde es wohl Weber finden, wenn ich mich dabei bekreuzigte?

Ich holte mir noch einen Espresso. Es war ein typischer Kantinenespresso und entsprechend nur mit riesigen Mengen Zucker genießbar. Im Grunde genommen handelte es sich dabei um eine aus Abwaschwasser mit ein wenig Kaffeepulver angereicherte und erhitzte Flüssigkeit. Aber das war mir in diesem Moment egal. Ich rührte, so gut ich konnte, konzentriert, um nicht ständig mit dem Löffel gegen den Rand des Tässchens zu stoßen und alle Welt auf mich aufmerksam zu machen.

Nach dem großen Ansturm am Mittag hatte sich die Kantine gelehrt. Nur noch vereinzelt saßen Leute an den Tischen. Die Kantine sah aus wie die meisten Betriebsküchen. Hier am Gericht war alles nur noch etwas älter. Die Tische und Stühle waren aus billigem Holz, wahrscheinlich in der Knasttischlerei zusammengeschraubt. Das war auch so eine Geschichte: Sie glaubten wohl ehrlich, den Knackis etwas Gutes zu tun und einen bedeutenden Beitrag zur Resozialisierung zu leisten, wenn sie bei ihnen Möbel bestellten, auf denen sie dann ihre breiten Hintern platt sitzen konnten. Mir kam das eher wie eine zweite Demütigung vor. Erst schickten sie sie in den Knast, dann sollten sie auch noch brav Sitzmöbel für die Herren und Damen Staatsanwälte und Richter tischlern, die sie genau dahin gebracht hatten. Entsprechend trostlos sahen die Möbel aus. Das Holz hatte eine charakterlose hellbraune Farbe, die Stuhlbeine waren aus mattem Aluminium. Aber das Ambiente passte dann doch ganz gut. Der Linoleumboden diente nur dem einen Zweck, den Putzfrauen das Leben möglichst nicht noch schwerer zu machen, als es ohnehin schon war. Er glänzte blassrot. Die Essensausgabe war genauso lustlos in die Ecke geknallt: kackbraunes Furnier und schmieriges Glas.

»Entschuldigen Sie, darf ich mich setzen?«, fragte eine Stimme hinter mir, gerade als ich es wagen wollte, den trüben Anblick mit einem Schluck meines inzwischen lauwarmen Kaffeegebräus zu verscheuchen. Mein Schweigen hatte keine abweisende Reaktion ausgelöst, einen Moment später hatte sie sich neben mich gesetzt und ihr Schälchen Birnenkompott vor sich auf den Tisch gestellt.

»Wissen Sie, ich weiß, wie Sie sich fühlen«, sagte sie und schob ihren Stuhl näher an den Tisch. Die Frau vermied es klug, mich direkt anzusehen, um die Situation nicht gleich am Anfang zu zerstören. Sie hätte meine Mutter sein können. Die grau-schwarzen Haare waren das Erste, was mir an ihr auffiel. Sie hatte einen offenen Blick aus dunklen Augen heraus, deren Farbe ich nicht sofort entschlüsseln konnte. Wahrscheinlich grün. Ihr Gesicht war dezent geschminkt, sie hatte das Rouge genau an den richtigen Stellen aufgetragen, nicht um zu prahlen, sondern um sich selbst zu genügen. Eine lebenserfahrene Frau, vermutlich sogar ohne böse Absichten, wie mir die feinen Fältchen in den Augenwinkeln signalisierten. Ich stellte den natürlichen Abwehrmodus in meinem Kopf aus.

»Wissen Sie, ich beobachte Sie schon eine ganze Weile. Seitdem Sie in die Mühle geraten sind«, sagte sie.

»Vielen Dank für die Aufmerksamkeit. Aber ich habe den Eindruck, Weber passt schon ganz gut auf mich auf.«

Erst jetzt trafen sich unsere Blicke zum ersten Mal. Sie rührte dabei mit dem Löffel in ihrem Kompott herum. Ich hatte keine

Lust, irgendwelche Spielchen zu spielen. »Und ganz ehrlich, er nimmt mir die Luft zum Atmen.«

Die Frau lächelte.

»Ja, ich weiß. Diese Erfahrung machen viele.«

Wir schwiegen uns eine Weile an. Sie machte keine Anstalten zu erklären, warum sie sich zu mir gesetzt hatte. Nur um ein bisschen Smalltalk zu betreiben, sicher nicht. Dafür war selbst ich nicht naiv genug.

Mich verließ der Mut, den Espresso zu probieren. Stattdessen sah ich ihr zu, wie sie ein Birnenviertel aus der Schale fischte und es aß. Als sie mit dem Kauen fertig war, nahm sie die Hand vor den Mund, um nicht beim Herunterschlucken beobachtet zu werden. Dann tupfte sie sich das Kinn mit der Papierserviette ab.

»Zacher«, sagte sie. »Ich habe mich noch gar nicht vorgestellt«, schob sie nach. »Zacher, Staatsanwältin, Hauptabteilung IV, Abteilung 1. Ganz normale Strafsachen. Nichts Besonderes. Seit fünfundzwanzig Jahren an der Anklagefront. Und noch nicht demotiviert. Noch nicht ganz.«

»Glückwunsch.«

»Danke.«

Wieder ihr Lächeln.

»Wissen Sie, ich kannte Strunz ganz gut. Wir haben jahrelang zusammengearbeitet. In der gleichen Abteilung. Ein stiller Mensch. Nett.«

»Nett oder langweilig?«

»Beides. Ja. Das kann man so sagen.«

»Und?«

»Strunz war ein Rädchen hier im System. Wie ich eines bin. Und Sie eines werden. Ob Sie wollen oder nicht. Und Weber. Und alle anderen auch. Das System gewinnt immer.«

Sie suchte in ihrem Schälchen nach einem zweiten Stückchen.

»Passen Sie auf. Es wird nicht leicht in den nächsten Tagen und Wochen. Ich kannte Strunz, und ich kenne Weber. Sicher, Strunz hatte Probleme, aber das waren andere Probleme, als sie Weber hat oder der General. Strunz hatte keine bösen Absichten, er war gewissermaßen überfordert mit der Situation.«

»Beruflich oder privat?«

»Ich würde sagen, beruflich *und* privat. Wissen Sie, vom Grundsatz her war er ein vorbildlicher Beamter. Aber damit kam er in dieser Schlangengrube hier nicht zurecht. Ich weiß nicht, ob er dem Druck nicht gewachsen war oder ob sie ihm eine Falle gestellt haben. Jedenfalls hat er einmal einen Fehler begangen, von dem er sich im Grunde bis zuletzt nicht erholt hat.«

»Ah, ich verstehe. Jetzt kommt das andere Ende. Weber hat davon erzählt.«

»Nein. Das weiß ich nicht. Darauf kommt es auch nicht an.«

»Sondern?«

»Was meinen Sie, warum stürzt sich Weber in diesen Fall, als wenn es kein Morgen gäbe? Dieses ›Da is Musike drin‹ kann doch hier keiner mehr hören. Sie kennen ihn erst ein paar Tage, aber dass er hier sein eigenes Süppchen kocht, das ist glasklar.« Sie zögerte. »Oder?« Einen Moment lang schien sie zu zweifeln. Sie betrachtete mich, verwarf ihren Gedanken dann aber.

»Was war das für ein Fehler, den Strunz begangen hat?«

»Oh, genau darauf wollte ich hinaus. Wissen Sie, trotz all dem Schrecken, den wir hier beackern, der Einzigartigkeit der Taten und Täter, stellt sich doch auch eine Routine ein. Das ist die Gefahr, die immer besteht. Und der man sich immer bewusst sein muss.«

»Und sonst?«

»Sonst geht es irgendwann in die Hose.«

»Lassen Sie mich raten. Bei Strunz ging es in die Hose.«

»Genau.«

Wir sahen uns an.

Na toll, dachte ich. Erst erklärt mir der Weber sein Koordinatensystem, und dann drängt sich die Kollegin Staatsanwältin auf.

»Nun erzählen Sie schon. Damit ich etwas lerne.«

Sie schlug die Beine übereinander und lehnte sich zurück. So deutlich hätte ich es aus ihrer Sicht nicht formulieren sollen. Sie hatte sich wohl eine eigene Dramaturgie für den Auftritt ausgedacht.

»Wir hatten da diese Mordgeschichte«, sagte sie schließlich und wischte sich eine Haarsträhne aus dem Gesicht.

Zacher erzählte die Geschichte ohne größere Aufregung. Es handelte sich um einen Mord unter Geschäftsleuten. Ein Chef tot im Büro. Sehr unromantisch erschlagen. Nach einem kurzen Kampf mit einem stumpfen Gegenstand, möglicherweise dem schweren Aschenbecher, der auf einem Beistelltisch neben der Couch stand und an dessen scharfen Kristallecken die Ermittler später »blutsuspekte Anhaftungen« fanden, wie es so schön in Beamtendeutsch heißt.

Einer seiner beiden Co-Chefs, ein Herr namens Tschernowitz, geriet schnell in den Fokus der Ermittlungen. Er hatte ein Motiv und kein plausibles Alibi. Die Anteile des Toten fielen an Tschernowitz. Er gab an, an dem Abend mit seinem Sportwagen spazieren gefahren zu sein. Später habe er einen Puff besucht. Das fragliche Mädchen, bei dem er sich aufgehalten haben wollte, war nicht mehr aufzutreiben. Und Handys, mit deren Sendedaten man ein Bewegungsbild erstellen konnte, gab es noch nicht. Tschernowitz kam in Untersuchungshaft. Eine Mordanklage drohte.

Das alles war eine langweilige Geschichte, so Zacher. Bis der Staranwalt auftrat.

Sein Name reichte damals aus, um die Juristen in einen Zustand ehrfürchtiger Starre zu versetzen. Ihn umhüllte die Aura des Geheimnisvollen. Und zwar des echten Geheimnisvollen. Es gab zahlreiche Nacheiferer, die mit einer schleppenartigen Robe auf sich aufmerksam machen wollten oder einem lächerlichen Hofstaat. Personenschützer sollten dem eigenen, leeren Gehabe eine Bedeutung einhauchen, die es nicht gab.

Doch bei ihm stimmte die Performance. Der Mann verstand sein Handwerk und die Inszenierung. Er trug einen Talar mit einem Kragen aus Hermelin. Man erzählte sich Wunderdinge von ihm: dass er das Arbeitszimmer in der Kanzlei mit einem Puma teilte und wegen des Gestanks Schwierigkeiten hatte, Mitarbeiter zu finden. Aber er wollte auf die Nähe des geheimnisvollen wilden Tieres nicht verzichten.

Niemand konnte sich erklären, warum er sich für diesen

mittelmäßigen Mörder verwandte. Der Staranwalt suchte sich ausschließlich schillernde, öffentlichkeitswirksame Verfahren aus, die seinen Ruf unterstrichen. Er war längst zu einer Marke geworden.

Dieser Anwaltsgott tauchte also eines Tages in der Tschernowitz-Angelegenheit bei Strunz auf. Er umgarnte ihn zunächst. Dann suchte er dessen Nähe. Schließlich hatte er ihn so weit. In einer Nacht-und-Nebel-Aktion an einem Freitagnachmittag im Herbst, als das faulige Laub auf den nassen Straßen klebte, überzeugte er Strunz davon, seinen Mandanten Tschernowitz aus der Haft zu entlassen, um ihm die Gelegenheit zu geben, sein Geschäftsleben zu ordnen. Im Grunde genommen handelte es sich ja um einen ehrenhaften Geschäftsmann, säuselte er dem braven Strunz ein, der lediglich das unglaubliche Pech gehabt hatte, einen seiner beiden Geschäftspartner verloren zu haben, argumentierte er.

»Wissen Sie, dieser Anwalt stand in dem Ruf, Menschen durchschauen zu können wie kein Zweiter. Er verstand es, unauffällig und behutsam eine Glocke über sie zu senken, aus der sie dann nicht mehr entrinnen konnten. Erinnern Sie sich an Kaa, die hypnotisierende Schlange aus dem ›Dschungelbuch‹? So ein Mensch war das. Er war unwiderstehlich. Ich selbst habe einmal mit ihm gesprochen. Danach hatte ich das Gefühl, kaum mehr zu wissen, wo oben und wo unten war.«

Zacher legte den Kopf kurz in den Nacken und knackte mit den Halswirbeln.

»Tschernowitz hatte jedenfalls, nachdem er freigekommen war, nichts Besseres vor, als auch seinen zweiten Geschäftspartner gewaltsam aus dem Leben zu befördern. Er hat die Geschäftskonten und ein paar Schließfächer mit dessen Kreditkarten und gefälschten Vollmachten leer geräumt und verschwand, bevor dieser zweite Mord bemerkt wurde.

Trotz aller möglichen internationalen Haftbefehle und Sondereinheiten des Bundeskriminalamtes ist er bis heute verschwunden.

Strunz war von diesem Moment an erledigt. Sie versetzten

ihn aus der Abteilung für Kapitalverbrechen in eine unbedeutende Buchstabenkammer. Das sind die Strafkolonien der Staatsanwälte. Abteilungen, in denen man für Wald-und-Wiesen-Straftäter eines bestimmten Buchstaben zuständig ist. Zum Beispiel für Kleinkriminelle, deren Nachnamen mit der Buchstabenfolge Schu- bis Spa- anfangen.«

Zacher hatte es geschafft, mich in der trübseligen Kantine mit der Geschichte in ihren Bann zu ziehen. Strunz und der Doppelmörder. Ich fühlte zum ersten Mal eine menschliche Verbindung zwischen Strunz und mir. Eine wie auch immer geartete Zuständigkeit hatte dem Staatsanwalt diesen Mordfall beschert. Er hatte nicht darum gebeten, sondern war überwältigt worden.

Ich hatte auch nicht darum gebeten, an seinem Ableben teilzuhaben. Als ich wieder aufsah, war Zacher schon aufgestanden.

Sie brachte ihr Tablett zurück und verließ die Kantine, unscheinbar, wie sie gekommen war.

Und ließ mich grußlos zurück.

***

Jana hatte da etwas missverstanden, dachte ich, als ich sie durch die Tür kommen sah. Oder mich durchschaut. War ich gestern einer unbedarften, fast schüchternen Studentin begegnet, so trat mir in der Tiergartenquelle jetzt das komplette Gegenteil entgegen. Als Erstes drängten sich die tiefroten Lippen auf, die durch das schwarze Kleid noch betont wurden. Sie hatte die kastanienroten Haare hinten zu einem Pferdeschwanz zusammengebunden. Das gab den Blick frei auf ihren marmorweißen Hals.

Sie entdeckte mich in der hinteren Ecke an einem kleinen Tisch und lief mit irritierender Sicherheit in Stilettos auf mich zu. Ich war sprachlos.

Wir begrüßten uns. Und ich glaube, ich errötete dabei.

Sie roch nach frischer Limonenmilch. Und bestellte einen Merlot.

»Schön, dass es geklappt hat«, sagte sie. »Ich bin so neugierig.«

Mir war die Angelegenheit unangenehm. Nicht nur, dass die Leute um uns herum Jana mehr oder weniger offen anstarrten, sondern auch weil sie mich mit ihrem Auftritt mit ins Rampenlicht zerrte. Da wollte ich aber nicht hin. Die Aufregung um Strunz und die damit verbundenen Verwicklungen überforderten mich genug.

Aber vielleicht war ich auch nur hypersensibel und das hier eine Lektion darin, professionelle Distanz herzustellen.

»Netter Laden. Irgendwie authentisch.«

»Ja. Deswegen bin ich ganz gern hier. Keine Show, kein Smalltalk. Hier trinkt man sachlich.«

Sie sah sich eine Weile um, inspizierte ein paar der von Gästen beschrifteten Bierdeckel an der Wand, dann wandte sie sich mir zu. »Was für ein trauriges Ende für einen traurigen Menschen«, sagte sie und nahm einen ersten Schluck Wein.

»War er denn traurig?«

»Er kam mir jedenfalls so vor. Bei unseren Treffen hat er nie gelacht. Vielleicht ein kurzes Lächeln zur Begrüßung, aber es kam nicht von Herzen. Es kam mir vor, als wenn ihn etwas bedrückte. War er ein guter Staatsanwalt?«

Sie sah mir in die Augen. Ihr Blick war offen und klar. Ich mochte diesen offenen Blick. Ich verband damit das unverstellte Interesse an den Dingen. Nicht an mir, da bildete ich mir nichts ein. Und sie hatte diese besonderen Augen. Kristallaugen, deren Glanz einen nicht mehr loslässt.

»Das weiß ich nicht«, sagte ich schließlich, nachdem ich mich aus dem Sog ihres Blickes befreit hatte. »Er war wohl eher ein Einzelgänger, der sich im alltäglichen Geschäftsbetrieb aufrieb. Hat die Kollegen gemieden.«

»Und seine Familie?«

Ich zuckte mit den Schultern.

»Ich glaube, ich könnte das nicht«, sagte sie nach einer Pause. »Mich den ganzen Tag mit solch furchtbaren Geschichten herumschlagen. Da muss man ja depressiv werden.«

»Dann hast du dir ja genau das richtige Fach ausgesucht.«

»Oh nein. Bloß keine Strafsachen. Ich gehe mehr so auf

internationales Recht. Ich mag das Abstrakte mehr, aus sicherer Entfernung zum echten Leben.«

Na, herzlichen Glückwunsch. Aber immerhin war das ein Plan, den ich für mich noch nicht gefunden hatte.

»Ist das nicht schrecklich, dass er uns bis hierher verfolgt?«

Ich verstand nicht.

»Ich meine, welche Wellen so ein Tod schlägt, bis in unser Leben hinein. Obwohl wir ihn doch kaum kannten.«

So war es. Aber das wollte ich jetzt nicht mit ihr erörtern. Mir ging das etwas zu schnell voran. Schon wieder fühlte ich mich ein wenig von den Ereignissen überrollt, ohne dass ich sagen konnte, warum. Dabei begann ich mich in Janas Gesellschaft wohlzufühlen.

»So ist es«, sagte ich. »Das Leben schlägt manchmal erbarmungslos zu. Darüber zu klagen, hilft aber auch nicht weiter.«

Jana schien es nicht zu stören, dass ich mich aus Feigheit auf Kalenderweisheiten verlegte.

»Sicher. Aber deswegen sollten wir uns da nicht runterziehen und den Abend vermiesen lassen. Was ist die richtige Ablenkung – ins Kino vielleicht?«

Ich erschrak. Und ergab mich dann doch ihrer Energie. Mehr als ein Nicken brachte ich nicht zustande.

Sie zog ihr Smartphone aus der Tasche und machte sich auf die Suche.

»Hier«, sagte sie nach einer Weile. »›Tod durch Stahl‹. Eine Abschlussarbeit der Filmhochschule Krakau. Hört sich interessant an. Sie spielen es in den Eva-Lichtspielen. Das kann nicht weit sein.«

Ich seufzte. Es war nicht weit. Ein kleiner Fußweg durch den Tiergarten, drei U-Bahnstationen und ein paar Meter zu Fuß. Gleich daneben war ich zur Schule gegangen.

»Stehst du auf Massaker?«, fragte ich, als wir zahlten.

»Ich hab keine Probleme mit Blut auf der Leinwand, wenn du das meinst. Mich interessiert aber mehr der Weg dahin. Das eigentliche Gemetzel langweilt mich.«

Sie nahm meine Hand und drückte einen Fingernagel in den Handrücken, bis ich ihn wegriss.

»Verstehst du, was ich meine?«
Nein.
»Lass uns gehen.«

Ein paar Penner, die auf Bänken schliefen, lagen auf unserem Weg durch den Park Spalier. Die Sonne glitzerte durch die Blätter der Bäume hindurch.

»Ich fürchte mich ein wenig vor Abschlussfilmen aus Krakau«, sagte ich, um wieder ins Gespräch zu kommen.

Jana lächelte ihr Jana-Lächeln. »Ja. Aber sie sind so hyperintellektuell, dass es schon wieder egal ist. Das macht den Kopf schön leer. Genieß es.«

Das letzte Tageslicht verlor sich gerade an den Hauswänden, als wir vor dem Kino ankamen. Es gab noch mehr, die sich das Werk des polnischen Nachwuchsregisseurs nicht entgehen lassen wollten. Eine Menschentraube füllte den Bürgersteig. Die im Stil der sechziger Jahre geschwungenen Buchstaben der Lichtreklame warfen gelbe Schatten auf die Leute. Sie alle waren in Gespräche vertieft oder tranken ihr Flaschenbier aus, bevor sie hineingingen.

Der Film war ausverkauft.

Ich war nicht traurig drüber.

»Glück gehabt«, sagte Jana, und ihre Kristallaugen strahlten dazu.

Ich trat die Flucht nach vorn an. »Vielleicht läuft heute im alten Wasserwerk was.«

Jana hakte sich bei mir ein, und wir gingen los.

»Wenn du nicht so ein Filmtyp bist, auf was stehst du dann?«

Ich hörte eine Weile unseren Schritten auf dem Asphalt zu. »Auf Rhythmen.«

Sie staunte, sagte aber nichts. Jana dachte einen Moment lang darüber nach. Unsere Schritte hallten währenddessen weiter durch die menschenleeren Straßen in Richtung Hohenzollerndamm.

»Cool.«

Das Wasserwerk hatte offen. Wir passierten die Eingangskontrolle zügig. Kein Wunder bei Janas Outfit. Sie verschwand sofort auf der Tanzfläche. Ich stellte mich an die Bar und bestellte ein Bier. Jana beim Tanzen zuzusehen, war ein Erlebnis. Sie ignorierte die ordinären Antanzversuche der Konkurrenz und verschmolz mit dem Groove der Modern-Soul-Klänge.

Von Zeit zu Zeit sah sie zu mir rüber, wie ich da regungslos im Abseits stand.

Rhythmen.

Ich hatte es mir selbst eingebrockt.

Es war so ein albernes Jungs-Ding: zu cool zu sein, um auf der Tanzfläche ein wenig herumzuzappeln. Ich trank mein Glas leer und stürzte mich in das Lichtgewitter. Es fühlte sich sofort gut an. Und Jana ließ mich nicht spüren, wie steif ich daherhopste.

VIER

Am Morgen wollte ich zu Weber gehen und ihm sagen, dass ich raus sei. Dass Strunz' Ableben mir sehr leidtue, ich mich aber nicht in der Lage sähe, weiter in diesem Stück mitzuspielen. Ich hatte mir Gedanken darüber gemacht, wie ich ihm sagen konnte, dass er ein aufgeblasenes Großmaul war, ohne ihm zu sagen, er sei ein aufgeblasenes Großmaul. Alles an ihm stieß mich ab. Vor allem sein blödes, überhebliches Lächeln. Seine Selbstgefälligkeit. Weber hatte seine Ich-bin-zuständig-und-mische-den-Laden-jetzt-auf-Maschine angeschmissen und ansonsten die Rollläden runtergelassen. Jagdfieber.

Ich würde ihm erklären, dass ich als kleiner Referendar keine tragende Rolle in diesem Fall übernehmen könne und insgesamt mit meiner Ausbildungszeit bei der Staatsanwaltschaft sehr unzufrieden sei. Weber würde sich meine kleine Rede anhören. Und mir dann den nächsten Ermittlungsschritt erklären, den ich zu absolvieren hätte.

Aber ich würde standhaft bleiben und ihm meinen Entschluss noch einmal verdeutlichen. Energisch. Energischer, als es meine Position als Hilfskraft erlaubte. So, wie ich schon immer der Welt gegenübertreten wollte. Mit Entschiedenheit. Als ob ich wüsste, wo die Reise hinging.

Wusste ich natürlich nicht. Und nach Strunz' Abgang noch weniger.

Also verließ ich mein kleines Büro in der ersten Etage und nahm den Weg durch die unendlich langen und irritierenden Flure des Kriminalgerichts in Richtung Webers Büro.

Ich klopfte.

Er war nicht da.

Ich ging hinein. Um zu warten.

Ich sah mich um. Und sah die Akte.

Akten sind das eigentliche Heiligtum der Staatsanwaltschaft. Ihr Gral der Erkenntnis. Für Außenstehende eine kaum zu durchdringende Ansammlung von Papieren, die nach einem strengen, nur den Eingeweihten bekannten System im Verlauf der Ermittlungen immer weiter anwächst. Ist ein Aktenordner voll, eröffnen sie den nächsten. Und so weiter. Da gibt es keine Grenzen.

Es gibt Vorgänge in der Justiz, die ganze Turnhallen an Aktenbergen füllen. Die Juristen leisten sich eine Maßlosigkeit, die jenseits aller Vorstellungskraft liegt. Man könnte sie vielleicht mit dem Versuch vergleichen, das Internet komplett ausdrucken zu wollen. Es ist ein Rattenrennen im Hamsterrad.

Jeder Anruf, jedes Wort der Stiefmutter und der Schwägerin des Verdächtigen findet darin Eingang, ja, sogar jeder Furz, den irgendein Beteiligter lässt, gelangt in diesen Aktenhaufen. Er muss sogar darin auftauchen, um nicht das Gesetz zu verletzen.

Und was einmal drin ist, kommt nicht wieder raus. Nie wieder. Und ist das Verfahren beendet, kommt dieser ganze Kram in den Keller oder auf den Dachboden. Für immer. Millionen Akten lagern in den Justizkellern und auf den Dachböden und dokumentieren nichts außer sich selbst. Die Täter sind längst wieder frei, haben ihr Leben weitergelebt, sind andere Persönlichkeiten, die mit denen in den Aktenhaufen nichts mehr gemeinsam haben, und sind irgendwann gestorben. Aber die Justiz vergisst nie. Das Fehlen jedes einzelnen Menschen ist auf alle Zeit in den Gräbern der Justiz gespeichert.

Vielleicht war das der Grund für diesen Muff, der aus allen Ecken des Gerichtsgebäudes waberte: Der tote Aktenstaub suchte sich seinen Weg durch die Mauerritzen ins Leben zurück. Wie in einem Zombiefilm.

Ich ging also auf die noch dünne Akte zu. Der staubgrüne Deckel zog mich an. Es waren allerlei Spalten darauf gedruckt, in denen der Zuständige irgendeinen unverständlichen Beamtenspruch hinterlassen konnte. Es stand noch nicht viel drauf. Ich blätterte. Und fand meine knappe Aussage. Sie war bereits unauslöschlich auf Papier gebannt. Ich fand allerlei Vermerke darüber, wer was wann unternommen oder veranlasst hatte. Und ich fand das Protokoll der Vernehmung von Strunz' Witwe. Sie hatten sie gleich befragt, nachdem sie meinen Salm zu Papier gebracht hatten. Als die Leiche noch warm war, sozusagen.

Aus irgendwelchen Gründen waren zwei Kopien hintereinander abgeheftet. Das war mir schon häufiger untergekommen in diesem merkwürdigen Aktengeschäft. Eine Version war von der Polizei direkt in die Akte gelangt, eine andere über den Umweg der Justiz. Oder so.

Strunz' Witwe hatten sie jedenfalls schon in die Mangel genommen. Und nicht zu knapp. Natürlich war sie geschockt von der Nachricht gewesen, dass ihr Mann, der Vater ihrer beiden Töchter, tot war. Das hatte die Kollegen aber nicht davon abgehalten, sie gleich zu befragen.

Ich sah kurz zurück zur Tür. Sie war geschlossen. Warum auch nicht? Schließlich hatte ich sie gerade erst selbst geschlossen. Ich nahm die überflüssige Protokollkopie aus dem Ordner, faltete sie zweimal und steckte sie mir in die Hosentasche.

Ich hatte den Ordner gerade wieder geschlossen und strich mit der Hand über den blassgrünen Deckel, als ich hinter mir die Tür knarzen hörte.

»Na, na, na, was macht denn der Herr Nachwuchsstaatsanwalt da?«, hörte ich den Dicken hinter mir sagen. Als ich mich umdrehte, sah ich ihn grinsen. »Die Akte geht dich gar nichts an.« Weber fand das komisch. Er nahm mir die Akte aus den Händen und drückte sie fest an seinen Bauch.

»Ich gebe nur mein Bestes«, sagte ich tapfer.

»Ja«, sagte er. »Aber du bist nicht zuständig.«

I shot the sheriff – but I didn't shoot the Oberstaatsanwalt, pfiff ich, als ich Webers Büro verließ.

Auf dem langen Gang hallten die Töne weit durch die Luft. Bis sie sich irgendwo im Nichts verloren.

Ich fühlte mich schlecht. Der Magen.

Zurück in meinem Zimmer, stopfte ich die Witwe-Strunz-Aussage in meinen Rucksack und machte mich auf den Weg. Als ich das Licht ausknipste und die Tür schloss, hielt ich inne und drückte die Tür mit der rechten Hand einen Spalt weit zurück, beugte mich nach vorn und besah mein kleines Reich. Es wirbelten Tausende Staubteilchen gegen das schräg einfallende Sonnenlicht. Das also war meine Zukunft. Ein winziges Zimmer, mit Knastmöbeln ausgestattet, in einem verwirrend verwinkelten Justizbunker. Akten wegschaffend, die nächsten vierzig Jahre lang. Die Karriereleiter im Fahrwasser der Webers dieser Welt im Schneckentempo nach oben kriechend.

Ein Traum. Kein Traum.

Als ich zum zweiten Mal um die Ecke Richtung Ausgang marschiert war, sah ich Weber in der Ferne vor einer Tür stehen und mit einem Mann sprechen, den ich nie zuvor gesehen hatte. Weber machte eine einladende Handbewegung und verschwand mit seinem Gast hinter der Tür. Das Zimmer war mir bisher nie aufgefallen, obwohl ich jeden Tag daran vorbeigegangen war. Nie hatte ich Menschen dahinter verschwinden oder auftauchen gesehen. Nie hatte ich Weber auch nur in der Nähe wahrgenommen oder gar eine Gelegenheit gehabt, selbst hineinzugehen. Sollte der Alte sich doch treffen, mit wem er wollte, dachte ich und dachte dann woandershin. Zu jemandem mit Kristallaugen.

Erst als die Szene sich ein paar Tage später – oder war es eine Woche? – wiederholte, erinnerte ich mich daran. Dieses Mal verabschiedete er eine Gruppe von Männern, die danach in kleinen Gruppen den Weg zum Ausgang suchten. Weber verlor nie ein Wort darüber. Irgendwann müsste ich mich um dieses geheime Zimmer kümmern und darum, was dahinter geschah.

Ich genoss es, nach Hause zu radeln. Den Rucksack auf dem Rücken, den Fahrtwind im Gesicht, wuchs in mir wieder Zuversicht. Der kleine Diebstahl in Webers Büro hatte meinen Kampfgeist wiederbelebt. Was hatte ich zu verlieren? Eine schlechte Bewertung von Weber. Einen Rausschmiss sogar.

Na und? Mein Gott. So ist das Leben. Wer strebt schon danach, ewig im Hamsterrad seine Runden zu drehen? Ich nicht.

Ein warmes Bad war mein erster Wunsch, als ich die Wohnungstür hinter mir schloss. Ich zog mich aus und ließ das Wasser ein. Wenn alle Menschen öfter baden gingen, gäbe es weniger Ungerechtigkeit auf der Welt. Ich stand am Fenster und schaute auf das abendliche Berlin. Das Rauschen der Stadt unter mir beruhigte mich.

Ein alberner Gedanke – das mit dem Baden, dachte ich noch, als ich in die Wanne stieg. So à la: Wer badet, führt keine Kriege. Oder: Wenn wir alle eine Kerze in das Fenster stellen, dann bricht der Frieden aus.

Ich packte meinen Rucksack aus, nahm die Aussage der Witwe und legte mich in die Wanne.

Berlin, 14. August,
– Staatsanwaltschaft Berlin –
Abt. Kap III/b
erschienen ist ~~Herr~~/Frau: Strunz
Vorname: Monika
ggf. Geburtsname: Schuhmann
Familienstand: ~~verheiratet~~ verwitwet
Geburtsdatum: 2.9.1962
Ausgewiesen durch: Personalausweis
Nicht vorbestraft

Frau Strunz, Monika gibt nach Belehrung an, aussagen zu wollen.
Beginn der Zeugenbefragung: 9.17 Uhr

Frau Strunz, Sie sind die Witwe des Oberstaatsanwaltes Jürgen Strunz?
Ja.

Wie haben Sie vom Tod Ihres Ehemannes erfahren?
Gestern … Es kam alles so plötzlich. Ich war zu Hause und habe die Blumen im Garten gegossen. Zwei Männer standen an der Gartentür. Sie stellten sich als Polizisten vor und überbrachten mir die Nachricht.
Auf Nachfrage gebe ich an, dass die beiden Herren sehr zuvorkommend und angesichts der schrecklichen Nachricht sehr einfühlsam waren.

Diese Bullen, dachte ich. Lassen sich von der Befragten gleich mal ein Zeugnis der rücksichtsvollen Rechtschaffenheit ausstellen, damit später nicht irgendwelche Anwälte an ihren Methoden rumnörgeln konnten.

Frau Strunz, das mag sich töricht anhören, es ist aber möglicherweise wichtig für uns. Gibt es aus Ihrer Sicht irgendein Motiv, dessentwegen Ihr Gatte möglicherweise umgebracht worden sein könnte?
Nein! Wissen Sie, wir haben nicht viele Freunde.

Überlegen Sie einen Moment. Alles könnte wichtig sein. Gab es mal einen Streit, vielleicht sogar in der Familie?
Was meinen Sie damit? Nein, es gibt niemanden, dem ich so etwas zutraue. Dieser Gedanke ist absurd.

Möglicherweise ist Ihr Gatte auch freiwillig aus dem Leben getreten. Gibt es dafür aus Ihrer Sicht Anhaltspunkte?
Ich sagte doch gerade, ich habe keine Anhaltspunkte für irgendetwas. Verstehen Sie, das ist alles sehr aufwühlend. Gestern war er noch da. Und jetzt ist er tot. Das ist alles so unfassbar.

(Auf Wunsch von Frau Strunz wird die Befragung für eine Viertelstunde unterbrochen)

Geht es wieder?
Ja, danke. Ich weiß, Sie tun auch nur Ihre Pflicht. Jürgen hat sich in den letzten Jahren immer mehr zurückgezogen.

Sie sprechen den Fall Tschernowitz an …

An welcher Stelle hatte sie den Fall Tschernowitz angesprochen? Zuvorkommend, wie sie sind, lassen sie die Befragte an Fäden tanzen wie eine Marionette, indem sie ihr die nötigen Aussagen gleich mundgerecht vorkauen. Ich ließ heißes Wasser nachlaufen, streckte mich kurz und verteilte das nachlaufende

Wasser in der Wanne. Der Spiegel über dem Waschbecken war dick beschlagen. Die Fenster auch. Wundervoll.

… das ist lange her. Ich weiß nicht. Was meinen Sie genau?

Wie haben Sie die Situation damals erlebt?
Wenn Sie so wollen, hat der Fall alles verändert.

Tschernowitz?
Ja … Bis dahin waren wir eine normale Familie. Bis alles schiefging. Jürgen hat sich schwere Vorwürfe gemacht. Damals. Das war ein richtiger Schuss ins Kontor, wenn man so sagen darf. Wissen Sie, er hat immer so nett mit den Kindern gespielt, nachdem er nach Hause gekommen war. Er war sehr liebevoll. Ich weiß nicht, ob er es mitbekam, aber ich hielt mich dann immer zurück und beobachtete. Sobald er das Haus betrat, war er der Vater. Wenn die Große ein Problem mit ihrer Lieblingspuppe hatte, dann warf er seine Tasche in die Ecke und reparierte sie sofort.

Und das änderte sich mit dem Fall Tschernowitz?
Ja. Zuerst hat er noch versucht, den Schein zu wahren. Aber dann wurde er immer mürrischer. Wissen Sie, er war schon immer sehr in sich gekehrt. Wir sprachen nie viel. Er machte seine Probleme mit sich aus. Und er trank auch. Ich glaube, er trank, um zu verdrängen.

Was genau meinen Sie damit?
Nach der Sache mit Tschernowitz hat sich Jürgen verändert. Er zog sich noch mehr zurück, und er wurde fahrig. Wenn er nach Hause kam, ging er mürrisch durch bis ins Wohnzimmer und setzte sich vor den Fernseher. Er fing an, die Kinder anzuschnauzen. Und er trank immer mehr.

Es folgten noch ein paar Erklärungen und Nachfragen, die ich mehr überflog, als sie tatsächlich zu lesen. Strunz hatte also ein Alkoholproblem und ein berufliches Problem. Die Witwe

Strunz machte dazu keine klaren Angaben. Ob er angefangen hatte zu trinken, weil er mit dem Druck in der Staatsanwaltschaft nicht mehr klarkam, oder ob das Trinken ihn in die berufliche Krise geführt hatte, blieb offen.

Strunz war nach ihrer Aussage ein stiller Trinker gewesen. In unbeobachteten Momenten nippte er seinen Pegel nach oben. Er betäubte sich, um dem Schrecken um ihn herum zu entkommen. Das Familienleben litt darunter. Monika Strunz hielt das Leben am Laufen. Ihre Erziehung verbat es ihr, aus dem Drama auszubrechen. Ihre Kraft reichte nicht aus, darüber hinaus entscheidend auf ihren Ehemann einzuwirken. Stattdessen verhärmte sie über die Jahre. Ich stellte sie mir als eine zierliche Frau mit schmalen Lippen und dünnen, streng frisierten Haaren vor. Die das stille Trinken ihres Mannes mit einem stillen, immer lebloseren Blick begleitete, während die beiden Kinder sich abwandten. Bestimmt empfanden sie Scham gegenüber ihrem Elternhaus, in dem allenfalls die Fassade im Gleichgewicht schien, in dem für sie aber immer mehr ein schrecklicher grauer Schleier des Schweigens einzog.

Monika Strunz litt still. Jürgen Strunz soff still. Es musste eine gespenstische Stille im Hause Strunz geherrscht haben.

Ihre Unterschrift ließ davon nichts ahnen. Sie war in schönen Schwüngen akkurat ans Ende der Vernehmung gesetzt.

Ich ließ die sechs Zettel der Vernehmung auf den Boden flattern und wusch mir die Haare. Den Kopf unter Wasser, begann ich zu zählen: eins, zwei, drei … elf, zwölf, dreizehn. Bei dreiundzwanzig tauchte ich wieder auf. Ich ging mit den Händen durch meine Haare und wartete, bis sich mein Atem beruhigt hatte. Dann stieg ich aus der Wanne.

Die Luft im Badezimmer hatte sich ordentlich aufgeheizt. Der Dampf umhüllte mich. Ich trocknete mich langsam ab, versuchte, mich in den verschwommenen Konturen des beschlagenen Spiegels zu erkennen, verknotete ein Handtuch vor meinem Bauch und verließ das Badezimmer.

Die Stirn bieten, dachte ich. Du musst diesem ganzen Wahnsinn die Stirn bieten. Ich setzte in der Küche einen starken Kaffee auf und sah im Kühlschrank nach. Ich löffelte einen

Himbeerjoghurt, während die Kaffeemaschine zischte und tröpfelte.

Als ich mir gerade eine Tasse eingoss, rief Jana an. Sie wollte hören, was es Neues gab.

»Nichts.«

»Komm schon. Sei kein Spielverderber.«

»Doch.«

»Wenn nicht jetzt, dann vielleicht nachher? Ich meine, du könntest ein bisschen Abwechslung gebrauchen.«

Natürlich. Die Kristallaugen hatten mich durch den Hörer fest im Blick. Und ich fühlte mich auf eine merkwürdige Art beschützt.

»Nein, heute nicht.«

Sie brauchte nicht mehr lange, bis sie mich dann doch rumhatte. Eine Dreiviertelstunde später war sie da. Sie brachte eine Flasche Wein und zwei türkische Pizzen mit.

»Das ist nicht dein Ernst?«

Wir saßen auf meinem Sofa, und Jana legte ihre Hände auf meine Knie. Sie hatte ihre Fingernägel in einem pastellblauen Ton lackiert. Für mich?

»Das hört sich ja an wie eine echte Verbrecherjagd mit allem Drum und Dran«, sagte sie später, nachdem sie mir ein paar Einzelheiten aus den Rippen geleiert hatte. Sie lehnte sich wieder zurück und nahm auch ihre Hände leider wieder mit. Aber sie machte den Blick auf ihren Hals frei.

»Diese Kneipe, die dieser Russe erwähnt hat, wie hieß die noch?«

»Schlawinchen.«

»Da müssen wir hin.«

Jetzt?

»Los.«

Sie ließ mir keine Chance. Jedenfalls redete ich mir das ein.

»Ich bin gespannt. Und auf dem Weg kannst du mir erzählen, was in diesen schwarzen Akten steht.«

Ich nahm die Gläser vom Tisch, stellte sie in die Spüle zum dreckigen Geschirr und warf das Alupapier in den Müll. Natürlich genoss ich Janas Nähe.

War es der rote Schimmer in ihrem kastanienbraunen Haar oder der Widerschein der untergehenden Sonne darin, der mich so faszinierte? Und es mir so verdammt schwer machte, meinem Vorsatz in puncto professionelle Distanz treu zu bleiben. Am liebsten hätte ich sie gepackt und zärtlich in den Nacken gebissen. Sie umschlungen und nie wieder losgelassen.

Aber wir gingen nur gemeinsam zur U-Bahn.

Jana hatte diesen lässigen Gang drauf, bei dem sich die Hüfte so schwerelos hin- und herwiegte. Sie trug schwarze Jeans, rote Sneaker und ein T-Shirt. Ich befand mich in diesem flirrenden Zustand, gleichzeitig berauscht und gnadenlos ausgeliefert.

Wir lümmelten uns in die Sitze des U-Bahn-Waggons, das offene Klappfenster versorgte uns mit eiserner Tunnelluft.

»Was denkst du gerade?«

Nein. Bitte nicht diese Frage! »Keine Ahnung.«

Jana lachte.

Ein paar Stationen später waren wir da. Wir liefen an der Kneipe des Russen vorbei. Ich zeigte Jana Piepers Wohnung. Sie interessierte sich aber mehr für die Kneipe und den Russen. Er hatte seinen Laden schon geschlossen. Ihr blieb nichts als der Blick durch das schmutzige Fenster in den dunklen Schankraum.

Sie hakte sich bei mir ein und lachte mich an. »Erzähl schon. Was steht in den alten Akten?«

Ich erzählte ihr von den Namen, die unterstrichen waren, und von den vielen anderen, die es nicht waren. Und von der Manie, mit der Strunz versucht hatte, über seinen schicksalhaften Fehler hinwegzukommen. Und wie er gesoffen und seine Familie darunter gelitten hatte.

Jana zog mich ein wenig näher an sich heran. Ihre Haut roch nach Zitrusfrüchten, ich hätte sie gern auch geschmeckt.

»Meinst du, er war ein Spinner?«

Ich dachte kurz nach.

»Ich glaube, er war vor allem verzweifelt. Er kam über diesen einen Fall nicht hinweg und hat sich dann in eine fixe Idee verrannt. Bis er schließlich die Kontrolle verloren hat.«

Jana sah mir direkt in die Augen. »Meinst du also, er hat sich selbst hinuntergestürzt, aus Verzweiflung oder so?«

Ich fühlte mich wie ein Gefangener ihres Blickes. »Keine Ahnung«, erwiderte ich, froh, dass wir endlich das »Schlawinchen« erreicht hatten. So konnte ich die knappe Antwort in der Luft hängen lassen und reingehen.

Dicke Rauchschwaden und dumpfe Musik schwappten uns entgegen. Der Laden war knackevoll. Die Hälfte der Leute trug schulterlange Haare und Lederkutte, die andere Hälfte war nicht so festgelegt. An der Theke hatten sich die Stammgäste versammelt, offenbar gab es den Laden schon länger, es waren ausnahmslos Männer um die fünfzig, die mit der Einrichtung vor langer Zeit gekommen und mittlerweile damit verwachsen waren. Jedenfalls standen sie regungslos, meist mit einem Fuß auf dem Sockel des Tresens. In der einen Hand hielten sie ihr Glas, in der anderen eine Zigarette. Ein paar Studenten und vollbärtige Startup-Gründer mischten sich unter die Alteingesessenen. Obwohl sich die Betreiber alle Mühe gaben, die aktuelle Neukölln-Hysterie an sich abperlen zu lassen, konnten sie sich nicht vollkommen dagegen wehren.

Es gab wenig Licht, das in den zwei Diskokugeln an der Decke und den Spiegeln hinter der Bar reflektierte. Wir drängelten uns vor, Jana bestellte zwei Bier.

»Und, siehst du ihn?«, schrie sie mir nach einer Weile ins Ohr.

»Natürlich nicht«, schrie ich zurück.

Obwohl ich in seiner Wohnung herumgestöbert hatte, hatte ich ihn ja noch nie zu Gesicht bekommen. Wer wusste, wie er inzwischen aussah? Ich hatte nur dieses Foto, und in dieser Räucherstube sah ich höchstens drei Meter weit halbwegs klar. Die Leute standen beieinander und unterhielten sich, so gut es gegen das Gitarrengedröhn ging, oder stierten wortlos in den Raum. Die beiden Tresenmädchen standen auf diesen Grunge-Mist aus den neunziger Jahren. Lahme Rhythmen, zwei Gitarren und fette Bass- und Schlagzeugsounds. Ihr Outfit stimmte. Sie trugen ärmellose Shirts, um die Tattoos auf ihren Armen zu präsentieren. Sie hatten gut zu tun. Sie erledigten die Bestellungen in abgestimmter Routine.

»Das Foto. Zeig mal.«

Ich zog es aus meiner Jackentasche und legte es vor sie auf den Tresen. Jana sah es sich eine Weile an, dann blickte sie in die Runde und schüttelte den Kopf. Sie prostete mir zu.

Die eine Tresenfrau stellte die Musik ab, die Gespräche gingen aber zunächst in gleicher Lautstärke weiter. Erst jetzt bemerkte ich die kleine Bühne am Ende des Raumes. Drei der alten Säcke am Tresen nahmen ihre Füße vom Sockel, griffen ihre Gläser und marschierten im Gänsemarsch zur Bühne.

Die Band. Gitarre, Bass, Schlagzeug.

»One, two, three …«

Und schon ging es los. Das erste Blues Lick durchschnitt die Rauchschwaden im Raum, der Schlagzeuger traf nicht immer den Takt, drosch aber umso kraftvoller auf seine Trommeln, und der Bassist tat so, als gehöre er nicht dazu, während er die Läufe mit seinen schwer beringten Fingern auf dem Griffbrett absolvierte. Der Gitarrist hatte aber eine ganz ordentliche Stimme, mit einer ordentlichen Portion Whisky und geräucherter Lunge im Klangbild.

Jana und ich gingen dazu über, uns in Zeichensprache zu verständigen. Sie hielt Zeige- und Mittelfinger vor ihren Mund und sah mich fragend an.

Ich verstand, suchte in meinen Jackentaschen, fand aber nichts. Also stand ich auf und ging zum Klo, wo ich den Zigarettenautomaten vermutete. Die letzte Euromünze, die noch fehlte, fiel durch. Einmal, zweimal. Ich rieb sie am Automaten, in der Hoffnung, sie würde beim nächsten Mal ihren Weg finden. Vergeblich. Ich sah mich um. Am letzten Tisch vor den Toiletten saß ein Pärchen, das sich offenbar nicht viel zu sagen hatte. Die beiden saßen mit dem Rücken zur Wand und sahen mit gesenkten Köpfen in den Raum hinein. Der Kerl hatte eine Mütze tief ins Gesicht gezogen. Als er bemerkte, dass ich ihn ansah, drehte er sich weg.

Sie sah freundlicher aus. Ich ging an den Tisch und fragte, ob sie wechseln könne. Die Frau sah nach, während sich ihr Freund tiefer in die Ecke duckte.

Auch ihre Münze klapperte im Rückgabefach. Ich sah zum

Pärchen rüber und hob entschuldigend die Schultern, als sich der Typ eine Zigarette anzündete.

Im Schein des Feuerzeugs, das er sich dazu vors Gesicht hielt, erkannte ich die schwungvoll, fast weiblich geschwungenen Lippen. Dazu das breite Kinn und die zusammengewachsenen Augenbrauen. Pieper.

Er bemerke meine Aufmerksamkeit und wurde unruhig.

Ich drehte mich um, warf den Euro ein. Diesmal klappte es, ein paar Sekunden später fiel die Schachtel. Als ich mich wieder dem Pärchen zuwandte, war Pieper verschwunden. Seine Begleitung kramte in ihrem Portemonnaie nach dem passenden Geld für die Rechnung.

»Ich muss ihn sprechen«, sagte ich, nachdem ich an ihren Tisch getreten war. »Es ist dringend.«

Sie sah mich kurz an, antwortete nicht und suchte weiter nach dem Geld. Ich zog einen Stift aus der Jacke, schrieb meine Nummer auf einen Bierdeckel und drückte ihn ihr in die Hand.

Sie sah kurz auf. Vielleicht, weil sie mich nicht zuordnen konnte, steckte sie ihn ein, stand auf, legte das Geld auf den Tresen und verschwand durch die Rauchschwaden zum Ausgang.

Hätte ich reagieren sollen? Hinterherrennen? Schreien?

Was hätte es genützt?

»'ne Freundin von dir?«, fragte Jana, als ich wieder bei ihr angekommen war. Sie hatte das kurze Gespräch aus der Ferne verfolgt. Sie nahm mir die Schachtel aus der Hand, öffnete sie und zog zwei Zigaretten heraus.

»Und wenn, dann habt ihr euch nicht mehr viel zu sagen, tippe ich.«

Wir steckten die Zigaretten an und nahmen mehrere stille Züge. Ich lenkte mich mit einem Blick auf die Flaschengalerie vor der Spiegelwand ab. Das Schwarzlicht aus den Neonröhren färbte den Alkohol in wilde Farben. Der Bernsteinton der Malt-Whiskys erhielt eine geheimnisvolle blaue Note. Die Wodkareihe daneben tanzte in blau-grünen Schattierungen vor mir hin und her. Nur die Gläser schimmerten silbergrau und artig in Reih und Glied.

Passend zur Musik, die wie durch einen Wattefilter in mich eindrang. Es hätte »Smoke on the Water« sein können oder »Jesus came from Chicago«, aber darauf kam es nicht an. Hauptsache, fette Sounds. Schließlich nahm ich meinen Mut zusammen, drückte die Zigarette in den Aschenbecher und sagte: »Das war Pieper.«

Jana brauchte nicht lange, um zu begreifen. Ihr Blick, mich eben noch in Wohlwollen verschlingend, schlug in silbergraue Kälte um.

»Und du hast ihn laufen lassen? Idiot!«

Ihre Augen blitzten mich an. Sie zog tief an der Zigarette.

Ich beugte mich an ihr Ohr, um nicht schreien zu müssen.

»Was soll das? Immerhin hab ich 'ne Spur. Ich bin kein Schimanski, der die Schurken gleich im Schwitzkasten in den Knast schleppt. Und außerdem bin ich nur der Hiwi vom Chef.«

Jana stopfte ihre Zigarette in den Aschenbecher.

Sie hatte sich an mein Ohr gebeugt, schrie aber dennoch.

»Hey, du bist hier mittendrin in diesem rätselhaften Fall, und dann lässt du den Typen einfach so sausen? Das war wahrscheinlich die Chance deines Lebens, und du hast sie für diese eine blöde Schachtel Zigaretten aufgegeben.«

Jana schüttelte sich.

Aus den Boxen lärmte ein furchtbar langes Gitarrensolo. Die beiden Männer neben uns, die bis dahin ihre Köpfe im Rhythmus der Musik bewegt hatten, begannen sich für uns zu interessieren. Sie merkten, dass etwas nicht stimmte, und witterten ihre Chance. Sie rückten ein wenig näher an Jana heran, die das zunächst nicht bemerkte. Der Typ in der braunen Lederkutte und dem fusseligen Vollbart grinste mich blöd an, dann lehnte er seinen Ellenbogen auf den Tresen und glotzte auf Janas Haare. Sie bemerkte die plumpe Annäherung, warf einen verächtlich-belustigten Blick auf die Lederkutte und verzog das Gesicht. Die beiden Typen zogen sich wieder zurück.

»Nein«, antwortete ich, als sie sich wieder mir zuwandte.

»Ich bin nur kein Tatort-Kommissar, der die Fälle in neunzig Minuten löst.«

Wir tranken unser Bier und ließen uns von der Musik volldröhnen.

Jana orderte zwei neue.

»Sorry«, sagte sie schließlich zwischen zwei Songs. »Ich glaube, ich bin einfach nur neidisch. Wenn ich doch auch so etwas erleben würde. Weißt du, man denkt sich dann so in die Geschichten rein. Und ist voll der Held.«

Wir stießen an und tranken, dann drängelten wir uns zum Flipper durch und warteten, bis der Typ, der sich gerade daran abarbeitete, seine Lust verloren hatte. Die Euros flutschten einer nach dem anderen durch, die Bälle kamen nicht so recht ins Flippern. Kein Freispiel, kein Highscore flackerte auf.

Nach dem ersten Set zahlten wir und gingen.

Okay, Jana benutzte mich, um mit der Situation klarzukommen. Sie stürzte sich mit mir in den Fall, um das Unvorstellbare zu verarbeiten. Das war ein bekanntes Phänomen. Aktionismus statt Innehalten und versuchen, den Überblick zu behalten. Ich diente ihr dabei als Blitzableiter. Das war aus ihrer Sicht nicht falsch. Ich ließ ja alles mit mir geschehen. Über allem stand aber das Grundproblem: die Verquickung von beruflichen Dingen mit privaten.

Daran musste sich etwas ändern. Alles.

Zum Abschied gab sie mir einen Kuss auf die Wange. »Du schaffst das schon«, sagte sie.

»Lass uns telefonieren«, sagte ich.

»Okay. Schlaf gut.«

Schlaf gut?

Sie hat »Schlaf gut« gesagt.

Diese ganze Sache wurde für mich nicht einfacher. Jana. Immer wieder Jana. Ihr Bild tauchte auf, sobald ich die Augen schloss. Ich hatte das Fenster geöffnet, sah hinaus, nippte an meinem Kaffee und schob eine CD in den Player. Auf dem Sofa liegend, konnte ich über die Dächer der Nachbarhäuser in den nächtlichen Himmel schauen. Noch immer war keine Wolke zu sehen. Was für ein Sommer, was für eine Hitze! Und trotzdem auch ein paar Sterne. »Round about midnight«.

Ein paar Töne schwebten durch den Raum, einzeln, die sich zu Klängen zusammenfanden und auf meiner Haut mit dem leichten Luftzug der Nacht verbanden. Wie lange ich so dasaß, weiß ich nicht.

Ich knipste die Kaffeemaschine aus, stellte die Tasse in die Spüle und ging Zähneputzen. Scheiße, dachte ich, als ich auf den Wecker sah. Schon nach halb zwei. Ich stellte den Wecker auf sieben und legte mich ins Bett. Ich war müde und fühlte mich leer. Und gleichzeitig voller Energie, endlich loszulegen und mich von Weber möglichst lange fernzuhalten.

Schlaf und doch noch nicht schlafen. Ich liebte diesen ungefähren Zustand zu Beginn der Nacht, wenn die Ereignisse des Tages in einem Teil des Kopfes langsam verschwanden und dem Geheimnis der Traumwelt wichen. Umgekehrt, am Morgen beim Aufwachen, war es genauso.

Ich nahm mir beim Einschlafen irgendein Thema vor, das mich beschäftigte, und ließ die Gedanken schweifen. Oft sprangen sie von hier nach da und quer und hoch, bis sich die Wachwelt am Ende mit der Traumwelt mischte und absurde, ja surreale Seifenblasen in meiner Vorstellung entstehen ließ. In dieser Nacht fing ich mit Jana an. Und mit der Frage: Wie sollte ich jemandem wie ihr erklären, was in diesen Tagen mit mir geschah, welche Zweifel ich hatte und welche Wut?

FÜNF

Weber saß zum Fenster gebeugt hinter dem Schreibtisch und bearbeitete seine Finger mit einem Nagelknipser. Ich konnte mit diesen Dingern ja nichts anfangen. Entweder schnitten sie so komische Ecken, oder sie fetzten die halbe Fingerkuppe ab. Aber Weber arbeitete mit großer Gründlichkeit damit. Er nahm mein Erscheinen zur Kenntnis. Mehr nicht.

Erst als sich die Tür erneut öffnete, sammelte er sich, steckte den Knipser in die Brusttasche seines Hemdes und sagte: »Da seid ihr ja endlich.«

Ich kannte die beiden nicht. Sie sahen aus wie alle hier. Jeans, Hemd, ausgebeultes Jackett. Der Linke zog sein Dossier aus der Tasche und legte los.

»Lleowin McGalowan, oder wie man diesen Quatsch ausspricht. Das ist unser Mann«, sagte er und schielte in Webers Richtung.

»Der geht uns seit längerer Zeit ein wenig auf die Nerven. Dealer. Mal hier, mal da. Seinen bisherigen Verurteilungen zufolge ist er vor sechs Jahren als Student aus Wales hergekommen und dann hier irgendwie versackt. Er hat in Pubs gearbeitet, in Bands gespielt und nebenher gedealt. Das scheint inzwischen seine Haupteinnahmequelle zu sein. Die Kollegen von der Drogenfahndung haben ihn auf dem Radar, aber noch nicht in Manndeckung.«

»Sehr schön«, warf Weber ein. »Aber komm zur Sache, Walter.«

Walter steckte die linke Hand in die Tasche und fuhr fort. »Er hat das Gerichtsgebäude um fünfzehn Uhr betreten und zwei Stunden später verlassen. Genau der Zeitraum, in dem Strunz von der Empore fiel. Dieser Mac war als Zeuge in einem Verfahren vorgeladen.«

»Warum?«

»Auch so eine komische Geschichte. Er verkauft jetzt Steine auf Wochenmärkten. So Esoterikkram. Und nebenher vertickt er das Dope unter der Hand. Die Leute kommen und gehen, sehen sich die Steine an, und am Ende holt er das Zeug vor und steckt es den Kunden zu. Eines Tages gab es einen Tumult vor seinem Stand, und am Ende lag das Opfer mit einer gebrochenen Nase und einem Messer im Bein auf dem Boden. Der Fleischer soll es gewesen sein. Als ›Hax'n Orje‹ hat er sich einen Namen gemacht. Gute Sachen, meine Frau kauft da auch ein, wenn er in der Nähe ist. Es war ein merkwürdiger Streit zwischen Orje und einem Kunden. Der Mac soll alles gesehen, aber nix damit zu tun haben.«

»Ja, und?«

Walter kam nicht dazu, weiterzureden. Ein vorsichtiges Klopfen unterbrach ihn.

Weber sah überrascht zur Tür. Lauschte.

Das zarte Klopfen erklang erneut.

Weber rührte sich nicht.

Wir anderen schwiegen.

Das langsame Senken der Klinke kündigte das Ende des Stillstandes an. Die Tür öffnete sich zaghaft, passend zum zurückhaltenden Klopfen. Ein faltiges Gesicht erschien zwischen Tür und Rahmen. Blass wie die vor Jahren zuletzt getünchte Wand daneben.

»Herr Weber?«

Weber verharrte in ablehnender Haltung.

»Entschuldigen Sie die Störung. Dobrinski«, sagte der Eindringling.

Blitzartig schaltete Weber in den Angriffsmodus. »Was ist Dobrinski?«, fragte er spitz. »Eine Krankheit? Eine Apfelsorte? Der polnische Oppositionsführer?«

War er eben noch regungslos den Ausführungen des Kollegen über unseren möglichen Hauptverdächtigen gefolgt, so füllte sich seine massige Figur jetzt wieder mit Leben. Die Körpersprache strömte allerdings wenig positive Energie aus.

»Nein«, sagte der Mann und wagte sich endlich weiter in das Zimmer hinein. Es tauchte eine magere Gestalt auf, in der für das Gerichtsgebäude so typischen blau-grauen Uniform. »*Kollege* Dobrinski. Der Wachtmeister.«

»Und?«

»Er ist tot.«

Weber sah fassungslos in die Runde.

»Was soll der Quatsch? Lassen Sie sich doch nicht alles aus der Nase ziehen.«

Das Faltengesicht trat endgültig ein und gewann an Sicherheit. »Wir haben ihn heute tot in seiner Wohnung gefunden. Er war seit gestern nicht mehr bei der Arbeit erschienen. Unentschuldigt. Das ist doch interessant, wo Sie doch den Fall Strunz übernommen haben.«

Ich bemerkte noch ein letztes Zittern in Webers rechtem Mundwinkel, bevor er lospolterte.

»Ich kenne keinen Dobrinski, und ich werde ihn nach Lage der Dinge auch nicht mehr kennenlernen. Mir ist das Schicksal des Mannes vollkommen gleichgültig. Er war sicher eine feste Stütze unserer Arbeit. Sie sagen, er starb. Zu Hause. Das passiert. Viele Menschen sterben. Jeden Tag. Hoffentlich werde ich auch irgendwann im Kreis meiner Lieben sterben. Das wäre schön. Aber bis dahin kann ich nicht das ganze Elend dieser Welt aufarbeiten. Richten Sie der Familie Dobrinski mein Beileid aus, auch im Namen des Präsidenten und der ganzen Justiz. Ich muss hier einen Mordfall aufklären. Und jetzt, bitte schön, raus. Sofort.«

Weber wandte sich ab.

»Das ist doch aber merkwürdig«, sagte der Uniformierte. »Dobrinski stirbt, gerade nachdem Strunz tot ist. Wir saßen gerade im Pausenraum zusammen und dachten, dass das wichtig ist. Wir wollen doch nur helfen.« Er sah sich ein letztes Mal um und schüttelte verärgert den Kopf. Bevor Weber darauf reagieren konnte, schloss er die Tür ebenso behutsam, wie er sie geöffnet hatte. Das Faltengesicht zog ab.

Weber benötigte ein paar Augenblicke, um sich wieder zu ordnen. »Wo waren wir?«

Kollege Walter hob den Finger.

»Wir waren bei Lleowin McGalowan, dem walisischen Dealer, der Steine auf dem Markt verkauft. Und Hax'n Orje, der einen Kunden niedergestreckt hat.«

Weber schüttelte sich. »Noch so zwei Verrückte. Wir haben nicht ewig Zeit. Also weiter.«

Er wirbelte die stickige Luft im Zimmer mit zwei schnellen Handbewegungen durcheinander wie ein Verkehrspolizist, der noch ein paar letzte Autos über die Kreuzung winkt.

»Was McGalowan wirklich verdächtig macht, ist sein kriminelles Vorleben. Drei Mal wurde er als Dealer verurteilt. Achtung, und jetzt kommt's: zwei Mal von Strunz. Die letzte Verurteilung ist erst ein paar Monate her. Zwölf Monate auf Bewährung. Und ein neues Drogenverfahren läuft bereits. Er muss damit rechnen, in den Knast zu wandern. Also kurz zusammengefasst: Der Mac ist ein Dealer, Strunz verurteilt ihn zwei Mal, und als Strunz aus dem Leben tritt, ist er anwesend. Ich hab schon schlechtere Ermittlungslagen erlebt.«

Weber schwieg.

»Da is Musike drin«, sagte er schließlich.

Danach lehnte er sich zurück und nickte entschlossen.

»Dann kann es ja losgehen. Alle Maschinen auf Kurs und immer eine Handbreit Sachverstand unter dem Kiel.«

Niemand lachte.

Die kleine Zusammenkunft löste sich schweigend auf.

Weber stellte einen Trupp zusammen. Er winkte mich an seine Seite. Auf dem Weg nach unten legte er seinen Arm über meine Schulter. Ich ahnte nichts Gutes.

***

Lleowins Stand war der kleinste auf dem Markt. Heute stand er auf dem Karl-August-Platz. Einem kleinen, feinen Wochenmarkt nahe der Deutschen Oper, der rund um die Trinitatiskirche angeordnet war. Nur wenige Touristen verirrten sich hierher, obwohl er so zentral in der City-West lag. Sie hatten Lleowin eine Ecke ganz am Rand zugewiesen. Er saß auf einem Barhocker und hatte Kopfhörer auf, klopfte im Rhythmus der Musik mit den beiden Zeigefingern auf die Kante. Vor sich auf dem Tisch hatte er die Steine ausgebreitet. Grüne Wohlfühlsteine, blaue Glückssteine, lilafarbene

Karmasteine. Ein paar Papierschilder gaben Auskunft über Wirkung und Herkunft.

Es war nicht so, dass die Leute ihm die Bude einrannten. Der Strom der Marktbesucher floss gleichmütig an seiner Auslage vorbei. Der Mann war ungefähr in meinem Alter, hatte ein sonnengebräuntes Gesicht und ausgeblichene dunkelblonde Haare, die ihm locker bis über die Schultern hingen. Ein paar wenige, aber dafür umso stärkere Sommersprossen um die Nase störten das sonst stimmige Bild.

Ein paar ältere Frauen blieben dann und wann stehen, stellten ihre Einkaufstaschen ab und betrachteten die Steine. Lleowin lächelte zur Begrüßung. Er folgte ihren Blicken auf die Steine, um ihr vorsichtiges Interesse zu erahnen und darauf einzugehen. Sie wechselten ein paar Worte, dann nahmen die Frauen ihre Einkaufstaschen wieder in die Hand und gingen.

Ich saß mit Weber in einem Café auf der anderen Straßenseite. Wir hatten den letzten freien Tisch im Schatten ergattert. Zwei Kollegen, einer von ihnen war Walter, warteten im Auto. Gleichzeitig nahm ein weiterer Trupp die Wohnung des Walisers auseinander.

Wir blinzelten durch die parkenden Autos hinüber, Weber hatte sich hinter seiner Sonnenbrille versteckt. Ich löffelte gerade den Schaum aus meinem Cappuccinoglas, als es so weit war. Ein Mädchen, vielleicht sechzehn oder achtzehn Jahre alt, grüßte Lleowin mit zwei Wangenküssen. Sie nahm einen helllila schimmernden Stein in die Hand, wog ihn und legte ihn wieder an seinen vorgesehenen Platz. Sie wechselten ein paar Worte, Lleowin griff unter den Tisch und holte ein kleines Papiertütchen hervor. Das Mädchen legte einen Zwanzig-Euro-Schein auf den Tisch, nahm es und verlor sich zwischen den Passanten.

Das war wirklich keine schlechte Geschäftsidee. Als Verkäufer geheimnisvoller Steine von Markt zu Markt zu ziehen und nebenbei das Dope zu verkaufen. Kundennah und verblüffend diskret in aller Öffentlichkeit.

Alles nur Fassade.

In meiner Vorstellung zogen Bilder der Geschäfte vorbei, bei denen ich mich stets gefragt habe, wie sie trotz des offensichtlich kompletten Desinteresses möglicher Kunden trotzdem über Jahre bestehen konnten. Niemals hatte ich Menschen die Läden betreten, niemals sie verlassen sehen. Und hintenrum ging die Post ab. Wurde Geld gewaschen, Hehlerware vertickt, Menschenhandel organisiert. Was für ein herrliches Schauspiel hatte ich all die Jahre verpasst!

Ich wollte es selbst ausprobieren, ließ mich vom gemächlichen Sog der Leute in den Markt hineinziehen und sah mich um. Nach einem kleinen Schlingerkurs stand ich wie beiläufig vor den wertvollen Steinen.

Lleowin checkte mich mit einem schnellen Blick ab.

»Suchen Sie was Bestimmtes? Haben Sie Stress? Da kann ich den Amethyst empfehlen. Der holt einen stimmungsmäßig runter, wenn man ihn auf die Brust legt. Außerdem hilft er gegen Potenzstörungen.«

Er lachte.

»Nein, ich interessiere mich für ein paar von den Traumsteinen.«

Lleowin zögerte, trommelte mit den Fingern auf den Tisch und schob seine Lippen nach vorn. Er fummelte an seinem Handy herum und zog das Tischtuch glatt.

Ich nahm den helllila Stein, den meine Vorgängerin in der Hand gehalten hatte, warf ihn in die Luft und fing ihn wieder auf.

»So ungefähr in der Größenordnung von zwanzig Euro.«

Lleowin sah mir ein letztes Mal in die Augen, kniff sie zusammen, dann griff er unter den Tisch.

»Da habe ich etwas. Einen schwarzen Afghanen aus den Bergen rund um Faizabad. Er ist jedes Gramm wert.« Er hielt mir das kleine Tütchen aus sprödem braunem Packpapier hin, ich schielte hinein und sah den schwarzen Flatschen auf dem Boden liegen. Schwarz und weich wie Lakritze. Ein Geruch leicht säuerlicher Süße stieg aus der Tüte hervor.

Lleowin lächelte weiter.

Ich zahlte.

Weber nickte.

»Gut gemacht, Junge. Was meinst du?«

Ich verstaute das auf Staatskosten gekaufte Dope in meiner Hosentasche und bestellte noch einen Espresso.

»Ich weiß nicht. Das sieht alles sehr geschäftig und routiniert aus. Ist McGalowan eigentlich der einzige Dealer, der auf Märkten unterwegs ist? Das ist ja genial. Aber wie ein Mörder kam er mir jetzt nicht vor.«

»Logisch«, wehrte Weber ab. »Mörder sehen nie wie Mörder aus. Das macht unseren Job ja so kompliziert. Halten wir uns an die Fakten. Strunz verurteilt ihn, und als Strunz stirbt, ist er als Zeuge im Gericht, nur ein paar Meter von der Empore entfernt. Zufall?«

Ich dachte kurz nach. »Keine Ahnung, aber ein schönes Alibi. Er war ja nicht freiwillig da.«

Weber rollte mit den Augen, als wollte er das jetzt nicht hören. »Da hast du leider recht. Aber das macht ihn umso verdächtiger. Was stimmt da nicht?«

Ich trank meinen Espresso und zündete mir eine Zigarette an. Weber versteckte sich hinter der Sonnenbrille und holte den Nagelknipser heraus.

»Okay. Lassen wir ihn ein wenig zappeln.«

SECHS

Der letzte Rest des Morgendunstes hing zwischen den Bäumen neben dem Gleis. Mit mir wartete eine Handvoll anderer Frühaufsteher, die, blass vor Müdigkeit, ebenfalls auf den nächsten Zug warteten. Die Luft hier draußen hatte noch nicht den Staub der Straße aufgenommen und schimmerte noch nicht grau von den Abgasen des Berufsverkehrs.

Das Quietschen der Räder auf den Schienen kündigte die nächste Bahn an. Sie hielt ächzend. Ein paar Leute stiegen aus, die Wartenden ein. Ich ging den Bahnsteig ein paar Schritte zurück, um beim nächsten Zug den ersten Wagen genau in der Mitte zu erwischen und alle drei Türen gleichermaßen im Blick zu haben. Die Sonne hatte die Baumkronen erreicht. Sie machte den Anblick des Bahnsteiges nicht angenehmer. Und meine übernächtigten Weggefährten strömten unablässig nach.

Die Sonne wärmte mein Gesicht, als sich der nächste Zug ankündigte. Ich schloss die Augen und ging die Sache noch mal durch.

Die Postkarte war gestern Morgen zwischen einem Kontoauszug und einem schrillen Möbelflyer mit der anderen Post auf den Boden gerutscht.

Herzlichen Glückwunsch zur Silberhochzeit

Zwei alte Menschen mit einem Meer an Falten im Gesicht hielten sich in den Armen und lachten in die Kamera. Es war eigentlich ein Schwarz-Weiß-Foto, nur die Sonnenblumen im Hintergrund leuchteten sattgelb.

Und auf der Rückseite:

HapPie Perthday!
Und alles Liebe zum 630. Geburtstag
Wünscht Euch

SaBine *<u>Grunewald</u>*
PS. Wir sehen uns Vorne, an diesem Mittwoch

Ich hatte es im ersten Moment für eine dieser offenbar im Koksrausch entstandenen Werbebotschaften irgendeines Telefonanbieters gehalten und schon fast in den Müll geworfen, als ich noch einmal am ersten Schreibfehler oben auf der Karte hängen blieb und von da aus meine Blicke automatisch über die Karte hoppelten.

Pieper. 630. SB Grunewald. Vorne. Mittwoch.

Die gute alte Postkarte erlebte ihr Comeback. Wer hätte das gedacht. Also war ich an diesem Mittwoch früh aufgestanden. Eine knappe Stunde später erreichte ich den S-Bahnhof Grunewald. Ich sollte auf dem Bahnsteig ganz vorn warten, damit ich in den ersten Wagen einsteigen konnte, wenn ich das Zeichen dafür erhielt.

Die Bremsen des einfahrenden Zuges holten mich in die quietschende Wirklichkeit zurück. Ich riss die Augen auf und sah hilflos gegen das Licht.

Ein Pfiff.

Ich drehte meinen Kopf in die Richtung, aus der ich ihn kommen wähnte. Mich traf ein Blick, der dazugehörige Kopf bedeutete mir mit einem kurzen Nicken, einzusteigen.

Ich tat es und setzte mich auf den ersten Platz der Bank, sodass ich den Mann, der jetzt wieder teilnahmslos an der Tür stand, sehen konnte. War das Pieper? Ich erkannte den Mann, den ich neulich in der Kneipe gesehen hatte, nicht wieder. Er trug einen Hut, hinter dem ungepflegten Bart schimmerte ein heller Teint.

Der Zug fuhr an, »Pieper« holte eine Zeitung aus der Jackentasche und begann vermeintlich darin zu lesen.

Wir fuhren Richtung Osten. Der Zug füllte sich mit jedem Halt. Ich behielt den Mann im Auge, ohne ihn direkt anzusehen. Kurz vor Bahnhof Zoo faltete er seine Zeitung zusammen und nickte mir zu. Ich stand auf und trat neben ihn. Als die Tür sich öffnete, spürte ich seine Hand in meiner. Er steckte mir einen Zettel zu und stieg aus. Andere Fahrgäste drängten an mir vorbei, bevor ich ebenfalls auf den Bahnsteig trat. Der Mann mit Hut verschwand in der Masse der wuselnden Menge.

Auf der Rolltreppe hinab zum Ausgang holte ich das Stück Papier aus meiner Hosentasche. Ich sollte mir am Kiosk vor dem Ausgang eine Illustrierte kaufen und dann langsam zum Café des Delphi-Kinos in der Kantstraße laufen.

Fünf Minuten später war ich da.

Pieper – er war es tatsächlich – saß an einem Tisch in der Ecke. Als er mich sah, stand er auf und lotste mich in den hinteren Teil zu den Toiletten.

»Idiot«, raunte er mir zu. »Haben Sie den Mann mit der Hornbrille und dem schwarzen Anzug in der S-Bahn bemerkt?«

Ich schwieg.

»Er folgt Ihnen.«

Ich drehte mich ungläubig um, als ob ich den Mann direkt hinter mir erwartete.

»Kennen Sie das Café Josty?«

Ich schüttelte den Kopf.

»Da treffen wir uns heute Abend. Um halb zehn. Aber erst, wenn Sie sicher sind, niemanden im Schlepptau zu haben. Es geht um zu viel.«

Er drehte sich zur Seite. Erst jetzt bemerkte ich die Glastür, die in den Hinterhof führte.

»Nehmen Sie rechtzeitig die Karte aus dem Handy, Sie Anfänger«, sagte er, bevor er im Hof verschwand.

Ich setzte mich an einen Tisch, bestellte Kaffee und wartete.

Tatsächlich kam wenig später ein Mann in einem schwarzen Anzug und Hornbrille herein. Er sprach in sein Headset, dessen Kabel er, wie es neuerdings üblich war, unter seinem Hemd trug. Ein Banker in der Pause oder so ein PR-Fuzzi.

Nicht nur, dass mir die Vorstellung, observiert zu werden, vollkommen absurd vorkam. Aber wenn es gegen alle Vernunft doch so war – was um Himmels willen könnte der Grund dafür sein? Wahrscheinlich war das nur die Spinnerei Piepers. Immer schön sachlich bleiben und nimm dich nicht so wichtig, redete ich mir ein.

Ohne Erfolg.

Am liebsten wäre ich sitzen geblieben, bis ich aus diesem Traum mit ein wenig Herzrasen und leichtem Schweiß auf der Stirn aufwachte. Aber es blieben nur das Herzrasen und der kalte Schweiß auf der Stirn.

Ich lief bemüht entspannt zurück zum Bahnhof Zoo, wartete auf die U9 Richtung Steglitz und sprang in den ersten Zug, der kam, ohne mich umzusehen. Die Türen schlossen sich. Ich war erleichtert, niemand war mir gefolgt.

Dachte ich.

Aber das rhythmische Rollen der Räder brannte sich in meinen Kopf ein: *Du wirst verfolgt, du wirst verfolgt, verfolgt, verfolgt*, ratterte es in bohrendem Gleichklang.

Beim U-Bahnhof Spichernstraße erhob ich mich im allerletzten Moment, sprang aus dem Wagen und rannte den Ausgang hinauf. Erst auf dem Treppenabsatz machte ich halt und warf mich herum. Niemand folgte mir. Ich hörte auch keine Schritte im Tunnel. Ich rannte die Treppe wieder hinab.

Nichts.

Ich nahm den Ausgang auf der anderen Straßenseite.

Wieder nichts.

Ich entdeckte einen Kleinbus mit getönten Scheiben am Straßenrand, versteckte mich dahinter und wartete. Den Rücken an den Kotflügel des Busses gedrückt, fand ich wieder zu mir. Der Boden unter meinen Füßen vibrierte und kündigte die nächste U-Bahn an. Ich fingerte eine Zigarette aus meiner Jacke und steckte sie an. Zwei alte Frauen mit Einkaufstüten schnauften wenig später aus dem Ausgang, auf der anderen Seite kamen drei Schüler gemächlichen Schrittes die Treppe hoch. Sie hatten es nicht eilig.

Kein Typ in einem schwarzen Anzug weit und breit.

Ich lachte in mich hinein. So leicht lässt du dich verrückt machen von ein paar langsam durch die Straßen fahrenden Autos und überspannten, wichtigtuerischen Männern, als mein Handy in der Hosentasche vibrierte.

Das Handy!

Vielleicht war Pieper doch nicht so ein Amateur, wie der Russe dachte? Ich sah mich um. Noch immer nichts. Aber dieses Gefühl, langsam zu ersticken, war wieder da.

Du wirst verfolgt, verfolgt, verfolgt …

Ich schaltete das Handy aus, zögerte aber, die Karte herauszuholen. Ruhe bewahren, bloß keinen Anfängerfehler begehen. So wie eben beim Herumgerenne am U-Bahnhof.

Ich ließ die Karte stecken und ging los, die Motzstraße hinein, wie mir das Straßenschild verriet. Bloß nicht zu schnell und auch nicht zu langsam, dachte ich, um keine Aufmerksamkeit auf mich zu ziehen.

Ich suchte einen geeigneten Standort, an dem ich mein kleines Experiment starten konnte, um Gewissheit über diese Verfolgungsgeschichte zu erhalten. Es musste ein Ort sein, den ich möglichst weit überblicken konnte und an dem ich gleichzeitig geschützt war, wenigstens für eine kleine Weile.

Es war wie damals im Urlaub auf dem Bauernhof, als die Bauernjungs die Mauselöcher auf den Feldern fluteten, um die Mäuse aus den Löchern zu treiben, und den Rest die Katze erledigen ließen. Hier und jetzt lauerte aber leider keine Katze im Gebüsch, die den Rest erledigte.

Die Bar an der nächsten Kreuzung schien mir geeignet. Sie hatte geöffnet, jedenfalls stand die Tür auf, die Fenster waren abgedunkelt. Ich vermutete aus der Entfernung, dass man schlecht hinein, aber ausreichend gut hinaussehen konnte. Von einem Platz am Fenster aus hoffte ich, die Kreuzung überblicken zu können. Zwanzig Meter vor der Bar verlangsamte ich meinen Schritt. Ich nahm die Karte aus dem Handy, steckte sie in die Hosentasche, das Handy zurück in die Jacke und sprintete los.

Meine Augen mussten sich an die Dunkelheit des Innenraums gewöhnen. Aber dafür hatte ich keine Zeit. Ich sagte Hallo und bestellte einen Espresso und eine Cola ins Vage hinein.

Mein Atem beschlug die Scheibe ein wenig, während ich in die Leere starrte. Ich bemühte mich, durch die Nase auf die

Tischplatte zu atmen, und wischte den feuchten Film mit dem Unterarm weg.

Ich bedankte mich gedankenlos für die Getränke, als der Kellner sie neben mich stellte. Und sah in derselben Sekunde das Auto kommen.

Ein dunkelblauer Daimler raste die Straße entlang, die ich gekommen war, bremste ungefähr an der Stelle ab, an der ich die Karte aus dem Handy genommen hatte, und schlich im Schneckentempo weiter auf die Kreuzung zu. Es saßen zwei Männer im Wagen, ich konnte ihre Silhouette erkennen. Auf der Kreuzung blieben sie stehen, sahen sich in alle Richtungen um und bogen schließlich links ab. Sie hielten in der zweiten Reihe, die Beifahrertür öffnete sich, und der Hornbrillentyp stieg aus.

Mir wurde übel.

Wieder blickte er sich um, dann gab er dem Fahrer ein Zeichen und schlug die Tür zu. Das Auto fuhr an. Mein Verfolger lief los, blieb stehen. Sah die vier Straßenfluchten entlang. Der Versuch, meine Witterung aufzunehmen.

Ich trank die Cola in einem Zug aus und wischte die Lippen ab.

Als der Mann sich nach allen Richtungen versichert hatte, nahm er meinen Laden in Augenschein. Er wechselte die Straßenseite und näherte sich der Tür, durch die ich wenige Augenblicke zuvor eingetreten war.

Aus meinem sicheren Beobachtungsposten war eine Falle geworden. Ich stand auf, sah mich nun meinerseits um und entdeckte eine Treppe, die in den Keller führte. Ich hastete hinunter, in der wirren Vorstellung, mich vielleicht in einer Toilette verstecken zu können. Am Ende des Ganges stand eine Tür offen. Ich stürmte hinein. Trübes Licht schien auf schwarze Ledermatratzen, die Wände waren schwarz gestrichen. Es roch scharf. Ein alter Mann mit einem Wischmopp stand in einer Ecke und schrubbte den Boden.

»Junge, komm heute Abend wieder. Hier gibt's nichts mehr zu erleben, wir haben zugemacht«, sagte der Putzmann.

Auch das noch. Ein Darkroom.

Ich hetzte zurück, sah den länglichen Schatten einer Gestalt auf der Treppe erscheinen, duckte mich hinter den Zigarettenautomaten, spürte, wie jeder Muskel meines Körpers in Lauerstellung ging, und hielt den Atem an. Als der Mann den ersten Fuß vom Treppenabsatz auf den Boden gesetzt hatte, war es so weit. Ich schnellte aus meiner Deckung hervor, schlug mit einer Faust gleichzeitig dorthin, wo ich den Kopf vermutete, und trat entschlossen in Richtung seines Rumpfes.

Er fiel. Ich stürzte hinauf, hinaus auf die Straße. Nur weg.

Vom Wagen war nichts zu sehen.

Am Nollendorfplatz stieg ich in ein Taxi. Nein. Ich hechtete auf die Rückbank. Das ergab ja alles keinen Sinn. Wovor war ich da gerade weggelaufen?, dachte ich, als ich vorm Gericht aus dem Wagen stieg. Ich wollte ins Büro und zur Ruhe kommen. Sollten meine Verfolger doch den Justiztempel umstellen und mir in der Dämmerung auflauern, um mich zu krallen. Aber für was eigentlich?

Als ich auf meinem Stuhl im Büro saß und sich die Spannung allmählich aus den Gliedern löste, zog ich eine ernüchternde Bilanz: Ich hatte keine Reserven mehr.

Bis zum Abend versuchte ich, mich abzulenken und den Kopf wieder freizubekommen. Ich rief Moritz an und probierte ein paar aufgekratzte Scherze. Sie misslangen. Jana ging nicht ans Telefon. Die Nachrichten beklagten die ersten Hitzetoten.

Das Haus leerte sich langsam, ich bemerkte es am sinkenden Geräuschpegel. Immer seltener hallten Schritte über die Flure, wie durch ein Wunder fanden alle den Ausgang aus diesem Gerechtigkeitsirrgarten. Wie souverän kam dieser Palast in der Außensicht daher und strahlte seine mächtige Verlässlichkeit aus, aber als wie banal erwies sich das triste Treiben tatsächlich aus der Nähe!

Ich wartete bis um sechs, dann schloss auch ich die Tür hinter mir und suchte meinen Weg hinaus.

***

Pieper hatte seine Sonnenbrille aufgesetzt. Er schützte sich vor der tief stehenden Sonne. Mir fiel sein stierartiger Nacken auf. Das hatte ich bei unserem ersten Treffen und auf den Fotos übersehen. Und natürlich die Röte seiner Haut. Fast wie ein Engländer, nur die Sommersprossen fehlten.

Er hatte mich in das Café bestellt. Dort hatte er eine Nachricht für mich hinterlegt. Schließlich trafen wir uns auf einem Sportplatz gleich nebenan, der Heimstatt des FC Internationale, wie ich dem Schild überm Eingang entnahm. Ein paar Zuschauer standen um den Platz herum und verfolgten mehr oder weniger interessiert ein Fußballspiel. Pieper lehnte am Geländer ganz vorn und nickte mir kurz zu, als ich mich neben ihn stellte.

»Alles klar«, sagte ich. Und wollte damit klarstellen, dass diesmal alles klar war, ich kein Handy mit SIM-Karte bei mir trug und einen wahren Zickzackkurs hingelegt hatte, um mögliche Verfolger abzuschütteln. Mir war dabei mulmig zumute gewesen. Was, wenn sie mich per Satellit verfolgten? Aber damit rechnete wohl selbst Pieper nicht. Er legte gleich los.

»Was wissen Sie?«

»Nicht viel.«

»Das ist schlecht.«

Okay. Wir sahen uns das Spiel an. Es standen zwei unglaublich schlechte Mannschaften auf dem Platz. Blau versemmelte gerade einen Konter. Ein dicker Abwehrspieler des blauen Teams schlug den Ball hoch und weit nach vorn, wo er kläglich ins Aus tippte.

Pieper und ich sahen ihm stumm nach.

»Also gut, es geht hier um mich, oder was?«, fragte Pieper.

»Ich weiß nicht. Es geht um ziemlich viele. Und Sie sind einer, der uns im Moment sehr interessiert. Wir wollen wissen, warum Sie nach dem Überfall vor der Sanogo-Zentrale abgetaucht sind und dadurch den Täter gedeckt haben. Jetzt sind Sie auch noch gänzlich verschwunden. Das würden wir gern verstehen, weil wir einen Mord aufklären wollen. Der Staatsanwalt, der die Sache bearbeitet hat, ist tot.«

Pieper hatte zugehört und dabei das Auf und Ab auf dem

Platz verfolgt. Er wartete den Spielzug ab, bevor er antwortete.

»Das Attentat bei Sanogo. Das dachte ich mir. Wenn das mein einziges Problem wäre, würden wir nicht hier stehen. Der Typ will seinen Fehler korrigieren und mich endgültig erledigen.«

»Deswegen sind Sie untergetaucht.«

Ich hatte es nicht als Frage formuliert.

Pieper sagte nichts. Er atmete schwer.

»Umso weniger verstehe ich, warum Sie sich verhalten, wie Sie sich verhalten.«

Der Torhüter der gelben Mannschaft hatte den Ball endlich im Gebüsch gefunden und brachte ihn ins Spiel. Ich hatte mir vorgenommen, nicht appellierend auf Pieper einzureden, um ihn nicht zu vergrätzen, gleichzeitig wollte ich ihn nach Möglichkeit in ein Gespräch verwickeln, damit er nicht wieder abhaute.

»Ich werde jetzt mal was erzählen«, sagte Pieper. »Ich weiß nicht, ob es Ihnen gefällt. Aber ich bin am Ende. Es ist ernst. Aber was soll ich sagen? Die Sache ist zu Recht ernst.«

Ich wusste, dass er eine halbwegs zwielichtige Person war, seine eigene Rolle im Wirtschaftsbusiness spielte, in einer unscheinbaren Wohnung lebte und Fotos von sich an den Spiegel hängte. Der Russe hatte ihn als Dilettanten bezeichnet, der vor der Gefahr davonrannte.

Die aufeinandermahlenden Kiefer verrieten, wie sehr er um Souveränität rang angesichts seiner misslichen Situation. Die Sache brannte ihm auf der Seele.

»Alles entscheidet sich auf dem Platz.«

Wir schwiegen.

»So ist es doch«, sagte er.

»Ich weiß nicht, wie es ist«, antwortete ich. »Deswegen suchen wir Sie ja die ganze Zeit. Um das herauszubekommen. Aber ich weiß, dass ich Sie verhaften müsste, wenn ich meinen Job nach allen Regeln der Kunst erledigen wollte.«

Pieper nickte. »Ich habe einen Fehler gemacht«, sagte er. »Hätte ich ihn vermeiden können? Natürlich. Und auch wieder nicht. Man macht Fehler. Wissen Sie, ein Kollege von Ihnen hat mir mal erzählt, wer bei einem Mord von hundert möglichen Fehlern zehn vermeidet, der ist ein Genie. Recht hat er. Aber ich fürchte, Sie verstehen das nicht.«

So, wie es aussah, hob er zu einer kleinen Lebensbeichte an. Darauf war ich nicht vorbereitet, spürte aber, dass er aus sich herauskam.

»Alles fing damals damit an, dass ich diesen Job losgeworden bin. Wegen nichts. Alle machen es so. Nur mir haben sie damals etwas angehängt. Ich habe längst gelernt, mich damit abzufinden. Von Zeit zu Zeit braucht die Branche diesen Reflex, Leute abzusondern, um den Schein zu wahren. Das weiß ich heute. Aber damals hat es mich getroffen. Na und? Ich fühlte mich jung und stark, die Welt lag wie ein offenes Buch vor mir. Ich brauchte nur den Weg einzuschlagen, den ich vor mir sah, um erfolgreich zu sein und es allen anderen zu zeigen. Mir war schnell klar, dass darin eine Menge Möglichkeiten steckten. Es war ganz einfach: Ich sammelte Informationen und stellte Informationspakete zusammen. Entweder ich schrieb Artikel darüber in irgendeiner Fachzeitschrift oder einer Tageszeitung, oder ich packte sie in meinen Schreibtisch und behielt sie für mich. Für später. So entstanden manchmal ganze Dossiers zu Unternehmen, Konzernen, Branchen oder auch zu einzelnen Managern. Das Später kam schneller, als ich dachte. Eines Tages lud mich ein Unternehmer ein, so ein Mittelständler, nichts Besonderes. Ich ging hin. Wir trafen uns bei ihm im Büro. Alles war ganz nett. Er interessierte sich für meine Arbeit und dafür, was ich gerade so trieb. Später erfuhr ich den wahren Grund. Er taxierte mich und meinen Preis. Bei unserem nächsten Treffen kam er sofort zur Sache. Er hatte mitbekommen, dass ich etwas über einen Konkurrenten herausgefunden hatte. Er fragte mich, wie viel ich für den Artikel bekommen würde, ob ich mir vorstellen könnte, den Artikel für das doppelte Gehalt zurückzuhalten. Und meine Infos ihm zu verkaufen. Verstehen Sie? Er wollte meine Schreibtischgeschichte kaufen, damit sie nicht erschien. *Nie* erschien.«

Er sah mich nicht an, sondern verfolgte das Spiel vor uns.

Wie beim Flipper prallte der Ball zwischen den Angriffs- und Verteidigungslinien hin und her. Das Spiel war nur ein Vorwand. Obwohl er tief im Dreck steckte, erkannte er mich nicht als ebenbürtigen Gesprächspartner an. Er brauchte den Grottenkick auf diesem abgelaufenen Kunstrasenplatz, um die Distanz zu mir zu überwinden.

»Aber warum?«, fragte ich.

»Warum sollte jemand so etwas tun? Zumal es nicht darum ging, eine schlechte Nachricht zu verbreiten, wenn ich es richtig verstanden habe.«

Mein Erstaunen war ehrlich, Pieper reagierte nicht darauf.

»Alles nur dafür, dass die Geschichte niemals erschien«, sagte Pieper und lachte auf. »Das war der Gag. Und öffnete mir eine vollkommen unbekannte Welt. Ein Paralleluniversum der Information. Und stachelte meinen Ehrgeiz an. Das meiste Geld bekomme ich seitdem für Geschichten, die nie erscheinen. Ich bin der Schattenmann.«

Pieper wischte sich den Schweiß aus dem Nacken. Er schwitzte, obwohl jetzt, am frühen Abend, ein leiser Wind aufkam.

»Ich begann, Informationen für solche Geschichten zu sammeln. Manchmal wurde ich auch gezielt mit Material gefüttert, um Wettbewerber zu diskreditieren, die mich dann dafür bezahlten, alles für mich zu behalten. Dann verdiente ich doppelt. Glauben Sie mir, das ist ein facettenreiches Business. Aber am Ende wurde aus mir ›Martin Pieper, das Wirtschaftsbüro. Recherche und Expertise. Schillerstraße 73‹. Und ich bin nicht der Schlechteste.«

Er machte eine Pause, und wir wandten uns wieder dem Geschehen auf dem Platz zu. Das gelbe Team drückte Blau in die Verteidigung, aber der Dicke stand hinten gut und drosch die Bälle aus der Gefahrenzone.

»Sehen Sie den zentralen Abwehrspieler da?« Pieper nickte mit dem Kopf in Richtung des Dicken.

»Ja klar.«

»Das ist mein Junge.«

Das tut mir leid, hätte ich sagen sollen.

»Guter Mann.«

»Na ja. Nicht mein wirklicher Sohn. Er ist mir mal aufgefallen, als ich zufällig bei einem Spiel zusah. Er ist vielleicht nicht der beste Fußballer, aber er gibt nicht auf, egal, wie es steht. Dann sah ich ihm wieder zu, ich wohne hier ja ganz in der Nähe. Und seitdem ist er für mich so eine Art Talisman geworden. Wenn er spielt, dann geht alles gut. Deswegen mache ich den ganzen Scheiß hier. Ich möchte jemanden spielen sehen. Das ist alles. Es könnte auch jeder andere sein. Verstehen Sie? Er ist ein Impuls, der mich weitermachen lässt. Sonst könnte ich abhauen oder mich vor einen Zug werfen. Und deshalb treffen wir uns hier. Und ich erzähle meine Geschichte. Damit ich noch ein paar Spiele sehen kann. Verstehen Sie? Und nicht von so einem Irren aufgeschlitzt werde. Und krepiere.«

Jetzt kam er zur Sache.

Blau hatte die Kontrolle wiederhergestellt, den Ball gewonnen und trug einen Angriff vor. Bis das Spielgerät unglücklich versprang. Drüben begannen die Verantwortlichen, Bratwürste auf den Grill zu legen. Gelb warf ein.

»In dem Moment, als mir der Schlitzer an die Kehle ging, war mir klar, dass ich einen simplen Fehler begangen hatte. Ich hatte in irgendein Wespennest gestochen, von dem ich keine Ahnung hatte, dass es existierte. Irgendwann musste es passieren. Das wusste ich immer, hatte es aber verdrängt. Es hätte allerdings gern noch eine Zeit lang dauern können. Immerhin traf mich der Stich genau an der richtigen Stelle, um mir eins klarzumachen: Ich bin überheblich geworden. Und wer überheblich ist, macht Fehler.«

Ich dachte an den Russen und daran, wie er Pieper eingeschätzt hatte.

»In meiner Branche ist eines unverzichtbar: Misstrauen. Misstrauen in alle Richtungen. Kennen Sie das alte Sprichwort? Wo viel Geld ist, ist viel Kriminalität. Das stimmt. Man müsste das alles mal aufschreiben. Ich habe Aufträge erhalten, um einen Tag später vom selben Auftraggeber noch einmal doppelt so viel zu kassieren, damit ich den Auftrag nicht ausführe. Irgendwann hört man auf, darüber nachzudenken. Aber man muss wachsam sein. Zu jeder Sekunde. Dieses Geldding ist nicht zu unterschätzen, das sage ich Ihnen. Es zieht die merkwürdigsten Charaktere an. Keine Sorge, ich komme schon zur Sache. Das gehört alles dazu. Sie müssen das ganze Gemälde verstehen, um voranzukommen. Das Erfolgsrezept ist ganz einfach. Mach sie fertig, ohne dass sie es merken. Oder wenn doch, dann zu spät.«

Er schien nachzudenken, wobei er wieder konzentriert das Spielgeschehen verfolgte.

»Mir ging es also in den vergangenen Jahren ganz gut. Ich habe mir einen gewissen Namen in der Szene gemacht, habe aufgepasst und war immer einen Schritt voraus. Und habe alles mit einem Schlag verloren. Ich denke da jetzt die ganze Zeit drüber nach. Aber ich kann das nicht mehr umdeuten. Im Gegenteil, es wird nur schlimmer. Er ist hinter mir her, und ich finde keinen Ausweg.«

Das kam mir alles ziemlich verrückt vor. Ich hatte im Grunde genommen nur zwei Fragen an ihn. »Warum haben Sie dann so beharrlich geschwiegen, als es um die Mordattacke ging? Und warum verstecken Sie sich?«

Pieper schnaufte durch die Nase, hob den Kopf und sah in den tiefblauen Himmel.

»Warten Sie es doch ab! Das ist alles nicht so einfach.«

Er stieß sich vom Geländer ab und ließ seine linke Schulter kreisen, wohl um eine Verspannung zu lockern.

»Sanogo. Kennen Sie Sanogo, diesen Pharmakonzern? Sanogo ist auch so ein Scheißladen. Der Typ kontaktierte mich eines Tages. Ganz unverfänglich. Per Mail. Hat erzählt, wer er ist und dass er es nicht mehr aushält. Und meinte, er hätte Informationen, die er mir unter bestimmten Voraussetzungen zur Verfügung stellen wollte. Wir mailten noch ein paarmal hin und her, dann wechselten wir zum Telefon. Er warf mir ein paar Brocken hin. Ich checkte seine Angaben, so gut es ging. Das lief alles sehr seriös ab. Also trafen wir uns. Zum Kennenlernen. Da hat er mir die ersten Unterlagen überreicht.«

»Was waren das für Unterlagen?«

»Also was ist: Kennen Sie Sanogo?«, fragte er zurück.

»Nein.«

»Das sind Belgier. Aber das spielt keine Rolle. Es könnten genauso Deutsche, Holländer oder Franzosen sein. Also, diese Unterlagen besagten, dass Sanogo ein übles Spiel treibt. Nicht, dass ich es ihnen nicht zugetraut hätte. Ich traue keinem Pharmakonzern. Wie sollte es auch anders sein, wenn es darum geht, Gewinne aus dem Geschäft mit der Krankheit zu ziehen? Aber egal. Der Typ hat mich kontaktiert und mir irgendwann Dokumente angeboten, die mich interessieren könnten. Wir wussten beide, worauf es ankam. Ich checkte seine Angaben. Schließlich kam er mit einem ganzen Dossier.

»Was waren das für Unterlagen?«, fragte ich noch einmal.

»Sanogo ist ganz groß im Geschäft mit Psychopharmaka. Vielleicht mit die Größten auf der Welt mit diesen Dingern. Schwere Hämmer gegen Depression und so. Ein riesiger Markt. Riesig. Mit riesigen Wachstumsraten, weil die Leute immer bekloppter werden. Auf der ganzen Welt. Jedenfalls reden es ihnen die Leute von Sanogo und all den anderen Konzernen ein.« Pieper stutzte. Er war beim Anblick des freudlosen Gekickes ins Erzählen gekommen. Jetzt sah er zu mir rüber, um zu kontrollieren, ob ich ihm noch folgte. Er holte Luft und fuhr fort. »Dieser Typ kam also zu mir und legte die Sachen auf den Tisch. Er arbeitete in einer Abteilung bei Sanogo, die genau damit beschäftigt war. Er war so etwas wie der Vizechef der Auslandsgeschäfte, wenn ich es richtig verstanden habe. Und da fängt das Problem auch schon an. Ich hätte da genauer hinschauen müssen. Mich vergewissern, was es mit diesem Typen genau auf sich hat. Wo er herkommt, was er im Schilde führt, wer seine Kollegen sind, welchen Status er genießt. Aber ich hatte meine interne Alarmanlage ausgeschaltet und war zu scharf auf die Geschichte. Die Unterlagen waren super, der Typ war kein Irrer und kein Blender, die gibt es in meiner Branche massenhaft, meine Aussichten waren prächtig.«

Diesmal bremste der Schiedsrichter Piepers Redefluss. Er pfiff zur Pause.

Die ganze Zeit über hatten wir am rostigen Geländer dieses schäbigen Fußballplatzes gestanden. Hatten das Spiel verfolgt. Oder auch nicht. Ich hatte nicht erwartet, dass Pieper so offen sprach. Bislang hatte er alles unternommen, sich Einblicken in seine Welt zu entziehen. Seine Not musste groß sein. Wahrscheinlich hatte ihn seine Freundin bearbeitet.

Pieper war in die Enge getrieben und musste sich einem Anfänger anvertrauen, der es schon zweimal versägt hatte. Einmal in der Kneipe und ein weiteres Mal auf dem Weg in das Café. Wahrscheinlich steckte Kalkül dahinter. Er konnte sich am Handlungsstrang des Spiels entlanglavieren und spontan entscheiden, welche Geschichte er mir erzählte.

Der Gedanke gefiel mir. Ich nahm mir vor, diesen Kniff in meinen Fundus der psychologischen Kriegsführung aufzunehmen. Eine zweite Ebene, die es ermöglichte, über Bande zu spielen und das Gegenüber mit spontanen Themenwechseln zu verunsichern. Was wohl Weber dazu sagen würde?

Wir lösten uns vom Geländer und schlenderten schweigend zum Vereinsheim. Ich bestellte Kaffee, Pieper eine Cola.

»Um was ging es bei dieser Geschichte, die er Ihnen angeboten hat?«, fragte ich, nachdem ich einen Schluck Kondensmilch in meinen Pappbecher gegeben hatte.

Pieper öffnete seine Colaflasche mit einem Feuerzeug und sah dem Kronkorken nach, wie er auf den Boden sprang.

»Ja, das Geschäft. Genau darum ging es. Es stellte sich heraus, dass Schneider – ja, so hieß er, Klaus-Peter Schneider –, also dass er einer Art Geheimabteilung vorstand. Er und seine Mitarbeiter verfolgten den einzigen Zweck, Medikamente, deren Haltbarkeit abgelaufen war, nach Asien und Afrika zu verkaufen. Um das Geschäft zu retten. Vorher wurden sie natürlich umetikettiert. Sie machen es so: Sie schicken die abgelaufenen Pillen aus Deutschland, Belgien, England oder sonst woher unter dem Vorwand, die abgelaufene Ware zu vernichten, irgendwo in ein anderes Land. Auf dem Weg dahin verwandeln sich auf wundersame Weise alte Pillen in neue Medikamente. Die schicken sie dann in das Zielland, das meist in der Dritten Welt liegt. Da fällt der Schwindel nicht so auf, und sie sahnen die volle Kohle ab. Können Sie sich vorstellen, was da passiert, wenn bürgerkriegstraumatisierte Irre Medikamente schlucken, die nicht mehr wirken?« Pieper sah mich herausfordernd an.

Sicher nichts Gutes.

»Sie schlucken noch mehr Medikamente, in der Hoffnung, dass sie endlich wirken.« Er ließ seinen Satz einen Moment lang auf dem leeren Fußballplatz wirken. Dann legte er nach.

»Das ist der Zynismus des Systems. Erst bescheißen sie die armen Säue, dann müssen sie noch einmal dafür bezahlen, um noch mal beschissen zu werden. Sehen Sie sich nur mal die Dosiermengen bei irgendwelchen Krankheiten da unten an, dann wissen Sie, wie es geht.«

Die Mannschaften sammelten sich wieder auf dem Feld. Der Schiri kam als Letzter und wischte sich den Schweiß von der Stirn. Er schien immer noch aus der Puste, als ob er in der Pause auf dem Hometrainer gesessen hätte, um nicht auszukühlen.

»Üble Story«, sagte ich nach einer Minute. »Aber war es Ihnen immer egal, über wen Sie Nachforschungen anstellen? Gibt es da keine Grenzen, oder geht es nur ums Geld?«

»Ja, natürlich. Was denn sonst?« Pieper schlug mit der Hand aufs Geländer, an das wir uns wieder gelehnt hatten. Mein leicht moralischer Einwand erinnerte ihn daran, dass ich ein Anfänger war.

»Aber es wird ja noch besser. Passen Sie auf, junger Mann.«

»Keine Sorge, ich pass auf.«

»Dieser Schneider übergab mir also am Ende diese Unterlagen.«

»Aber warum eigentlich?«, unterbrach ich sofort. »Warum stellt dieser Schneider Ihnen Unterlagen zur Verfügung, mit denen er seinen eigenen Arbeitsplatz abschafft, wenn das an die Öffentlichkeit gerät?«

»Mein Gott! Sie haben ja keine Ahnung. Das hatte ich natürlich geklärt«, sagte Pieper, während das Spiel wieder Fahrt aufnahm. »Das kommt häufiger vor, als Sie denken. Der Typ, dieser Schneider, hatte die Schnauze voll, jedenfalls hat er es mir so verkauft. Er saß an seinem Schreibtisch und tat nichts anderes, als die Zahlen dieses unmenschlichen Geschäfts zu addieren. Natürlich spielte persönliche Eitelkeit eine Rolle. Das ist immer so, wenn die Leute zu mir kommen. Schneider kam bei Sanogo nicht so voran, wie er sich das vorstellte. Also zog er seinen letzten Trumpf.«

»Was ist das für ein Trumpf, wenn man das eigene Wirken an einen Informationsdealer wie Sie verkauft?«

»Das ist Ihre Sichtweise. Aber Sie denken die Dinge nicht im System. Wir befinden uns hier nicht auf einem Seminar zur Betriebswirtschaftslehre. Wir befinden uns im echten Leben. Schneider wollte Sanogo zwingen, ihn zu befördern.«

Aha, dachte ich. Eine Sekunde später sagte ich es auch.

»Nix aha! Sie haben ja keine Vorstellung davon, wie so etwas in einem Konzern wie Sanogo abläuft.«

»Nein. Aber deswegen stehen wir ja hier. Um das zu klären. Und nebenbei vielleicht Ihr Leben zu retten.« Es war höchste Zeit, zur Sache zu kommen. Und nicht mehr Pieper die Regie zu überlassen. Ich verlor meine Unsicherheit. Pieper würde nach der Hälfte der Geschichte jetzt nicht mehr kneifen.

»Es ist ganz einfach«, sagte Pieper. »Wenn du Scheiße baust, wirst du rausgeschmissen. Wenn du aber jemanden im Auftrag des Unternehmens bescheißt, dann wirst du befördert. So ist das.«

Das Gekicke wurde nicht besser. Mit schwindenden Kräften brachten die Akteure den Ball immer seltener zu einem Kollegen. Der Ball prallte rund um den Mittelkreis beliebig hin und her. Das Spiel hatte endgültig jede Struktur verloren. Und Piepers Worte trafen mich unvorbereitet. Wurde ich doch, seit mir Strunz vor die Füße gefallen war, das Gefühl nicht los, dass es nicht drauf ankam, ob ich Scheiße baute, sondern in wessen Auftrag. Dass meine Mitarbeit gar nicht ernsthaft gefragt war. Gleichzeitig ließ mich aber auch keiner in Ruhe. Weber, Pieper, Tschernowitz, auch die nette Staatsanwältin Zacher gehörte dazu – alle zerrten an mir rum, und alle schienen ihre eigene Agenda zu haben. Sogar Jana und Moritz nervten inzwischen mit ihren neugierigen Fragen. Jana nicht so sehr wie Moritz, aber wahrscheinlich auch nur, weil ich auf Moritz auch nicht scharf war.

Der Dicke ächzte mittlerweile beachtlich. Aber er stemmte sich gegen seine Atemlosigkeit und Unbeweglichkeit durch lautstarke Hinweise an seine ebenso platten Mitspieler. Ein Kämpfer.

»Hören Sie zu«, hörte ich mich sagen. »Das ist ja alles richtig. Wir können diesen munteren Schlagabtausch von mir aus noch eine Weile weitertreiben. Ich bin ein Jurist in der Ausbildung, und Sie sind der große alte Mann der Erkenntnis. Aber das führt doch zu nichts. Sie haben dieses Versteckspiel angefangen, und jetzt stehen wir hier auf diesem gottverlassenen Sportplatz. Sie benötigen Hilfe, um einem Mordattentat zu entkommen, ich will wissen, warum dieser Oberstaatsanwalt, um den es uns geht, starb. Das ist alles.«

Pieper drehte ab und lehnte sich wieder auf das Geländer.

Ein blauer Spieler entschloss sich, dem Gewürge ein Ende zu bereiten, und grätschte seinem Gegner in die Beine. Der Gelbe schrie laut auf und wälzte sich auf dem Boden. Der Täter erhielt die rote Karte und verließ lamentierend das Spielfeld.

Pieper staunte.

Dann sagte er: »Schneider.«

Der Verletzte hielt sich das Schienbein. Zwei Mitspieler sprangen bei, hakten ihn unter und halfen ihm, den Platz zu verlassen.

Als sie direkt bei uns vorbeikamen, drehte sich Pieper zu mir, sah mir direkt in die Augen, zögerte einen Moment lang und fuhr fort. »Schneider hatte mir also irgendwann alle nötigen Informationen übergeben, im Vertrauen darauf, dass ich sie wie besprochen veröffentliche und so Sanogo bloßstelle. Natürlich plante er, dadurch einen internationalen Aufschrei auszulösen. Jedenfalls wäre er dann frei für einen anderen Job gewesen. Er glaubte fest daran, dass sie ihn nicht rausschmeißen konnten. Er wusste ja am meisten über ihre Schweinereien. Er hatte sie in der Hand.«

Pieper stockte.

»Aber.« Ich versuchte, dieses »Aber« möglichst ohne Fragezeichen zu intonieren.

»Aber es kam dann doch anders. Hören Sie, was ich Ihnen hier erzähle, ist die Wahrheit. Ich habe keine Ahnung, wie Sanogo so schnell dahintergekommen ist. Von mir haben sie es jedenfalls nicht. Auf alle Fälle hab ich mich aufgemacht, die Geschichte an den Mann zu bringen. Das musste gut überlegt sein. So etwas fliegt einem nicht jeden Tag auf den Tisch, und so etwas läuft nicht von allein. Da muss jeder Schritt passen. Aber es dauerte keine drei Tage, da standen drei Anwälte vor meiner Tür. Sie sahen sehr seriös aus, was immer ein schlechtes Zeichen ist, und traten sehr entschieden auf.«

Bislang war Piepers Auftritt aus meiner Sicht glaubwürdig. Jetzt aber schien er mir zum ersten Mal zu wackeln. Er strahlte keine innere Ruhe mehr aus. Sein linker Fuß begann, auf den schiefen Asphalt der Tribüne zu klopfen. In mir wuchs der Verdacht, dass er angefangen hatte zu flunkern, wenigstens ein bisschen. Ich hatte aber nicht den richtigen Hebel parat, ihn sofort zu stellen.

»Sie haben mich also in die Mangel genommen. Ich palaverte herum, versuchte, der Angelegenheit ihre Bedeutung zu nehmen. Die Geschichte war zu gut, als dass ich sie aufgeben wollte. Die drei Anwälte ließen nicht locker, machten Druck. Sie drohten mit Klagen um Millionen wegen geschäftsschädigenden Verhaltens und Verleumdung. Sagten, die Firma würde sich den Börsenverlust bei mir zurückholen. Dass ich nicht lache! Sie wollten natürlich wissen, von wem ich das ganze Material hatte. Keine Chance. Das ignorierten sie. Wir kamen nicht weiter. Dann brachten sie das Geld ins Spiel. Viel Geld.«

Pieper, die Ratte! Jetzt war klar, worauf das hinauslief. Er hatte seinen Informanten an dessen eigene Firma verraten. Hatte ich das tatsächlich richtig verstanden?

Gewiss hatte ich. Nicht Sanogos Anwälte hatten Pieper in die Mangel genommen, sondern es war genau umgekehrt. Er hatte das Unternehmen mit seinem Wissen erpresst und Schneider dann ausgeliefert. Weil so viel leichter viel mehr Geld zu machen war. Schneider war ihm vollkommen egal.

»Wissen Sie, manchmal geschieht so etwas. Dann dreht sich die Geschichte um hundertachtzig Grad. Am Ende boten sie mir für die Geschichte mehr Geld, als ich je damit hätte verdienen können, auch wenn ich sie an alle Wirtschaftsblätter dieser Welt verkauft hätte. Kommen Sie mir jetzt nicht mit Moral oder so. Schneider hat gewusst, auf wen er sich einlässt. So ist das Geschäft. Er musste damit rechnen. In unserer Branche gibt es kein Mitleid.«

Pieper vermied den Blickkontakt. Wieder nutzte er das Spiel vor uns als Ablenkung. Er zitterte. Wir wussten beide, dass sich der Fall in diesen Minuten entschied.

»Also war er es, der Sie kurz vor Strunz' Tod aufgeschlitzt hat. Und deswegen haben Sie geschwiegen. Sonst wäre die ganze Geschichte an die Öffentlichkeit gelangt.«

Pieper nickte. »Ich musste es ihm ja irgendwann sagen. Also entschloss ich mich, in die Offensive zu gehen. Besser eher als zu spät. Wenn er von selbst draufgekommen wäre, hätte er sich vorbereiten können. Es ist immer von Vorteil, selbst den Takt vorzugeben. Ich verabredete mich mit ihm mittags auf dem Potsdamer Platz. Da wuselten genug Leute herum, ich fühlte mich sicher genug. Er hätte da nicht so ausrasten können wie in einem Vieraugengespräch. Aber der Hund wusste es schon und konterte mich aus. Er lauerte mir wenige Meter vor dem Treffpunkt auf, um das Überraschungsmoment auf seiner Seite zu haben. Und das hatte er. Er stellte sich mir in den Weg, ich sah die Klinge in seiner Hand. Und spürte einen Moment später die Wärme meinen Hals hinunterrinnen. Es war nur ein Wischer seiner rechten Hand gewesen. Vielleicht bin ich im richtigen Moment einen Zentimeter zurückgewichen, vielleicht hat er die Entfernung zu meiner Halsschlagader nicht richtig eingeschätzt, vielleicht irritierten ihn die Leute. Was weiß ich. Es ging alles so schnell. Und ich bin mit dem Leben davongekommen.«

Pieper atmete tief. Eine Weile schwiegen wir beide.

»Vorhin haben Sie gesagt, das wär nur der Anfang gewesen.«

»Ja klar. Nachdem der erste Schrecken überwunden und

die schlimmsten Verletzungen geheilt waren, ging es weiter. Ich hatte es geahnt. Ich sah ihn nicht, aber ich spürte, dass er in der Nähe war. Ich wurde vorsichtig. Ging nur noch unregelmäßig nach Hause. Versicherte mich mehrfach, dass er mir nicht auflauerte – und verschwand von der Bildfläche. Umso erschrockener war ich, als Sie mich in der Kneipe aufgetrieben haben.«

Das war dank des Tipps vom Russen gar nicht so schwer, dachte ich, blieb aber still.

»Ich hatte einen Fehler gemacht. Schon wieder. Ich wusste, dass die Wohnung observiert wurde. Von der Polizei, von Sanogo, von Schneider. Oder von allen dreien. Ich wollte ein letztes Mal rein, nicht, um irgendwelche Sachen zu holen, die hatte ich längst rausgeschafft, sondern um eine falsche Fährte zu legen. Ich sah meine einzige Chance darin, eine Legende zu stricken, um von mir abzulenken.«

Legende? Wie in »Pieper, Legende, Auto«? Mir schauderte.

»Sie kennen die Gegend rund um meine Wohnung, denke ich?«

»Ja klar«, sagte ich hastig. »Die Gute Stube« und das »Schlawinchen«. Bröckelnder Altbau neben Passivhaus mit Energiepass.

»Dann kennen Sie auch den Hintereingang. Den konnte ich also auch nicht nehmen. Aber ich bin nicht blöd, verstehen Sie? Man macht sich natürlich Gedanken. Also kam ich von hinten übers Dach aus dem Nachbarhaus.« Pieper lachte. »Von hinten übers Dach aus dem Nachbarhaus«, wiederholte er. »Wissen Sie, heute komme ich mir lächerlich vor, wenn ich an diese Nummer mit dem Dach denke. Aber ich dachte, es klappt.«

Ich wartete, bis er den Kopf fertig geschüttelt hatte. »Also bin ich hin«, sagte er. »Am frühen Morgen, kurz bevor die Sonne sich zeigte. Ich kam also von hinten übers Dach aus dem Nachbarhaus, hatte mir alle Möglichkeiten zigmal zurechtgelegt, die SIM-Karte längst weggeschmissen, die U-Bahn dreimal gewechselt. Ich war unsichtbar, dachte ich. Über die Dächer zu kriechen, war mein Not-Not-Notfallplan, den ich mir da in wochenlanger Kleinarbeit ausgedacht hatte. In diesem Beruf erwischt einen der Verfolgungswahn ganz leicht, wie ein Schnupfen im nasskalten November. Das Nachbarhaus ist so ein Altbau, der keinen Keller hat, sondern Speicherkammern unterm Dach, da, wo sich anderswo die teuren Dachgeschosswohnungen befinden. Die Leute denken, dass es da sicherer ist, und vernachlässigen die Schlösser. Ist ja auch ein Kostenfaktor. Also war es ein Leichtes, einen schlecht verschlossenen Speicher zu finden, der über eine Dachluke verfügte. Über dieses Dach gelangte man dann gleich nach nebenan. Bei einem Probedurchlauf hatte ich das Schloss dort am Einstieg dezent aufgesägt und provisorisch wieder verschlossen. Ich öffnete geräuschlos den Einstieg und machte kein Licht. Allzu oft hatte ich diesen letzten Weg geprobt. Es war kein Licht nötig. In solchen Dingen bin ich ganz gut. Die Bundeswehr, Sie verstehen. Wenn ich einen Zweifel gerochen hätte, wäre ich umgekehrt und hätte es ein anderes Mal versucht. Ich schlich ins Treppenhaus hinunter. Landete sicher. Drehte mich geschmeidig. Und hörte das Parkett knarzen.«

Pieper war nach langer Vorbereitung bei der Pointe angelangt: »Schon wieder war ich zu spät. Schneiders Messer blitzte mich an. Ich erinnere mich noch daran, dass wir stöhnten, ich zog eine Machete, die ich für den Fall der Fälle mitgebracht hatte. Sie blieb halb im Schaft stecken. Wir kämpften. Ich riss mich los, täuschte eine Flucht die Treppe hinauf vor, rammte stattdessen meinen Fuß zurück gegen seinen Unterleib, drehte mich wieder, trat noch einmal zu, sprang über ihn und entkam über denselben Weg, den ich gekommen war. Ich rannte um mein Leben.«

Allein die Erinnerung daran ließ ihn erneut schaudern, und er brauchte einen Moment, bevor er weiterreden konnte. »Ein weiteres Mal hatte ich Glück gehabt. Unfassbares Glück. Mir war sofort klar, dass ich es nicht noch ein drittes Mal herausfordern durfte. Deswegen bin ich hier.«

Pieper bemerkte die Cola in seiner rechten Hand und trank sie in einem Zug aus. Er schwitzte.

Wir hatten uns während der letzten Minuten nicht angesehen, sondern vorgeblich das Spiel verfolgt. Aber ich hätte nicht einmal sagen können, ob ein Tor gefallen war. Pieper ging es genauso, da war ich mir sicher.

»Okay«, sagte ich nach einer Weile. »Wir brauchen Ihre Aussage.«

Das war der Satz für Weber. Mit dem ich ihm am Ende alles erklären konnte.

Pieper reagierte nicht. Sein Blick war auf einen fernen Punkt in der Nähe des Mittelkreises gerichtet. »Ich werde ihn nicht wieder los.«

»Pieper, wir brauchen eine Aussage, wenn wir einen Schritt vorankommen wollen. Und am besten auch noch das Material, das er Ihnen zugespielt hat.«

Ich hatte nicht den Eindruck, in diesem Moment durch seinen Abwehrpanzer zu dringen. Er starrte in die Ferne, schwitzte vor sich hin und antwortete nicht.

»Es hilft Ihnen doch nicht, sich weiter zu verstecken. Schneider sitzt Ihnen im Nacken, wir sowieso, und wer weiß, wer noch alles. Sie können nicht ewig weglaufen.«

»Das hat doch alles keinen Sinn.«

»Nichts zu tun, hat erst recht keinen Sinn. Irgendwann kriegt er sie. Vielleicht trifft er beim nächsten Versuch besser, vielleicht beim übernächsten. Wir wollen Schneider genauso aus dem Verkehr ziehen wie Sie. Uns will er allerdings nicht an die Kehle. Und wir haben mehr Möglichkeiten.«

»Das ist doch sinnlos.«

Er richtete sich auf, stieß sich vom Geländer ab und ging.

»Ich brauche Zeit«, sagte er noch, ohne sich umzudrehen. »Und lassen Sie mich bloß in Ruhe!«

Es wäre Quatsch gewesen, ihn am Gehen zu hindern oder zu verfolgen. Er musste von sich aus einsehen, dass es keinen anderen Ausweg gab, als sich zu stellen. Also ließ ich ihn ziehen.

Das Spielfeld hatte sich in einen undurchschaubaren Dschungel verwandelt, überall müde Knochen und schrille Rufe. Der Dicke ächzte unermüdlich in seiner Viererkette.

Ich gab Pieper fünf Minuten Vorsprung, dann ging ich auch.

Weber würde ich eine andere Version erzählen. Dass er mich niedergeschlagen hätte oder so.

SIEBEN

Es ging auf zehn zu, als ich in die Hauptstraße einbog und mich in das Heer der Nachtschwärmer einreihte. Ich tauchte im Rhythmus der Partyhopper unter und verschwand zwischen ihnen auf dem Weg runter zum Kleistpark. Die Häuser ragten in den blauschwarzen Himmel hinein, unten lachten die Paare und Grüppchen auf dem Weg von einem in den nächsten Laden. Überall schwappte Musik auf die Straße, die Leute tranken ihr Bier aus der Flasche. Das berühmte Wegbier.

Der Falafel-Laden an der nächsten Ecke erinnerte mich daran, dass ich den ganzen Tag kaum etwas gegessen hatte. Ich bestellte einen Tee und ein Schawarma, rauchte eine Zigarette und betrachtete die Partygänger draußen vom Barhocker am Fenster aus. Noch vor ein paar Tagen wäre ich ebenso sorglos durch die Nacht gezogen, hätte den Puls der Nacht aufgesogen, mich langsam betrunken und die Zeit aus den Augen verloren. An diesem Abend fühlte ich eine merkwürdige Distanz zwischen mir und dem Treiben auf den Straßen. Ich gehörte nicht dazu, dabei hätte ich ein wenig Abwechslung gebrauchen können. Dieser Justizapparat machte mir zunehmend zu schaffen. Ich fühlte mich wie in diesen Träumen, wo man bei Gefahr wie verrückt losrennt, aber nicht vom Fleck kommt. Und selbst wenn ich vom Fleck käme, ich wüsste gar nicht, wohin.

Das Schawarma schmeckte wie erhofft, der Tee war stark. Ich spürte wieder ein wenig Energie durch die Adern fließen. Ich beschloss, zu Fuß nach Hause zu laufen, um den Kopf freizubekommen. Ich vertrat mir diese albernen Gedanken mit einem Bier in der Hand und einem relaxten Groove von Moon St. James im Ohr auf dem Weg Richtung Heimat. Unter den Yorckbrücken bog ich in den Park am Gleisdreieck ab und ließ den Straßenlärm hinter mir. Überall saßen kleine Grüppchen zusammen, lachten oder unterhielten sich. Manche kickten oder warfen sich trotz der Dunkelheit allein im Mondschein Bälle zu.

Es war ein schöner Spaziergang, der mich langsam von den Lebensadern der City entfernte. Mit den Menschen schwand auch das künstliche Licht aus dem Straßenbild, und der frische Duft der Linden legte sich auf die Dunkelheit. Auf der anderen Seite des Parks ging ich in den Späti an der Ecke und kaufte eine Schachtel Zigaretten.

Ich war gerade dabei, die Folie von der Schachtel zu fummeln, als direkt vor mir ein Taxi hielt, ein Mann im Trenchcoat mühte sich etwas umständlich aus dem Sitz. Als ich ihn erkannte, zögerte ich einen Moment zu lang, um noch unentdeckt entkommen zu können.

»Mensch, Robbie-Junge, was machst du denn hier?«

Weber.

»So spät noch unterwegs? Na, macht nichts, ich kann eh noch nicht schlafen. Komm, lass uns noch einen Absacker nehmen. Dahinten ist eine ganz nette Kneipe.«

Weber kam vom jährlichen Abendessen der Oberstaatsanwälte, wie er mir ungefragt erzählte. Das sei auch nicht mehr das, was es mal gewesen sei. Der Korpsgeist sei immer mehr flöten gegangen. Die einst verschworene Truppe der Oberankläger, die unter sich ausmachte, wer Karriere machte und wer nicht, sei in Auflösung begriffen. Die jungen Leute dächten nur noch an das eigene Vorankommen und so weiter.

Wir gingen noch ein paar Schritte, bogen in die Obentrautstraße ein, nach ein paar Metern hielt mir Weber eine Tür unter rotem Schriftzug auf. »Zum Goldenen Handwerk« hieß die Kneipe, und wir waren noch nicht ganz drin, als uns tiefblaugrauer Zigarettenqualm umhüllte.

»Trinkst du auch ein Pils?«, fragte er mich der Form halber, wandte sich dabei aber schon an die Bedienung. »Zwei Pils, bitte. Aber schön kalt, Gitti.« Dann galt seine Aufmerksamkeit ganz mir. »Also, was treibt dich in meine Gegend, du wohnst doch gar nicht hier?«, fragte Weber. Wieder ließ er mir keine Zeit zum Antworten, sondern erzählte, dass er im Dachgeschoss über dem Späti lebte. Schon seit dreißig Jahren.

Er habe es in eigener Hände Arbeit ausgebaut, allerdings mit dem Geld der Mutter. Der Vater – auch ein Staatsanwalt – war früh verstorben. Immerhin hatte er der Familie das ganze Haus in Kreuzberg vererbt. Weber war also auf der sicheren Seite. So oder so.

»Prost, mein Junge. Das ist aber eine Überraschung.«

Vielleicht war der Augenblick gar nicht schlecht, so langsam mit der Sprache rauszurücken. Dieser halbprivate Rahmen konnte eine Gelegenheit sein, ein bisschen Druck aus dem Kessel zu lassen. Weber schien in Plauderlaune. Ich musste nur die richtige Dosierung finden. Wartete eigentlich da oben jemand auf ihn, oder war er der typische Einzelgänger, der seine Sozialkontakte ausschließlich im Job pflegte?

»Oh ja, ein echter Zufall. Ich mache nur einen etwas ausgedehnten Spaziergang, weil ich ein wenig nachdenken wollte. Aber im Grunde genommen passt es ganz gut, dass wir uns treffen. Ich hätte ein paar Neuigkeiten, von denen ich nicht so recht weiß, was ich davon halten soll.«

Es schien mir eine gute Idee zu sein, ihm das Gefühl der Überlegenheit zu lassen.

Ich erzählte ihm, dass ich Pieper getroffen hatte, natürlich nicht, dass drei Anläufe dazu nötig gewesen waren. Ich versuchte, möglichst wenig zu lügen, ließ aber so einiges weg. Die Details konnte ich später nachliefern, wenn die Sache nicht mehr so heiß war. Deswegen lenkte ich die Geschichte schnell auf diesen Schneider.

Und Weber biss sofort an. »Das ist ja ganz hervorragend, Junge. Glückwunsch, da hast du einen echten Treffer gesetzt. Siehst du, ich habe mir gleich gedacht, dass du so einer bist, der ab und zu einen Tritt in den Hintern gut gebrauchen kann, damit er sich nicht hängen lässt. Bei dieser Jana ging's natürlich ohne. Aber keine Sorge, Junge, das versteh ich.«

Es war wirklich erstaunlich, wie es Weber immer wieder schaffte, jede Situation für sich so zu drehen, als ob er einen entscheidenden Anteil am Gelingen beigetragen hätte.

»So, genug geflachst«, sagte er. »Lass mal den Alten zahlen und dann ab ins Bett. Wir haben Morgen viel vor.«

Gitti brachte einen neuen Aschenbecher und zwinkerte Weber zu. Da ging was.

***

Aus dem Autoradio knarrte schreckliche Musik. Ich hatte Weber nichts anderes als einen jämmerlichen Geschmack zugetraut. Da passte dieses belanglose Hitparadengeplärre. Weber sah das anders. Seine beiden Zeigefinger trommelten abwechselnd im Takt aufs Lenkrad.

Die Rekordhitze dieses Sommers hatte längst die Nachrichten erobert. Die Sprecherin vermeldete einen neuen Rekordtag seit Beginn der Wetteraufzeichnungen, dann ging das Gejaule wieder los. Weber verfluchte das Wetter, als er sich mit dem Wagen in eine Parklücke zwängte. Bevor er ausstieg, wischte er sich mit einem Stofftaschentuch den Nacken trocken. Aber das war nicht sein einziges Problem. Dunkle Flecken prangten nicht nur unter den Armen, auch am Rücken waren sie zu sehen. Obwohl es noch vor zehn Uhr war, stand die Wärme schon in den Straßen.

Aber er roch nicht.

Er streifte sein Baumwolljackett über, und wir gingen los. Das Hochhaus von Sanogo lag schräg gegenüber auf der anderen Straßenseite. Die Kollegen von der Polizei hatten sich keinen regulären Parkplatz gesucht, sondern warteten auf der Busspur vor dem Eingang auf uns. Weber begrüßte die Jungs in Grün und bat sie um Zurückhaltung. Die drei Kollegen lehnten sich an ihre Wagen und holten ihre Smartphones aus der Tasche.

Das Briefing am Morgen war knapp wie immer verlaufen. Weber hatte den beiden Kollegen zugenickt, und sie hatten losgelegt. Thema: die Sanogo AG. Ein belgischer Konzern, der auf unterschiedlichen Geschäftsfeldern riesige Gewinne erzielte, lernte ich schnell. Der vor allem aber in Sachen schwerer Krebsheilmittel unterwegs war. Auf allen Kontinenten vertreten. Milliardenumsätze, Millionengewinne. Aggressiv am Markt. Deutschlandsitz: Berlin, Potsdamer Platz.

Okay. Das hatte ich schon selbst herausgefunden.

Immer freundliche junge Frauen mit schreiend weißen Zähnen begrüßten uns in der Eingangshalle. Weber trat zu einer von ihnen an den Info-Counter und brachte unser Vorhaben vor. Schneeweißchen von der Sonnenbank bat uns um etwas Geduld.

Wir warteten.

Und sie ließen uns warten.

Weber blätterte die bereitgelegten Zeitschriften auf dem Ledersofa in der Warteecke durch. Die Pause tat ihm ganz gut. Er atmete wieder gleichmäßig. Zweimal fragte er in der folgenden halben Stunde nach, bevor er die innere Ruhe verlor und sein dickes Ich nach außen drängte.

»Die wollen uns verarschen«, raunte er mir zu, so laut, dass es die Tresenkräfte hörten. Die hielten ihre Unschuldsmienen aufrecht, als wären ihre Gesichter eingefroren.

Weber ging zum Ausgang und winkte die Kollegen in Uniform herbei. Sie kamen und besetzten den Eingang. Einer blieb mit mürrischem Blick gleich vorn neben der Drehtür stehen, die anderen beiden schritten forsch in die Mitte der Eingangshalle, damit sie auch ja nicht übersehen wurden.

Das brachte Bewegung in die Angelegenheit. Der Aufmarsch der Polizei in ihrer Eingangshalle brachte Sanogo in Zugzwang. Es erschien ein smarter Anzugträger mit randloser Brille und kurzem, aber trotzdem geregeltem Haar. Er stellte sich als Assistent der Geschäftsführung vor. Auch er trug dieses unerschütterliche, sektenartige Lächeln im Gesicht und bat uns um Verzeihung. Mit einer zurückhaltenden Handbewegung bat er Weber, den Auftritt der Uniformierten zu beenden.

Weber grinste, reagierte aber nicht.

Wir wurden vorgelassen.

Der junge Aal ging voraus. Bei der Fahrt im Aufzug erklärte er uns, wie schnell wir in die Höhe glitten und welche Wunderdinge Sanogo allein durch den Transport in diesem technischen Wunder aus Glas, Metall und ein wenig Technik vollführte.

»Guter Junge«, sagte Weber, als wir ausstiegen.

Wir waren im einundzwanzigsten Stockwerk gelandet. Der Aal führte uns in einen als Bibliothek getarnten Konferenzraum. In der Mitte stand ein großer Tisch mit weißer Furnieroberfläche. An der Stirnseite saßen fünf Manager. Jeweils zwei Männer rahmten die einzige Frau in der Mitte ein.

Sie ergriff sofort das Wort und damit die Initiative. Manager-Einmaleins.

»Meine Herren, für etwaige Unannehmlichkeiten und Wartezeiten möchte ich mich bei Ihnen entschuldigen. Aber es kommt nicht oft vor, dass wir – sagen wir – so delikaten Besuch erhalten. Wir hätten es begrüßt, im Vorhinein von Ihrem Kommen unterrichtet zu werden, sodass wir uns angemessen hätten vorbereiten können. Sie verstehen sicherlich, dass uns der Besuch irritiert, zumal es dafür aus unserer Sicht überhaupt keinen Grund gibt und unnötige Spekulationen befeuert. Es liegt sicherlich ein Missverständnis vor. Wir haben uns nichts vorzuwerfen. Im Gegenteil. Sicherlich wissen Sie, dass Sanogo nicht nur außerordentlich wirtschaftlich erfolgreich an den Märkten operiert und damit den Wirtschaftsstandort nachhaltig stärkt, sondern auch gesellschaftliche Verantwortung wahrnimmt. Allein am Standort Berlin stehen bei uns mehr als vierhundert Menschen in Lohn und Brot. Wir unterstützen soziale Projekte und fördern den Breitensport. Ihnen wird nicht entgangen sein, dass die Speerwerferin Sylvia Kronburg nicht zuletzt dank unserer Unterstützung bei den vergangenen Olympischen Spielen für Deutschland die Bronzemedaille gewann. Die Sanogo AG versteht sich als Partner des öffentlichen Lebens, nicht als ihr Feind. Was können wir also für Sie tun?«

Weber blieb cool und ignorierte die einleitenden Worte. »Sie haben von hier oben einen sehr schönen Ausblick auf die Stadt«, sagte er und blieb mit dem Rücken zur Sanogo-Tante stehen. »Mein Name ist Weber, ich bin Oberstaatsanwalt in der Hauptabteilung römisch drei. Wir untersuchen Kapitalverbrechen. Es geht um eine Kleinigkeit, mein Besuch ist rein informeller Natur. In der Tat habe ich meinem Gesprächswunsch unten möglicherweise ein wenig ungebührend Nachdruck verliehen. Das lag daran, dass ich mich von Ihren Empfangsdamen nicht ernst genommen fühlte. Jetzt sind wir hier, Frau … äh …?«

Weber versuchte, den Sprachstil seinem Gegenüber anzupassen, klang dabei aber etwas hölzern.

»… Winterfeld. Ich bin hier für das Personal zuständig und die Sprecherin des Vorstandes. Mir wurde signalisiert, dass ich Ihr Ansprechpartner bin. Wenn Sie bitte endlich zur Sache kommen könnten. Meine Zeit ist begrenzt.«

Weber blieb am Fenster stehen und genoss die Aussicht auf die Stadt. Ich kannte ihn noch nicht lange, wusste aber, dass er solche Situationen mochte. Er ließ die Personalchefin zappeln. Aus Prinzip.

»Wir sind gerade einem merkwürdigen Todesfall auf der Spur«, sagte er endlich. »Die Einzelheiten interessieren hier nicht. Nur so viel: Der Name Sanogo fiel in diesem Zusammenhang. Er wurde von einem Beteiligten genannt.«

Die Personalchefin hob die rechte Augenbraue und zog, leicht angewidert, die Mundwinkel nach unten.

Weber schien es zu bemerken, blieb aber bei seiner Linie. »Es geht um einen Überfall, der möglicherweise in Zusammenhang mit dem Todesfall steht und in unmittelbarer Nähe dieses Gebäudes stattfand. Wir fragen uns nun, und das verstehen Sie sicherlich, ob und, wenn ja, welche Rolle Sanogo in dieser Angelegenheit spielt.«

Die Personalchefin entspannte sich und mit ihr ihre vier Sitznachbarn.

»Sie sagen, der Name Sanogo fiel in irgendeinem Zusammenhang; und hier in der Nähe, in einer Gegend, in der sich jeden Tag wahrscheinlich Dutzende Straftaten ereignen, fand eine weitere statt. Was um alles in der Welt hat das mit uns zu tun? Der Name Sanogo fällt jeden Tag unendlich viele Male. Unsere Marketingabteilung arbeitet hart daran und ist froh darüber. Daraus wollen Sie uns einen Strick drehen? Das kann nicht Ihr Ernst sein.«

Ernst, Ernst, Ernst. Sicherlich, sicherlich, sicherlich.

»Doch«, antwortete Weber. »Verstehen Sie mich nicht falsch.« Er löste sich von der Fensterfront und trat einen Schritt auf die Wortführerin zu. »Wir wissen nicht, was dahintersteckt, wollen es aber erfahren. Haben Sie in letzter Zeit irgendwelche unvorhergesehenen Veränderungen in den Arbeitsabläufen festgestellt, sind überraschende Probleme aufgetaucht, oder erpresst Sie vielleicht jemand?«

Ich war mir sicher, dass Weber die Erpressung nur ins Spiel brachte, um die Frau aus der Ruhe zu bringen.

Es gelang. Sie stand auf und erklärte das Gespräch für beendet.

»Mein lieber Herr … äh … Staatsanwalt. Sie erwarten zu viel von mir. Ich werde hier nicht bei einem Teekränzchen mit Ihnen über Geschäftsgeheimnisse reden, wenn es dafür keinen Grund gibt. Und den gibt es nicht, wie ich Ihren etwas lückenhaften Ausführungen entnehme. Aber seien Sie unbesorgt. Sollten wir hier auf Dinge stoßen, die das Eingreifen der Staatsgewalt erfordern, melden wir uns selbstverständlich. Ich wünsche Ihnen viel Erfolg bei der Aufklärung des Falles. Aber verschonen Sie uns bitte künftig mit Ihren Besuchen, solange Sie kein konkretes Anliegen haben. Unsere Zeit ist zu kostbar für diese Art des Detektivspiels. Sie dürfen nicht vergessen, dass wir die Steuern erst verdienen müssen, mit denen Sie und Ihre Kollegen bezahlt werden. Auf Wiedersehen.«

Sie nickte ihren Begleitern zu und verschwand, die vier Untergebenen im Kielwasser.

Der Aal machte eine einladende Handbewegung und bedeutete uns, ebenfalls den Raum zu verlassen.

Er begleitete uns, verzichtete aber auf dem Rückweg darauf, uns weitere Fabelgeschichten über das segensreiche Wirken Sanogos mitzuteilen. Er brachte uns tatsächlich bis zum Ausgang, wohl um sicherzugehen, dass wir das Gebäude auch tatsächlich auf direktem Wege verließen.

Weber schickte die Polizisten weg und lief mit mir zurück zum Auto. Auf der Straße nahmen seine Schweißdrüsen ihre Arbeit wieder auf. Manche Menschen sind mit einem Kreuz geschlagen. Bei Weber war es der Schweiß. Vermutlich beklagte er manchmal nachts in seinem Bett, dass seine Mutter keine Isländerin gewesen war.

»Junge, das sind Erfahrungen, die man einfach machen muss. Wir sind nicht überall willkommen, obwohl wir nur Gutes im Sinn haben. Mit der Ziege bin ich aber noch nicht durch. Darauf kannst du einen lassen. Das sind scheinbare Niederlagen. Aber wer weiß, für was sie gut sind.«

Weber machte das Beste draus. Aber es beschäftigte ihn mehr, als er mir eingestehen wollte.

ACHT

Es fügte sich so ein wenig zusammen, ohne dass schon ein Bild zu erkennen gewesen wäre. Strunz hatte sich in ein berufliches Abseits manövriert, Pieper war wegen seiner windigen Geschäfte in Gefahr geraten, und wir hatten Leo, den walisischen Steineverkäufer, der mehrfach von Strunz angeklagt worden war. Aber wir hatten noch keine heiße Spur. Es würde sich lohnen, diesen Schneider aufzuspüren.

Weber saß hinter seinem Schreibtisch, die Hände unter seinem Bauch verschlossen. Buddhagleich. So hatte ich ihn noch nie gesehen. Ermattet, aber mit einem stillen Lächeln um die Mundwinkel, das ein Zipfelchen Seligkeit verriet. Sein Blick war in die Ferne gerichtet. Er trug einen blauen Anzug, der an den Ellenbogen fettig glänzte. Ich ließ ihn schweigen und sah aus dem Fenster.

Team drei hatte da etwas gefunden, diesen kleinen Ausbruch aus Strunz' Routine, als er am Tag vor seinem Tod entgegen seiner Gewohnheit für zwei Stunden aus dem Büro verschwunden war. Team drei, das waren die ganz smarten Jungs, die sich für nichts als ihre Technik interessierten. Sie analysierten die Handydaten, Strunz' Internetverbindungen, digitale Bewegungen auf dem Hausausweis und selbst die elektronische Kantinenzahlung. Bei diesem ganzen Datenscheiß ließen sie es aber nicht bewenden, sondern setzten ihn in Verbindung mit all dem anderen Zeug, das ihnen die Kollegen besorgt hatten. So konnten sie über die Auswertung ihrer digitalen Datenmengen feststellen, wessen Wege sich wann mit Strunz gekreuzt hatten.

Mir kam das gleichzeitig beängstigend, verrückt und vollkommen sinnlos vor. In wessen Interesse lag es eigentlich, die allumfassende digitale Verfügbarkeit jedes Einzelnen herzustellen und einen unfassbar riesigen Datenberg zusammenzutragen? In meinem jedenfalls nicht.

Aber ich verkniff mir einen Kommentar.

»Es kann auch alles Zufall sein«, sagte ihr Anführer. »Aber

eine besondere Handynummer taucht in diesen zwei Stunden in derselben Funkzelle auf, in der sich auch Strunz aufhielt.«

Weber, der das alles auch nicht verstand, horchte auf.

»Was ist das für eine besondere Nummer?«

»Der Besitzer des Handys hat sich auch zur Tatzeit tags darauf in der Nähe des Gerichts herumgetrieben.«

»Das könnte also unser Mann sein«, sagte Weber. »Mit ein wenig Phantasie«, ergänzte er.

»Ja. Aber wir wissen nicht, wer dahintersteckt. Die Nummer gehört zu einem Prepaidhandy, das seitdem nicht mehr geortet wurde.«

Team drei berichtete noch von einem digitalen Fehler, den sie sich nicht erklären konnten, weil eine Person dem Dienstausweis nach zwar im Haus war, seinen anderen Daten zufolge aber nicht.

Doch das interessierte Weber schon nicht mehr. Er setzte sich hinter seinen Schreibtisch und holte eine Kladde aus dem Schubfach. »Auch ich habe etwas mitzuteilen.« Er nahm jetzt eine förmliche Haltung an, die ich in diesem Kreis seiner Vertrauten noch nicht an ihm erlebt hatte.

»Dieser Brief hier ist an Strunz gerichtet«, verkündete er. »Laut Poststempel ist er zwei Tage vor seinem Tod abgeschickt worden, laut Justizstempel einen Tag später bei uns in der Poststelle angekommen. Da ist er dann offenbar verschüttgegangen, jedenfalls hat er es ist nicht bis zu Strunz geschafft. Die Scheißbürokratie hier hat ihn aber erst heute bei mir abgegeben, weil sie nicht wusste, wohin damit. Beinahe hätten sie ihn wegen Unzustellbarkeit zurückgeschickt. Auch er trägt keinen Absender, das scheint aber auch nicht nötig gewesen zu sein, Strunz wusste offenbar, von wem er stammt.«

Weber räusperte sich und las vor.

Sehr geehrter Herr Strunz,
leider muss ich unsere kleine Verabredung absagen. Bitte verstehen Sie, dass durch die aktuellen Entwicklungen ein Treffen zwischen uns zum gegenwärtigen Zeitpunkt nicht sinnvoll ist. Ich werde mich zeitnah und möglicherweise sehr kurzfristig bei

Ihnen melden. Vielleicht können wir die Angelegenheit ja doch noch anders lösen.
Mit freundlichem Gruß

Weber ließ die knappe Notiz kurz wirken.

»Meine Herren, was haben wir davon zu halten?«, fragte er.

Team drei schwieg. Mit diesem Papierkram aus analogen Zeiten konnten die Digital-Freaks nichts anfangen.

Wenn der Brief in einem Zusammenhang mit der überraschenden Abwesenheit von Strunz stünde und Pieper eine Rolle spielte und Sanogo sowieso, vielleicht wäre das ein Koordinatensystem, das in Richtung der Legende wies und das Rätsel um Strunz' tiefen Fall lösen konnte. Aber so etwas ließ sich zu diesem Zeitpunkt nur erahnen.

Trotz der offenen Fragen herrschte Einigkeit am Tisch, die fast in eine gesellige Stimmung gegenseitigen Schulterklopfens eskaliert wäre, wenn sich nicht plötzlich ein Schatten über unsere kleine Gesellschaft gelegt hätte. Der Generalstaatsanwalt hatte von allen unbemerkt das Büro betreten. Er sah in die Runde und zeigte dann auf Weber.

»Es gibt da eine Aktualität«, sagte er knapp und bedeutete Weber, ihm zu folgen. Im Vorbeigehen zog mich Weber am Ärmel mit hinaus.

Es begann wieder einer dieser elenden Märsche durch das Justizlabyrinth. Schon nach den ersten Wendemanövern wusste ich nicht mehr, wo ich war. Links, links, rechts. Die Treppe runter. Rechts, links und den Gang entlang.

Die Schritte hallten gegen die gekachelten Wände und wieder zurück. Am Ende holte der General seinen dicken Schlüsselbund hervor und öffnete die letzte Tür. Wir waren in einem Bürotrakt angekommen, den ich noch nicht kannte.

Ich hätte Lleowin McGalowan kaum erkannt. Er passte so gar nicht in diese banale Verwaltungswelt mit den kalkweißen Wänden und Beamtentypen. Jetzt saß er in der Mitte des Raumes auf einem Stuhl, die Locken gebändigt und hinter den Schultern zu einem Zopf zusammengebunden, und fiel nicht weiter auf.

Als wir eingetreten waren, kam Bewegung in das Stillleben.

»Meine Herren, ich zeige Ihnen die Vertretung von Lleowin McGalowan an, die ich hiermit anwaltlich versichere«, sagte der Mann neben ihm. Ein merkwürdiger Kerl, den sich Lleowin da als Verteidiger ausgesucht hatte: klein, nervös, sonnenbankgebräunt und mit in den Nacken gegelten Haaren. »Ich bin mir nicht sicher, ob Sie die Tragweite Ihres Handelns übersehen. Wir sollten offen reden, aber unter vier Augen.«

Er grinste den General an und lud ihn, obwohl er Gast in den heiligen Justizhallen war, mit einer freundschaftlichen Geste ein, mit ihm beiseitezutreten.

Der General schüttelte den Kopf. »Nicht nötig.«

Das kleine Ausbremsmanöver brachte den Anwalt nicht aus dem Konzept. »Es ist ganz einfach«, sagte er. »Offenbar liegt ein Missverständnis vor. Jedenfalls will ich das hoffen. An alles andere mag ich gar nicht denken. Uns ist zur Kenntnis gekommen, dass Herr McGalowan aus irgendeinem Grund das Interesse Ihrer Behörde auf sich gezogen hat. Das war angesichts des Chaos, das Ihre Kollegen in der Wohnung meines Mandanten angerichtet haben, nicht schwer herauszufinden. Abgesehen davon, dass das eine vollkommen unangemessene, in der Sache geradezu surreal überzogene Aktion war, ist sie auch unter objektiven Gesichtspunkten nicht zu rechtfertigen. Ich halte sie sogar für grob rechtswidrig. Sie können es als Ausdruck unseres guten Willens deuten, dass wir das vorerst nicht an die große Glocke hängen. Ist Ihnen klar, was das bedeuten würde?«

Der Anwalt sah auf seine Armbanduhr.

Das Telefon klingelte.

Er nickte.

»Für Sie«, sagte der für das Telefon zuständige Beamte und gab den Hörer an den General ab.

»…«

»Mein lieber Freund. Natürlich ändert das die Situation«, sagte er, ohne das Gesicht zu verziehen. »Nur eben nicht für uns.«

»…«

»Das ist richtig, aber …«

»…«

»Nein, das meine ich nicht. Das ist mir vollkommen egal, ich möchte das auch gar nicht im Detail wissen. Es ist nur so …«

»…«

Während er seinem Gesprächspartner zuhörte, hielt er den Lautsprecher des Telefons zu und raunte in die Runde: »Der Präsident des Verfassungsschutzes.«

»…«

»Noch einmal. Ob McGalowan V-Mann beim Verfassungsschutz ist, interessiert uns überhaupt nicht. Wenn es Zusagen gibt, ihm Straffreiheit zuzusichern, dann ist das ein Problem. Allerdings nicht meins. Wir interessieren uns für ihn nicht, weil er in geheimdienstlicher Mission unterwegs war.«

»…«

»Hallo?«

Der General legte auf.

»Na, dann hat sich die Angelegenheit in Wohlgefallen aufgelöst?«, fragte McGalowans Anwalt eher zurückhaltend als fordernd.

»Kein Grund zur Aufregung.« Der General sah zu Weber rüber. Weber nickte und holte ein graues Blatt Papier hervor.

»Sie haben da ein Problem«, sagte er zunächst in Leos Richtung, dann drückte er dem Anwalt das Blatt Papier in die Hand. »Es gibt hier diesen Haftbefehl gegen Lleowin McGalowan. Wir glauben, er hat Oberstaatsanwalt Strunz ermordet.«

Wir behielten Leo gleich da.

***

Georg Hasenkötter, den alle Welt nur Hax'n Orje nannte, hatte seinen Stand an diesem Tag auf einem anderen Markt aufgestellt. Es hatte eine Weile gedauert, bis ich ihn am späten Nachmittag endlich an der Strippe hatte. Er nörgelte zuerst ein wenig herum, was das schon wieder solle, er habe doch alles erzählt. Schließlich lenkte er ein.

Um acht Uhr dreißig wäre es weniger störend, sagte er.

»Dann sind die blutigen Sachen erledigt, und das Fleisch kann hängen.«

Hasenkötter hatte seine Fleischerei in einem Friedrichshainer Hinterhof. Seine Familie hatte den kleinen Betrieb über Jahrzehnte gegen die Begehrlichkeiten der jeweils Herrschenden – Kommunisten, Kapitalisten, Hausbesetzer – verteidigt. Mich begrüßten noch auf der Straße wuchtige Bassläufe zum Zischen der Hi-Hat-Salven eines Schlagzeugs und wiesen den Weg. Im Torbogen zum Hinterhof verschwamm der Klangteppich zu einem Soundbrei, der sich kurz danach wieder in klare Konturen auflöste: Angus Youngs Gitarrensolo in »Hells Bells«. Mal was anderes: AC/DC und eine Schlachtplatte zum Frühstück.

Zwei Schweinehälften hingen am Haken. Hasenkötter bearbeitete sie wuchtig. Als er mich sah, hielt er inne und wischte sich den Schweiß von der Stirn. Dabei rutschte das T-Shirt nach oben und legte ein tiefblaues Tribal-Tattoo auf dem Rücken frei.

Hax'n Orje wusch sich Hände und Unterarme, während ein Geselle den Boden mit einem Gartenschlauch sauber spritzte. Er leitete mich in sein Büro, steckte sich einen Zigarrenstummel in den Mund und entzündete ihn mit einem Streichholz.

»Was soll das jetzt schon wieder? Die Sache raubt mir schon viel zu viel Zeit. Es hängt mir zum Hals raus.«

Klar. Würde mir genauso gehen. So wenig, wie ich verstand, wie er die Schweinehälften so zerteilte, dass am Ende Schnitzel übrig blieben, konnte er wissen, was in unserem Bürokratenladen mit den vielschichtigen Zuständigkeiten abging. Es wäre hoffnungslos gewesen, ihm das erklären zu wollen. Ich verstand es ja selbst nicht.

»Wir arbeiten hier mit einem frischen Produkt. Fleisch. Das ist heikel genug. Ich müsste längst unterwegs sein. Bei diesen Temperaturen. Sonst gehen die Fliegen ran, und nachmittags sind dann schon die Maden drin.«

Er spielte mit dem Klischee seines blutrünstigen Berufs und übertrieb ein wenig. Sosehr ich es mochte, an diesem Morgen in seinem Fleischerbüro zu sitzen und Hardrock aus der Vorzeit zu hören – am liebsten hätte ich ihn noch nach den Feinheiten seines Handwerks befragt, wenn nur das Blut nicht überall herumgetropft hätte –, so sehr musste ich mich aufs Wesentliche konzentrieren. Er würde nicht milder gestimmt, je länger ich ihn hinhielt.

»Wie kam es zu dieser merkwürdigen Messerstecherei, neulich auf dem Marktplatz?«

Hasenkötter zog wie aufs Stichwort ein Messer aus der Schublade und begann damit, die Blutreste unter seinen Fingernägeln hervorzukratzen. Den Stummel behielt er dabei zwischen dem kleinen und dem Ringfinger der rechten Hand eingeklemmt. Wie es ihm in den folgenden Momenten gelang, ihn gelegentlich aufglimmen zu lassen, verstand ich nicht. Hax'n Orje musste eine brillante Fähigkeit besitzen, die Muskeln seiner Finger raupenmäßig anzuspannen, wieder loszulassen und so die Glut am Glimmen zu halten.

Schon wieder so ein Fingerscheiß. Warum pflegten auf einmal alle möglichen Leute in meiner Anwesenheit ihre Fingernägel? Immerhin gefiel mir Hasenkötters Messervariante deutlich besser als Webers Knipsergemetzel vorhin im Café am Marktplatz.

»Lächerlich«, sagte Hax'n Orje beiläufig. »Hat die Staatsanwaltschaft wirklich nichts Besseres zu tun, als diese kleine Rangelei unter Männern monatelang in Mannschaftsstärke zu verfolgen?«

Er schüttelte den Kopf.

Der Typ, sein späteres Opfer, sei eines Tages aufgetaucht und um seinen Marktstand herumgestreunt, erzählte er schließlich. Ärger habe in der Luft gelegen. Und er ließ nicht lange auf sich warten. Der Typ kaufte eine Kleinigkeit, um wenig später zurückzukehren und sich lautstark über den vermeintlichen Schweinefraß zu beschweren. Diese Szene habe sich noch einmal wiederholt, beim dritten Aufeinandertreffen sei sie eskaliert.

»Ich lass mir doch nicht von einem dahergelaufenen Deppen in die Flinte pinkeln. Das geht gegen meine Berufsehre.«

Also habe er ihn kurzerhand niedergestreckt. Ob, wie von

der Anklage behauptet, dabei ein Messer eine Rolle gespielt hatte, wollte er nicht vehement bestreiten, beteuerte aber, dass es seiner Erinnerung nach seine blanke Faust gewesen sei.

Und dieser Zeuge, fragte ich, welche Rolle habe der gespielt?

»Leo? Ach, Zufall, dass er an diesem Tag gegenüberstand. Netter Kerl, obwohl ich diesen Zaubersteinhandel für Humbug halte. Aber wir reden oft. Wussten Sie, dass in Wales drei Millionen Menschen leben, aber neun Millionen Schafe? Ich muss jetzt wirklich los.«

Das hatte ich nicht gewusst. Er drückte mir kurz die Hand, sehr kraft- und schmerzvoll, und verschwand im Schlachterzimmer.

»Egal«, hörte ich ihn rufen, bevor er wieder in der Tür erschien. »Ich bin dann erst einmal eine Weile weg.«

Wo es denn hingehe?

»Oh, so ein Ritual unter Bundeswehrkumpels.« Sie machten Hilfstransporte, einmal im Jahr. Sie waren in Tansania, davor in Weißrussland. Verbandszeug, Spritzen und so ein Kram. Donnerstag ginge es los. Mit zwei Transportern über die Türkei und den Iran nach Afghanistan. »Statt Urlaub.«

Das hielt ich für gewagt – und sagte es ihm. Als Beschuldigter werde er möglicherweise Probleme bekommen.

Er hob gleichgültig die Schultern.

Ich fand den Weg allein hinaus.

NEUN

Mein nächster Weg führte mich zu Weber. Es war an der Zeit, klare Verhältnisse zu schaffen. Der Dicke war nicht da. Also zog ich weiter. Zu Zacher. Irgendwo musste ich ja Dampf ablassen.

Sie saß an ihrem Schreibtisch und las Zeitung. Ein ganzer Stapel aller möglichen Blätter lag vor ihr auf dem Tisch.

Sie sah mich an und lächelte. »Das habe ich mir gedacht«, sagte sie und deutete mit einem Blick auf die Zeitungen. »Was halten Sie davon?« Sie wartete die Antwort nicht ab, sondern versteckte sich wieder hinter einer Zeitung. Ich sah auf die Titelseite.

»Wende im Justizmord? Polizei schlampt bei Ermittlungen.«

Weber hatte offenbar ein paar Ermittlungsergebnisse an die Zeitungen weitergegeben und die Deutung gleich mitgeliefert: Die Polizei war schuld. Es ging um die alten Fälle, die sie offenbar nicht ordentlich durchforstet hatten, wie ich las. Dabei hatten wir ja außer ein paar kümmerlichen Ansätzen auch nichts! Die Vorwürfe gegen unsere uniformierten Freunde waren etwas verschwurbelt, wie ich fand. Im Kern ging es darum, dass wir Aufträge verteilt hatten, die sie nicht ordnungsgemäß abgearbeitet hatten.

Na ja. Wenn es auch falsch gewesen sein sollte, hatten sie sich immerhin Sachen zugewandt. Während wir noch im Nebel saßen und auf ein wegweisendes Zeichen warteten. Wir hatten einen toten Kollegen, einen Zettel mit drei Begriffen darauf, ein Handy, das zweimal in der Nähe des Gerichts aufgetaucht war, und einen halbwegs Verdächtigen in U-Haft, der sich gerade als V-Mann des Verfassungsschutzes entpuppt hatte.

Jedenfalls waren die Zeitungen voll davon. Webers Finte prangte an jedem Kiosk der Stadt. Genau genommen, war es seine zweite. Lleowins Festnahme diente mehr als Beruhigungspille für die Öffentlichkeit. Mit der Stichelei gegen die Polizei erfolgte der Angriff an der Flanke.

Die Artikel ergossen sich in allerlei Spekulationen, ob es

sich einfach um Schlamperei oder Eigeninteressen der Polizei gehandelt hatte. Weber hatte irgendeinen Untergebenen, glücklicherweise nicht mich, vorgeschickt, um die Geschichte zu bestätigen. Offenbar war es zu spät gewesen, sich eine Gegenstimme der Polizei einzuholen. Okay, das musste man Weber lassen. Das hatte er gut eingetütet.

Neues vom verdächtigen Untersuchungshäftling wussten die Zeitungen dagegen nicht zu berichten. Man prüfe noch, hieß es. Zacher las gewissenhaft, jedenfalls gab sie es vor.

»Strunz«, sagte sie schließlich und lies die Zeitung sinken. »Sie haben noch eine Frage zu Strunz.« Ihr Gesicht strahlte die mütterliche Nachsicht aus, die mir schon bei unserem ersten Treffen aufgefallen war.

»Wie kommen Sie denn da drauf? Ich interessiere mich für Ihre Hobbys.«

»So? Mir war gar nicht aufgefallen, dass wir schon so vertraut miteinander sind.«

Immerhin hatte ich ihr ein Zucken der Augenbrauen entlockt.

»Schreiben Sie nachts Briefe an verblichene Kollegen?«

Zacher lachte. »Ganz ehrlich, das ist nicht so mein Stil. Aber wenn ich es täte, würde ich es nicht jedem dahergelaufenen Azubi erzählen.«

Endlich legte sie die Zeitung aus der Hand und nahm Haltung an. »So, und jetzt ist gut. Was gibt es noch Neues und wie kann ich helfen?«

Ich erzählte ihr von dem Zettel: *Pieper? Legende? Auto?* »Ich kann mir keinen Reim darauf machen. Und auf die drei Fragezeichen dahinter. Das könnte ein Hinweis sein.«

Zacher lehnte sich zurück und legte die Füße auf den Tisch. Sie hatte offenbar keine Eile und dachte nach.

Die Blätter an der Linde vor dem Fenster hingen in sattem Grün schlapp herunter. Es hatte seit Wochen nicht geregnet. Die Äste hoben und senkten sich mutlos im Takt des Windes.

Ich atmete ein und nahm einen Hauch süßlicher Schärfe wahr. Hatte ich das Deo vergessen? Ich spürte plötzlich einen feuchten Film aus Schweiß, Staub und Schmutz auf meinen

Armen. Das kam davon, mit einer blöden Frage in einem blöden Büro aufzutauchen. Dann fühlte man sich schlecht und stinkend. Außerdem stand ich hier einfach nur herum und betrachtete einen Baum vor dem Fenster.

»Pieper steht für eine Person. Und vielleicht ist sein Auto besonders auffällig, oder es geht ums Kennzeichen. Aber für was steht Legende?«

Sie nahm die Füße herunter und setzte sich akkurat an den Schreibtisch.

»Genau, für was steht Legende?«, wiederholte ich. »Sie haben doch jahrelang mit Strunz zusammengearbeitet, nicht ich. Gab es da nicht irgendetwas, was uns helfen könnte? Eine kleine abseitige Geschichte, eine Bleistiftnotiz, die Ihnen in Erinnerung geblieben ist, ein Hinweis auf diesen Tschernowitz, Import-Export-Geschäfte, merkwürdige Täter?«

»Woher soll ich das wissen?«

»Vielleicht besteht ein Zusammenhang zwischen Pieper und Sanogo, bei dem eine Legende eine Rolle spielt. Aber Legende im Sinne von Sage oder im Sinne von erfundener Biografie? Und wenn Letzteres: Wer hat sich eine zugelegt und was für eine?«

Zacher ließ mich weiter hängen. Und widmete sich dem Zeitungsstapel mit den kleinen Buchstaben. Die mit den großen hatte sie auf den Boden geworfen. Nicht in den Papierkorb. Auf den Boden.

»Finden Sie es heraus.«

Zicke.

»Warum gibt es eigentlich keine weibliche Form von Witzbold?«

»Weil wir nicht komisch sind.«

***

»Mann, siehst du scheiße aus«, sagte Jana, als sie Moritz sah. Wir hatten uns am Landwehrkanal verabredet, da, wo er in die Spree fließt. Wir gingen ein paar Schritte und setzten uns dann am Ufer ins »Cap Rivi«. Moritz sah wirklich schlecht aus.

Blass, gerädert und ausgelaugt. Er war nicht bei der Sache, das sah ich sofort. Er wich unseren Blicken aus.

»Was ist los? Geht's dir nicht gut?«

»Nein.«

»Können wir helfen?«

»Nein.«

Moritz, den ich sonst nur notorisch gut gelaunt kannte, hatte sich zurückgezogen wie eine erschrockene Schnecke.

Die Sonne schien. Jana schloss die Augen und streckte ihren Körper. Moritz sah mich verzweifelt an und verdrehte die Augen in Richtung Jana. Ich sah ihn ratlos an. Wir lagen auf der Wiese.

»'ne Frauengeschichte?«, fragte Jana nach einer Weile.

Moritz wand sich. »Ja – meinetwegen«, presste er heraus.

Was sollte das denn heißen? Wir rauchten eine Zigarette. Aus der Nummer kam er jetzt nicht mehr raus.

»Also gut«, sagte er schließlich und sah mich dabei fast ein wenig flehend an.

Wir hatten ihn so weit.

»Ich war neulich in Polen, Zigaretten kaufen. Das war nichts Besonderes. So wie immer. Der Typ hat mir ein paar Feuerzeuge dazugepackt. Auch wie immer. Ich bin dann wieder zurückgefahren.« Moritz sah uns an.

»Ja und?«, fragte ich.

»Ja und?«, fragte Moritz zurück.

»Nichts und. Eigentlich.« Ich verlor langsam die Geduld.

»Lass ihn«, sagte Jana. »Die Geschichte knallt nicht gleich so rein wie deine. Sie braucht ein wenig Zeit.«

Und nach einer Weile: »Geil.«

»Okay«, sagte ich. »Das ist hier kein Verhör. Schon gar nicht, wenn's um Frauengeschichten geht.«

Moritz dankte mir mit einem kurzen Blick und fuhr fort.

»Diese Feuerzeuge, die sie einem da mitgeben, taugen nichts. Man benutzt sie dreimal, und dann fallen sie auseinander. Ich war also dabei, eins nach dem anderen in den Müll zu werfen, während ich neulich Nacht an einem Referat arbeitete. Es war schon spät, die Sonne ging schon fast wieder auf, und ich war hundemüde. Da fiel mein Blick auf das Mädchen. Sie haben da doch immer so komische bunte Motive auf diesen Plastikdingern. Aber auf dem war ein Mädchen, das irgendwo am Strand lief und mich direkt ansah. Diesen Moment werde ich wohl nie vergessen.«

Moritz atmete tief ein. »Seitdem suche ich irgendeine Spur von ihr im Internet. Es muss doch noch irgendwo Fotos von ihr geben, wenn sie es schon auf ein polnisches Feuerzeug geschafft hat. Ich weiß, dass das totaler Quatsch ist, aber seitdem schlafe ich kaum noch.«

Ich war perplex.

Jana sprang sofort drauf an. »Das war 'ne Nackte, oder? Gib's zu. Das war 'ne Nackte.« Sie lachte los und bekam sich erst Minuten später wieder ein. »Groß-ar-tig.«

Moritz ließ es über sich ergehen. Ich sah ihm an, dass er sich verraten fühlte, und warf Jana deswegen einen verärgerten Blick zu.

Wir ließen uns noch ein paar Minuten den Wind ums Gesicht wehen und schwiegen.

»Na gut«, sagte Jana plötzlich. »Dann bin ich wohl dran, was über mich zu verraten.«

Sie nahm meine Hand und spielte ein wenig mit den Fingerknöcheln. Anscheinend hatte sie das Gefühl, was gutmachen zu müssen. Recht so.

»Viel gibt es über mich nicht zu erzählen«, sagte sie.

Na, der Einstieg war ja schon mal super, dachte ich.

»Ich bin halt so ein Landei, habe immer brav gelernt und in den Ferien im Garten in der Hängematte gelegen. Und gelesen. Das alles spielte sich in so einem Reihenhaus in Bayern ab. Quadratisch, praktisch, gut. Und vor dem Haus standen zwei Autos. Papa mochte den Wohlstand, das Haus, den Urlaub. Mama kümmerte sich um den Garten. Alles schrecklich langweilig. Es gab da diese unendlichen Hopfenfelder in der Hallertau und Ausflüge mit dem Kanu auf der Donau. Eine Kindheit in der Postkarte, ausreichend frankiert und mit den besten Grüßen der Lieben versehen. Mann, war ich froh, als ich den Studienplatz hier bekam.«

Jana studierte Jura. Weil das so vielseitig sei. Sie war eine dieser Frauen, die das Talent besaßen, sich scheinbar mühelos den Herausforderungen des Lebens zu stellen und pragmatisch das Richtige zu verfolgen. Mal eben Jura studieren. Vernunftgeleitet, aber beneidenswert lässig.

Ich sah ihr in die Augen. Für einen Moment lang schien die beständige Zuversicht aus ihrem Blick verschwunden. Sie lehnte sich zurück, verschränkte die Arme und senkte den Kopf.

Ich entzog meine Hand ihrer Massage und ließ sie auf ihren Schoß fallen.

»Okay. Das ist die erste Ebene. Die Fassade«, sagte sie. »Die zweite Ebene richtet sich mehr so nach innen. Sie rüttelt an den Wurzeln, wisst ihr. Meine Eltern haben sich das alles hart erkämpft. Sie sind mit meinen Großeltern nach Deutschland gekommen. Das waren Wolgadeutsche. Und ihr könnt euch vielleicht vorstellen, wie das damals war, als Fremde mitten in Bayern zu landen. Meine Eltern haben nie viel darüber gesprochen, vielleicht hätte ich auch mehr fragen sollen, aber das habe ich mich nicht getraut. Jedenfalls war es mit der Idylle im Haus nicht weit her. Mein Vater hat es selbst gebaut, neben der Arbeit. Er hat immer nur geschuftet. Meine Mutter hätte vielleicht ein wenig mehr Spaß am Vergnügen gehabt. Manchmal habe ich sie in der Küche leise lachen hören, wenn sie sich mit einer Freundin unterhielt. Aber sie hat sich das wohl wegen meinem Vater nicht getraut. Deswegen bin ich immer draußen gewesen.«

»Gewalt?«, fragte Moritz in eine kurze Pause hinein.

Jana schloss die Augen und suchte neuerlich meine Hand.

»Eigentlich nicht. Nur manchmal. Wenn ihm alles zu viel war und er getrunken hatte.«

Neben uns kifften sie, woanders übte eine Gruppe Tai-Chi. Von irgendwoher wehten warme Bongoklänge zu uns. Ich hatte eine trockene Kehle und schluckte schwer.

Am Ende war es Moritz, der uns aus der Lethargie holte. »Warum ziehen wir uns eigentlich immer so runter, als wenn wir alle von der großen Depression gepackt wären?« Er stand auf und ging los. »Habt ihr Lust, mir bei der Suche nach meiner künftigen Ehefrau zu helfen?«

Wir lachten und zogen weiter den Kanal entlang. Keiner von uns wollte mehr großartig reden. Oben auf der Caprivibrücke hingen ein paar Jugendliche ab, auf der Straße parkten ein paar Sportwagen in zweiter Reihe. Die Bullen waren auch da. Sie standen etwas abseits und beobachteten das Geschehen übellaunig.

Kurz vor der Kreuzung fiel mir der Wagen zuerst auf. Im Augenwinkel, wie neulich der Schatten, als ich von der Russenkneipe zurückging. Als ich mich endlich umdrehte, nahm das Auto Fahrt auf und fuhr davon. An der nächsten Kreuzung kam es uns entgegen. Zwei Minuten später schlich es wieder hinter uns.

Nein.

Dieser Wagen verfolgte uns nicht.

Warum sollte jemand auf so eine beknackte Idee kommen?

Ich versuchte, den Wagen zu ignorieren. *Beierlein, du bist überspannt. Das war alles ziemlich viel für dich, und du siehst Gespenster. Bilde dir bloß nicht ein, im Mittelpunkt der Welt zu stehen.*

Einmal. Zweimal. Immer wieder versuchte ich, mich zu beruhigen. Und sah über meine Schulter zurück. Jana bemerkte meine Nervosität, folgte meinen Blicken und verstand. Wir gingen noch ein paar Meter weiter, bis ihr der geeignete Moment gekommen schien.

»Lass mich mal.«

Sie nahm Haltung an, drehte sich um und ging ein paar Schritte zurück zur Kreuzung, an der das dunkle Auto an der roten Ampel wartete. Jana setzte ein professionelles Lächeln auf und nahm den Wagen ins Visier.

»Na, Jungs, ’ne kleine Entspannung gefällig?«

Sie stemmte die Arme in die Hüften und wackelte mit dem Hintern vor der Fensterscheibe herum.

»Halbe Stunde dreißig Euro, für euch beide zusammen mach ich’s für fünfzig. Oder wollt ihr mit aufs Zimmer? Ich blas euch den Verstand aus den Eiern. Versprochen.«

Jana. Nach dem Abend in der Kneipe mit dem Pieper-Desaster war das eine weitere neue Facette an ihr, die ich staunend kennenlernte.

Der Beifahrer verstand, nickte kurz, schloss das Fenster, und sein Pilot setzte das Auto langsam in Bewegung. Jana wackelte zurück, mit einem breiten Grinsen im Gesicht. Wir sahen dem Wagen nach. Und lachten los wie drei Kinder nach einem albernen Streich.

Ich lachte lauter als die anderen beiden. Und sah dem Wagen nach, bis ich ihn aus dem Blick verlor.

ZEHN

Auch nach Wochen in diesem Justizpalast kannte ich mich nicht aus. Also trottete ich Weber hinterher. Die Treppe hoch, durch die Tür und wieder links. Und immer diese langen Gänge. Weber leitete mich in ein Nebengebäude. Wir hatten die schwimmbadblauen Kacheln hinter uns gelassen, waren über das helle Beige des ersten Anbaus, der den schönen Namen »C« trug, über zwei weitere Treppen in einen weiteren Trakt gewechselt, dessen orangefarbene Plastiksitze vor der dunkelbraunen Wand mich irritierten.

»So, was gibt's?«, fragte Weber knapp, nachdem wir durch eine der Türen gegangen waren und uns an den Tisch gesetzt hatten. Uns gegenüber saßen die beiden Wirtschaftsheinis, die ich neulich schon mit Weber auf dem Gang getroffen hatte. Diese Wirtschaftsprüfer waren ein eigener Menschenschlag. Die Juristen beobachteten sie argwöhnisch, es waren ja keine Juristen. Aber sie akzeptierten sie, weil sie Dinge konnten, die sie selbst nicht vermochten: hoch komplizierte wirtschaftliche Zusammenhänge aus Bergen von Bilanzen, Geschäftsberichten und Zahlendaten herauslesen.

Die beiden Männer stellten sich mir nicht vor, also tat ich es ihnen gleich. Beide waren schlank, fast drahtig, wie Marathonläufer in Anzügen. Sie waren um die dreißig und hatten ein smartes Lächeln parat, wann immer es nötig war. Einer trug Glatze, der andere hatte beim Rasieren einen Flaum stehen lassen.

»Was wollen Sie wissen?«, fragte die Glatze.

»Alles«, antwortete Weber kühl. Er wollte erst gar keine Zweifel darüber aufkommen lassen, wer hier Koch und wer Kellner war. »Und zwar von Anfang an. Ich will mir ein Bild von der Klitsche machen.«

Die beiden Männer sahen sich kurz an, dann öffnete Stoppelkopp einen mitgebrachten Ordner und begann. »Okay. Sanogo. Das ist ein belgisches Pharmaunternehmen mit Hauptsitz in

Brüssel. Sanogo existiert seit dreißig Jahren und hat es seitdem praktisch zum Weltmarktführer im Wachstumsfeld der Zwillingsprodukte gebracht.«

»Der was?«

»Zwillingsprodukte. Generika. Das sind, flapsig gesprochen, Schmarotzermedikamente.« Stoppelkopp strich mit seiner linken Hand über die aufgeschlagene Seite des Ordners. »Sie selbst nennen es Zwillingsprodukte. Damit es schöner klingt. Das Geschäftsmodell ist einfach. Sie warten, bis der Patentschutz eines erfolgreichen Medikaments abgelaufen ist, und kopieren es dann. So sparen sie sich die Forschungskosten und bekämpfen das Ursprungspräparat mit Dumpingpreisen. Verstehen Sie? Es ist ganz einfach. Wie Schmarotzer, die ihren Wirt aussaugen.«

»Und das funktioniert?«

»Ja, klar. Den Leuten ist es doch egal, welche Pillen sie fressen. Das Firmenmarketing dreht den Spieß einfach um. ›Preiswerte Medikamente tragen dazu bei, die medizinische Versorgung für viele Menschen auf der Welt zu garantieren‹, heißt es in der Werbung. Das leuchtet ein.«

»So habe ich das noch gar nicht gesehen«, sagte Weber. »Ich kaufe auch immer dieses Billigzeugs.«

»Na und?«

Stoppelkopps Erwiderung verblüffte Weber. Er lehnte sich zurück und verschränkte die Arme vor dem Bauch.

Sein Gegenüber ließ ihm die Zeit und täuschte vor, sich in seinem Papierstapel zurechtfinden zu müssen. »Es handelt sich um eine Aktiengesellschaft«, sagte er. »Sie ist in Brüssel, London, New York und Frankfurt notiert. Stand heute Mittag, zwölf Uhr, kostete eine Aktie 203,37 Euro. Das entspricht einem Firmenwert von knapp zwei Komma vier Milliarden Euro. Der Umsatz lag laut letztem Geschäftsbericht für das vorletzte Jahr bei eins Komma sieben Milliarden Euro. Neuere Zahlen liegen nicht vor. Der Aufsichtsrat des Unternehmens ist hochkarätig …«

»Okay. Das reicht«, fuhr Weber dazwischen. »Irgendwelche Auffälligkeiten?«

Stoppelkopp verstand, schloss seinen Ordner. Glatze übernahm.

»Nichts Besonderes. Die üblichen Tricksereien bei der Steuer. Schlechte Arbeitsbedingungen in den Produktionsstätten in Osteuropa und Asien. Das übliche Getuschel über Insidergeschäfte an der Börse. Das ist nicht das Problem. Ob sie irgendwelche Scheiße in ihrem Alltagsgeschäft treiben, darüber können wir keine Aussage machen. Dazu müssten wir echte Unterlagen haben.«

Die beiden Jungs sahen Weber fragend an. Er wälzte sich auf dem Stuhl von der einen auf die andere Seite, steckte kurz seinen linken Zeigefinger ins Ohr, nahm danach den Daumen zu Hilfe und rollte etwas zwischen den beiden Fingern, schnippte das Ergebnis in die Ecke und sagte: »Okay. Würden Sie ihnen etwas zutrauen?«

»Wir trauen jedem alles zu.«

Glatze öffnete einen neuen Ordner. »Lassen Sie uns offen reden. Bei Sanogo stimmen jedenfalls die Voraussetzungen. Ohne ihnen etwas unterstellen zu wollen.«

»Selbstverständlich«, unterbrach Weber.

»Selbstverständlich. Wir haben hier vor uns einen international verzweigten Konzern mit zahllosen, auf der ganzen Welt verstreuten Tochterunternehmen. Allein beim Internetsurfen verliert man den Überblick. Aus den öffentlich zugänglichen Geschäftsberichten geht nicht hervor, wo die Gewinne herkommen und wo die Firma sie versteuert. Es ist eine harte Branche, mit der Krankheit lassen sich nun mal Milliarden verdienen. Unter uns gesagt, deshalb kennt die Pharmabranche auch keine Skrupel. Das ist nichts für Weicheier.«

»Gut.«

Weber hatte vorerst genug gehört.

»Wir besorgen Ihnen die Unterlagen, die Sie brauchen. Nein, am besten ist, Sie kommen gleich mit und holen sich die Sachen selbst. Das spart Zeit.« Seine Augen funkelten entschlossen.

»Junge, da is Musike drin. Pass auf, der alte Weber gibt dir eine Lehrstunde«, sagte Weber, als wir draußen waren.

Er rieb sich die Hände. Ich sollte auf ihn warten, er müsse noch kurz etwas erledigen.

Ich vermisste ihn nicht, sondern lauschte dem Bericht über die neuesten Wetterkapriolen im Radio. Es gab weitere Rekorde zu vermelden: die wärmste Nacht seit Beginn der Wetteraufzeichnungen, die längste Trockenperiode seit dem Sommer 1945. Später schaltete ich den Videotext im Fernsehen ein und las die Geschichte, warum es normal sei, dass der Wind den Saharasand in dieser Jahreszeit aus Zentralafrika bis direkt auf den Couchtisch der hiesigen Wohnzimmer trug.

Andere entdeckten ihre Fürsorge für Rentner.

»Oma tot. Hitzeschlag beim Eisessen«, hieß es auf der Titelseite einer Zeitung. Darunter: »Wer kümmert sich um Dackel Heino?« Und die Oma lag daneben.

Wissenschaftler sorgten sich um den Klimawandel. Tierschutzorganisationen beklagten das Artensterben.

Als ich das Fenster öffnete, schlug mir die Keule der beißenden Windstille entgegen.

Weber trat schwitzend ein, störte sich aber nicht daran.

»Komm.«

Mehr sagte er nicht.

Er hatte den Durchsuchungsbefehl für Sanogo besorgt.

Das Lächeln des Tresenmädchens fror ein, während in ihren Augen das Entsetzen ausbrach. Weber hatte ihr den Wisch auf den Tisch geknallt und war wortlos zu den Fahrstühlen gerauscht. Vom Aal war diesmal keine Spur. Zwei Minuten später waren wir drin. Weber fühlte sich im Büro der Personalchefin sofort wohl. Ganz anders als zum Abschied beim letzten Mal. Wir hatten zwei Hundertschaften der Polizei mitgebracht und unsere ganze Abteilung mit sechs Staatsanwälten und mir. Stoppelkopp und Glatze schwammen im Fahrwasser kurz dahinter.

»Sie haben genau zwei Möglichkeiten«, sagte Weber als Einleitung.

Die Chefin saß regungslos hinter ihrem Schreibtisch.

»Sie kooperieren. Oder ich nehme Ihren Laden hier vom Keller bis zur Dachterrasse auseinander. Das dauert dann ein paar Stunden, vielleicht reicht ein Tag gar nicht aus. Das würde unweigerlich öffentliches Aufsehen nach sich ziehen.«

Die Personaltante antwortete nicht. Sie klopfte mit den Fingern auf die Tischkante.

Weber gab ihr eine Chance.

Sie nickte. »Okay.«

Er schob sich ans Fenster, sah über die Stadt. Das gefiel ihm. »Schneider«, platzte er dann heraus. »Hans-Peter Schneider. Alles. Und wenn ich sage, alles …«

Fast hätte ich den Satz an seiner Stelle vollendet, so gern wollte ich ihn selbst sagen.

»… dann meine ich alles«, sagte stattdessen Weber.

Die Frau hinter dem Schreibtisch, wahrscheinlich Mitte fünfzig, feingliedrig, energiegeladen, aber auch eine Spur verhärmt, tippte eine Nachricht in ihr Smartphone und lehnte sich zurück. »Einen Moment, bitte.« Sie schloss die Augen.

Fünf Minuten später trat der Aal ein, mit einem albern dicken Papierstapel unterm Arm, sie nickte, er legte ihn auf den Tisch, Weber genoss das Panorama über die Stadt, und Glatze und Stoppelkopp machten sich geschäftstüchtig über den ersten Hefter her.

Sie zeigten sich gegenseitig Stellen, die ihnen auffielen, und warfen dabei mit unverständlichen Satzfetzen herum.

»Foreign affairs and profits.«

»Ja.«

»Oh.«

»Klar, Key Account Manager sale back.«

»Und hier: Er berichtet direkt an den Vorstand. Dienstwagen. Bonus. Das ganze Programm.«

Zwei Stunden später hatten die beiden Wirtschaftsjungs gesehen, was sie sehen wollten, und eingepackt, was sie dem ersten Anschein nach benötigten. Es handelte sich insgesamt um eine Lastwagenladung voller Unterlagen.

»Ich bin sehr froh, dass wir eine gemeinsame Grundlage der Zusammenarbeit gefunden haben«, sagte Weber beiläufig.

Die Personalchefin lächelte. Ihr Blick verriet andere Absichten.

Weber sah es und lächelte zurück, dabei eine Unschuldsmiene aufsetzend. »Es ist ein Spiel. Manchmal gewinnt die eine Seite, manchmal die andere.«

Er gab ihr zum Abschied die Hand und setzte zum finalen Punch an. »Hinten sind die Gänse fett.«

Wir sind dann gleich hingefahren, aber fanden wie erwartet nichts. Schneider hatte ein kleines Studio in einer der anonymen Hochhausiedlungen im Märkischen Viertel gemietet, um seine Sanogo-Mission durchzuziehen. Keine Möbel, keine persönlichen Gegenstände, spätestens nach den beiden missglückten Anschlägen auf Pieper hatte er sich eine andere Wohnung suchen müssen.

Zurück in Moabit winkte mich Weber zu sich ins Büro. »Komm her. Setz dich. Wir müssen reden.«

Er sah mich mit einem seligen Hundeblick an, bot mir sogar eine Tasse Kaffee aus der Thermoskanne an und legte seine Hand auf meinen Arm.

»Robbie-Junge, ich weiß ja nicht, ob das alles so stimmt. Aber ich habe den Eindruck, du bescheißt mich so ein bisschen. Versteh mich nicht falsch, du bist ein guter Junge, und du bist anders als die anderen vielen jungen Leute, die hier rein- und rausgehen. Aber ich habe im Moment nicht den Eindruck, dass du mit ganzem Herzen bei der Sache bist. Was soll ich denn noch mit dir anfangen, damit du für diesen Fall brennst und nicht nach Hause schleichst, wenn du dich langweilst, oder hier stumm rumsitzt und die anderen die Arbeit machen lässt?«

Er hatte ja recht. Was sollte ich also antworten? Der Kaffee war kaum noch lauwarm und half mir nur ein paar Sekunden, die Pause zu überbrücken.

»Der Eindruck täuscht, ich bin halt mehr so der introvertierte Typ«, sagte ich, um weiter Zeit zu gewinnen.

Wäre es sinnvoll, Weber jetzt auf den Schreibtisch zu kotzen und den Abgang zu provozieren? Kein schlechter Gedanke, aber ich fühlte mich nicht sicher genug. Und was geschähe, wenn ich ihm von dem Russen erzählte, nachdem ich schon die Pieper-Geschichte nachträglich reingeschoben hatte? Es würde die Sache nur schlimmer machen. Ich wollte warten, bis der richtige Zeitpunkt gekommen war.

Wenn er denn jemals kam.

»Na, das ist ja kein Grund, dein Licht unter den Scheffel zu stellen. Für mein Team suche ich nicht umsonst echte Teamspieler und fitten Nachwuchs.«

Schmeichelte er mir jetzt plötzlich, war das wieder so eine Nummer, mit der er mich übertölpeln wollte, oder, schlimmer noch, meinte er es ernst? Wie auch immer, nichts lag mir ferner, als hauptberuflich zu seinem Team zu gehören. Aber das war in seinem Universum unvorstellbar.

»Verplempere deine Zeit nicht so. Du willst doch Karriere machen. Vielleicht so wie ich.«

Nein!

»Ja.«

Weber gab sich damit zufrieden. »Gut. Aber jetzt gehst du erst mal in den Knast, da wartet schon jemand sehnsüchtig auf dich. Der Leo kann wieder gehen, aber wir behalten ihn im Auge. Und nimm die Abkürzung.« Er zwinkerte mir zum Abschied zu.

Jawoll. Danke.

Ab ins Hamsterrad und immer schön die Klappe halten.

»Zisch ab.«

Ich tauchte in die verwinkelte Unendlichkeit dieses heimeligen Termitenhügels ein und verschwand darin. Das war im Prinzip nicht unangenehm, weil ich so aus dem Blickfeld verschwand und mein eigenes Ding in Angriff nehmen konnte. Weber ließ mich laufen. Egal, in welche Richtung. Ich traute ihm nicht. Er mir auch nicht. Dieser Justizpalast war ein wahres Labyrinth und in hundert Jahren zu einem verwirrenden Kunstwerk gewachsen. Es gab verstohlene Gänge, die in einen Anbau führten, und von dort aus ging es dreimal um die Ecke, bevor man in einem anderen Erweiterungsbau landete. Und immer ging es die Stockwerke hinauf und hinab. Aber es störte mich heute nicht. Wer Umwege geht, kennt sich besser aus, hatte mal ein kluger Mann gesagt. Ich glaube, es war Konfuzius.

Die Wachtmeister saßen in einem Raum in der Mitte eines

dieser endlosen Gänge, eingerahmt von milchigen Glasscheiben, die zwar schusssicher, aber seit mindestens fünf Jahren nicht geputzt worden waren. Es dauerte ein paar Minuten, bis sie sich entschieden hatten, wer mich begleiten sollte. Einer gab sich schließlich geschlagen, nahm den Schlüsselbund vom Tisch und trottete los.

Dieses Gebäude war nicht nur unendlich groß und verwinkelt, es besaß auch ein nur Eingeweihten vorbehaltenes Schattenreich. Ein paralleles Tunnelsystem verband jeden Verhandlungssaal mit dem Untersuchungsknast, der sich auf der Rückseite des Geländes befand. So konnte die Gerechtigkeitsmaschine reibungslos arbeiten, und das Rohmaterial gelangte reibungslos in den Apparat. Der Pragmatismus der alten Baumeister war verblüffend.

Der Schließer öffnete gelangweilt eine Tür, und wir verschwanden dahinter. Das für Knäste so typisch gelbliche Licht empfing uns in den Katakomben. Es ging zwei Treppen hinab, dann einen Gang geradeaus. Ich fühlte mich wie in einem Bergwerk, Tausende Meter unter der Erde. Hinten führten uns die gleichen Treppen wieder hinauf. Oben musste ich auf meinen Begleiter warten.

Ächzend kam er schließlich die letzten Stufen herauf. »Immer mit der Ruhe. Hier läuft keiner weg.«

Es dauerte noch eine Weile, bis wir vor der richtigen Zelle standen, Sicherheitstüren überwunden und beiläufige Gespräche zwischen den Schließern überstanden hatten. Endlich klackerte der richtige Schlüssel im richtigen Schloss. Die Tür öffnete sich, ich schlüpfte hinein.

Lleowin sprang aus dem Bett und stellte sich mir feindselig gegenüber.

»Was wollen Sie? Warum bin ich hier?«

Ich hätte die gleichen Fragen gehabt, also schwieg ich.

Er hatte sich in dieser schmalen Zelle – aus Widerwillen gegen diesen unwürdigen Zustand, wie ich glaubte – nicht eingerichtet. Der Tisch vor dem Fenster stand kahl im schimmernden Licht. Das rechts darüber an die Wand geschraubte Regalbrett ragte unbenutzt in den Raum. Eine Zeitschrift lag auf dem Bett. Er trug Jeans und T-Shirt, unter den knappen Ärmeln zeichneten sich feste Muskelpakete ab.

»Ihr habt kein Recht, mich einzusperren. Ihr habt kein Recht!«, rief er mir entgegen.

Es stimmte. Und er wusste es. Weber wusste es. Und ich wusste es auch. Was die Wärter wussten, wusste ich nicht.

»Ich weiß«, sagte ich und wollte ihn beruhigen, ihm mitteilen, dass er entlassen werde, weil nichts gegen ihn vorliege. Was dann geschah, war mein Fehler. Der Versuch, eine besänftigende Handbewegung in die fahle Luft zu zeichnen, misslang. Diese Geste in seine Richtung löste den Alarmknopf in ihm aus, seine Kraft entlud sich in einem schnellen Tritt in meine Eier, und als ich stöhnend niederkniete, landete seine Faust auf meinem Hinterkopf. Ich war erledigt. Es gab einen kleinen Tumult, den ich durch eine dicke Nebelwand in meinem Kopf nur schemenhaft mitbekam.

Danach senkte sich schweres Schwarz über mein Bewusstsein.

»Wunderbar«, sagte Weber, als er später davon erfuhr.

ELF

Rosa, beige, zartblau, grau. So schoben sich die Häuserfassaden an mir vorbei, als ich durch die Straßen lief. Das dunkle Grün der Straßenbäume und das Blau des Himmels unterstrichen jeden einzelnen Farbton. Ich liebte es, in der Stadt zu leben. Aber sie blieb mir auch immer ein Rätsel. Wie eine undurchschaubare Liebe. Manchmal gab sie sich gnädig, im Schein der Laternen, dem Schwarz der Nacht und den gelben Tupfern in den Fenstern; ein anderes Mal abweisend, im grellen Licht der Sonne blendend. Rot und gelb. In der stickigen Hitze des Tages nahmen die Fassadenschluchten Pastelltöne an. Ich kam mir vor wie ein Spaziergänger in einem Bild von Paul Klee.

Moritz und ich hatten uns am Plötzensee in Wedding verabredet. Jana konnte nicht. Sie musste für irgendeine Prüfung lernen. Ich war zuerst da und suchte mir einen Platz ungefähr in der Mitte des Rasens, damit Moritz mich leicht finden konnte. Im Schritt war wieder alles okay, nur der Kopf schmerzte noch ein wenig. Ich legte mich in die Sonne und besah das Treiben um mich herum. Die Dealer saßen lässig auf den Bänken an der Seite und verfolgten das bunte Leben auf der Wiese. Mütter schoben ihre Kinder vor sich her. Studenten lungerten herum und lasen in Büchern oder dämmerten in der Mittagssonne, Musik im Ohr. Auch die Künstler waren inzwischen aufgestanden und tröpfelten durch den Park. Von Zeit zu Zeit kreuzte ein Anzugträger oder eine Businessfrau mit einem Pappbecher voller Kaffee auf. Sie gönnten sich in der Mittagspause ein paar Augenblicke Auszeit.

Aber nur sie waren allein und lachten nie. Ich wollte nie einer dieser Businessleute sein.

Moritz kam. Er sah schlechter aus als je zuvor. Er setzte sich neben mich ins Gras. Wir sahen eine Weile in den Himmel. Jemand hatte einen Ghettoblaster dabei und gab mit seinem Sound den Rhythmus des Parks vor.

Bob Marley. Redemption Song: »Old pirates, yes, they rob I, sold I to the merchant ships …«

Moritz nahm den Tabakbeutel aus seiner Hosentasche und drehte sich eine Zigarette. Er zitterte.

»Was ist los?«

Ich stützte mich auf meinen linken Ellenbogen, um ihm besser ins Gesicht sehen zu können.

Seine Augen flimmerten kurz. Dann schüttelte er beiläufig den Kopf. »Nein«, sagte er und zündete sich seine Zigarette an. Es kam ein wenig Wind auf. Die Äste der Bäume bogen sich dem Wind gehorchend. Die Blätter rauschten.

Moritz legte sich neben mich ins Gras, aber vollkommen unentspannt auf den Rücken und mit angewinkelten Armen an der Seite, sodass sein Kopf eine Handbreit über dem Rasen hing.

»Damit da nichts zwischen uns ungeklärt bleibt«, fing er an. »Ich will nichts von ihr. Und ich glaube, sie will auch nichts von mir.« Moritz drehte sich zu mir, dann zurück, hob den Kopf, die Wiese überblickend, und schüttelte den Kopf erneut – wie eben zum Auftakt.

»Was soll das?«, fragte ich.

»Junge, Junge, Junge. Was soll das? Was soll das? Hör auf. Als wenn ich es nicht die ganze Zeit gespürt hätte! Als ob ich es nicht gesehen hätte. Die Blicke, die verstohlenen Zeichen.«

Da hatte sich also etwas aufgestaut, und ich würde sicherlich bald erfahren, was.

Ich hatte keine Lust auf Streit mit Moritz. Als Friedensangebot zog ich die Tüte mit der Lakritze aus Afghanistan heraus und gab sie ihm. »Mit den besten Grüßen von der Anklagebehörde deines Vertrauens.«

Doch es half nichts. Er nahm sie und legte sie neben sich ins Gras. »Hör zu, du bist in Jana verknallt und sie in dich. Aber ihr wollt es mich nicht merken lassen. Das ist Unsinn. Knutscht, wann ihr wollt. Aber lasst mich da künftig raus. Ihr müsst mich nicht dazuholen, nur um die Form zu wahren. Ich will nicht euer Schoßhündchen sein und komme auch ganz gut so zurecht.«

Aus der Ecke hatte ich keinen Angriff erwartet. *Jana!*

Die Balance in unserem Bermudadreieck ging flöten. Zwei Typen, eine Frau. Das geht wohl nie gut.

»Du machst es dir zu einfach«, antwortete ich, um Zeit zu gewinnen. Er hatte da ein heikles Thema angesprochen. Ihn in meine Sehnsucht nach Jana einzuweihen, schien mir unangemessen. Das würde das ganze Dilemma noch komplizierter machen. Aber ich wollte es mir auch nicht mit ihm verscherzen.

»Um offen zu sein, ich glaube nicht im Traum daran, dass sie etwas mit einem von uns anfangen würde. Sie ist doch mehr der Typ, der gleich ganz oben anfängt und sich nicht mit zwei orientierungslosen Jungs beschäftigt, oder?«

Das besserte seine Laune ein wenig, er lächelte.

»Klar, aber was will sie dann von uns?«

Moritz merkte auf und sah sich um. Ein Brezelverkäufer näherte sich mit einer lustigen Klingel am Korb und einer roten Perücke auf dem Kopf. Er ließ die Klingel ständig klingeln, um die Leute im Park auf sich aufmerksam zu machen. Ohne Erfolg. Auch uns sah er erwartungsvoll an. Dass wir uns über komplizierte Frauengeschichten unterhielten, störte ihn nicht.

»Brezel, Schoko, Käsestange?«

Moritz wandte sich ab, ich blieb liegen und schloss die Augen.

Jeder hing seinen Gedanken nach. Ja, Jana. Was wollte sie eigentlich von uns?

Moritz begann etwas zu flüstern, das ich nicht verstand.

»Was?«

»Vielleicht sieht die Welt aus Strunz' Blickwinkel ganz anders aus.«

Er hatte die Jana-Geschichte abgehakt. Gut.

»Sicher«, erwiderte ich. »Er hat ja jetzt von oben den Überblick.«

»Nein. Das meine ich nicht. Was mich umtreibt, seit du mir die Geschichte erzählt hast, ist: Wie hat er das alles erlebt? Ich meine, alles, was ich von ihm höre, ist, dass er ein merkwürdiger Spinner wurde, nachdem er diese Niederlage erlitten hatte. Aber war das wirklich so? Nur weil er pedantisch ungeklärte

Fälle sammelte und sich zurückzog, muss er nicht irre gewesen sein.«

Im Gras vor mir kletterte eine Ameise einen Halm entlang, dem unerreichbar weit entfernten Himmel entgegen, um sogleich wieder umzukehren. Es beruhigte mich zu sehen, dass sich auch Ameisen von Zeit zu Zeit verliefen.

»Kann sein. Aber was hilft das?«

»Is doch so! Was habt ihr schon erreicht? Nicht viel. Ein paar biografische Notizen von verschiedenen Menschen. Ich bin ja kein Psychologe, aber denk mal drüber nach. Vielleicht ist es einfach die Neugier, die dich treibt. Du erfährst ein Detail hier und ein Detail da. Du hast den Einblick in Lebensgeschichten. Akten. Das ist spannend, aber was bringt das, wo führt es dich hin?«

Er hatte ja recht. Dass Strunz ein stiller Säufer war, dass Tschernowitz ein abgetauchtes Phantom war und dass die Bullen und die Juristen ihren Kleinkrieg führten, das war sehr neu, sehr lehrreich und sehr beeindruckend für mich. Aber ich sah immer noch kein Licht am Ende des Tunnels.

Moritz nickte, als hätte ich meine Gedanken laut geäußert. »Lass uns ein Bier trinken gehen.«

Ich musste das alles erst einmal sacken lassen.

Unten an der Ecke waberte Musik aus einem Laden. Wir gingen rein. Es standen Palmen in riesigen Blumentöpfen herum, und sie hatten Sand auf den Boden gestreut. Eine Afro-Reggae-Bude. Die beiden Typen hinter dem Tresen hatten einen Wettbewerb gestartet, wer im Lauf der Jahre die längeren Dreadlocks wachsen ließ. Wir setzten uns in eine Ecke.

»Vielleicht kommt ja das Feuerzeug-Mädchen auch noch vorbei«, sagte ich, um etwas zu sagen.

»Vielleicht isst du gleich den Aschenbecher hier auf«, antwortete Moritz.

Neben dem Tresen stand ein älterer Mann. Er hatte Jeans und ein weißes T-Shirt an, das etwas über dem Bauch spannte. Darüber trug er eine Lederjacke. Mir fiel sein komischer Bart auf, den er dicht und schwarz um seinen Mund herum wachsen ließ. Er hatte seine Arme angewinkelt am Körper anliegen, als ob er fror. Er tanzte mit knappen Bewegungen seiner beiden Füße im Rhythmus der Musik. Der Schweiß rann sein Gesicht hinab. Immer wenn er vor Erschöpfung innehielt, kam die junge Frau, die die Getränke brachte, und redete auf ihn ein.

»Ist mein Tanzbär müde? Willst du nicht mehr mein kleiner Tanzbär sein? Ach, tanz doch für mich.«

Er versuchte zu lächeln, schloss die Augen und setzte seinen Tanz fort. Die Bedienung strich ihm übers Haar.

So ging es weiter. Immer wenn der Tanzbär nicht mehr konnte, kam sie vorbei und überredete ihn mit auffordernden Blicken und liebevollen Schmeicheleien, weiterzutanzen.

Der Tanzbär quälte sich. Aber er hielt durch.

In den folgenden Stunden trank ich eine Bloody Mary, zwei Manhattan Dry, zwei Rum und ein paar Bier zwischendurch. Moritz hatte ungefähr das Gleiche, nur nahm er Wodka Red Bull anstatt der Biere.

Sie spielten Bob Marley im Original und als Remix, Peter Tosh und all die anderen Ganja-Helden von früher. Manchmal streuten sie neue Sachen rein, Anthony B. und Israel Vibration. Wir sprachen nicht viel. Es störte mich nicht. Viel lieber ließ ich mich von den eiernden Rhythmen irgendwo in die Karibik treiben.

Später kam der Brezelverkäufer aus dem Park vorbei, setzte sich an den Tresen und beobachtete den Tanzbär.

»Brezel, Schoko, Käsestange?«, fragte er ihn nach einer Weile. Ich glaube, es war echte Sorge, die ihn fragen ließ.

Der Tanzbär reagierte nicht.

Als wir genug hatten, zahlten wir. Die Bewegungen des Tanzbären waren kaum noch wahrzunehmen. Die laue Sommerluft draußen traf mich unvorbereitet. Moritz ging vor. An der nächsten Ecke setzte er sich auf einen Straßenpoller. Beim Versuch, ihm zu folgen, scheiterte ich. Die Beine sackten weg. Meiner Erinnerung nach fiel ich in Zeitlupe.

»I drink too much as my father did and my grandfather did«, hörte ich mich noch singen. »... now I sumrize the bill: Meeeee, the moon and the scotch ...«

Zweimal versuchte ich, wieder aufzustehen. Es misslang.

Also wartete ich ab, auf dem Rücken liegend in den schwankenden Himmel sehend.

Bis sich ein weißes Gesicht vor die in der Ferne funkelnden Sterne schob.

»Beierlein? Beierlein, alles okay?«

»Bist du Strunz?«, hörte ich mich lallen.

»Total hinüber, der Kerl.«

»Brezel, Schoko, Käsestange?«

»Das hat heute keinen Sinn. Lass ihn liegen, wir versuchen es ein anderes Mal«, sagte eine andere Stimme.

Danach senkte sich die Nacht über mich.

ZWÖLF

Es lag eine irritierende Schärfe in der Luft, als ich die ersten Stufen zur Eingangshalle hinaufstieg. Eine unsichtbare Kraft erfüllte das ganze Gebäude, die mich unvermittelt in den Vorsichtsmodus schaltete. Doch es gab nichts zu sehen und nichts zu hören. Ich ging weiter, die Schritte instinktiv ein wenig behutsamer auf den Boden setzend, um nicht einen Hinweis zu verpassen, der hinter einer Ecke lauern könnte. Alle Sinne waren darauf ausgerichtet, ein Zipfelchen der Ursache zu entdecken. Natürlich war das albern und erinnerte mich an alte Indianerfilme, aber ich konnte in diesem Moment nicht anders. Wohl Urinstinkte.

Schemenhaft erschienen mir die Bilder aus der Nacht. Dieses bleiche Gesicht über mir war nicht Moritz gewesen. Je schärfer ich mich zu erinnern versuchte, desto weniger sah ich vor meinem geistigen Auge. Es waren zwei Stimmen gewesen. Aber ich hatte sie zuvor nie gehört.

Ich hatte mein Zimmer fast erreicht, als ich einen von Webers Männern auf dem Flur traf. Er sagte nichts, bedeutete mir aber, ihm in sein Zimmer zu folgen. Auch ihn hatte augenscheinlich die Atmosphäre erfasst. Er wagte nicht zu sprechen. Wortlos reichte er mir eine Zeitung rüber und stellte den Fernseher an.

»Spionage«, »Mord«, »Justizskandal« waren die drei Worte, die sich in den folgenden Stunden aus einer Wolke von Begriffen und Szenen in meinem Kopf festsetzten. Ich versuchte, sie in einen Zusammenhang zu bringen. Aber sie waren nicht zu fassen.

Die Geschichten überschlugen, wetteiferten und übertrumpften sich in wilden Theorien, übertriebenen Details und hysterischen Kommentaren. Und immer dabei: ein Foto von Weber.

Ich brauchte eine Weile, um zu verstehen, was da gerade um mich herum geschah. Klar, irgendjemand hatte ihnen die alte Geschichte erzählt. Strunz und sein Ermittlungsfiasko um den Doppelmord. Aber das war nur der Anfang. Sie spannten den Bogen bis in die Gegenwart. Warum ermittelte ausgerechnet Staatsanwalt Weber in dem Fall des toten Strunz, der damals vom Scheitern des Kollegen profitierte und an dessen Stelle trat? Warum wurden Hinweise, die Strunz in seinen Ermittlungen zu den Akten gelegt hatte, nicht weiterverfolgt? Dabei handelte es sich offenbar um seinen Verdacht gegen Tschernowitz. Sie stellten dem damaligen Doppelmord ein paar weitere ungeklärte Mordfälle gegenüber und fügten sie zu einem verstörenden Bild zusammen. Hier hatte offenbar jemand von unseren Lieblingsfeinden der Polizei ein wenig geplaudert und ein paar Unterlagen fallen lassen.

Welche Rolle spielte Sanogo? Immerhin war die Firma in den vergangenen Wochen zweimal von Weber durchsucht worden. Und wenn die Sache solche internationalen Verflechtungen hatte, warum ermittelte die Staatsanwaltschaft und nicht die Bundesbehörden? Vertuschte da jemand etwas? Oder steckten Geheimdienste dahinter?

Es roch nach Verschwörung.

»Die Justiz steht vor einem Skandal bislang unbekannten Ausmaßes« lautete der erste Satz eines Kommentars. »Und die Öffentlichkeit steht staunend davor. Kann es wirklich wahr sein, dass ein vorbelasteter Staatsanwalt die Ermittlungen beaufsichtigt, obwohl er selbst in einen Komplex verwickelt ist? Welche Eigeninteressen verfolgt er, welche Ermittlungsergebnisse nutzen ihm und welche nicht? Wer kontrolliert die Kontrolleure?«

Starke Worte, viele Fragen.

»Blutige Spur nach Nirgendwo« war ein anderer Text überschrieben. Das war heftig. Der Autor wusste mehr:

»Heimtückisch streckte er seine beiden Geschäftspartner nieder, im Schatten der Nacht floh er. Viele Jahre lang agierte er im Untergrund, bevor er wieder zuschlug. Das Phantom ist unter uns. Aber wer schützte es all die Jahre? Jeder könnte ein Mörder sein. Jeder sein Opfer. Das ist beunruhigend. Die Stränge dieser dunklen Erzählung liegen im Verborgenen. Jetzt ist die Politik gefragt. Die Bürger haben ein Recht auf schonungslose Aufklärung. Welche Überraschungen hat die Zukunft noch auf Lager?«

Es handelte sich zweifelsohne um den Gegenschlag der Polizei nach Webers Stichelei mit den Ermittlungspannen. Das würde eine interessante Morgenrunde ergeben. Und Weber hatte sicher auch ein paar Ideen für die Zukunft.

Ich ging los, wieder entschlossener auf die rötlichen Kacheln tretend. Immerhin hatten sie nicht erwähnt, dass Strunz dem Azubi vor die Füße gefallen war und warum er munter bei den Ermittlungen half. Aber das hatten sie sich vielleicht für später aufgehoben.

Als ich das Zimmer betrat und einen Blick auf Weber warf, stockte mein Gang. Nie zuvor und niemals danach habe ich einen Menschen mit einer derartig angeschwollenen Halsschlagader gesehen. Weber saß auf seinem Stuhl und atmete schwer durch die Nase.

Druck.

Auch hier wagte niemand zu sprechen, jeder war mit sich beschäftigt und darauf bedacht, nicht aufzufallen, um nicht das Ziel der Weber'schen Explosion zu werden, die, so waren sich alle schweigend einig, unmittelbar bevorstand.

»Das. Geht. Zu. Weit«, sagte der Alte schließlich. Er sagte es sehr leise und sehr scharf. Nach einer Atempause wiederholte er sich. »Das geht deutlich zu weit.«

Er sah in die Runde, inspizierte das ein oder andere Gesicht, sah die Betroffenheit in den Mienen, rieb die Hände an seinen Schläfen, atmete lange aus, nickte mir zu, ließ die Fingerknöchel knacken, presste die Kiefer aufeinander, ordnete sein Jackett über dem straffen weißen Hemd und richtete sich auf.

»Also gut. Es gibt überhaupt keinen Grund zur Sorge. Dieser Angriff richtet sich gegen die Grundfeste unserer Demokratie. Aber die Grundfeste lassen sich nicht erschüttern. Deswegen sitzen wir hier. Liebe Kollegen, im Auge des Orkans lässt es sich leben. Das versichere ich Ihnen. Deswegen haben wir ja diesen Beruf gewählt. Die Leute rufen uns nicht zum Kaffeekränzchen, sondern wenn es brennt. Staatsanwälte entwerfen keine Lustgärten, richten keine Tanzveranstaltungen aus und sammeln keine Spenden. Wir klären Verbrechen auf. Wir versuchen, soweit das geht, die Wirklichkeit wiederherzustellen. Nachzuvollziehen. Zu begreifen. Verstehen. Manchmal gelingt das – und manchmal nicht. Manchmal kommen wir ihr nahe – und manchmal nicht. In diesem Fall ist alles anders. Der Senator hat gerade angerufen und sich erkundigt. Der Bundesanwalt ist besorgt. Meine Mutter auch. Und Strunz.«

»Strunz?«, fragte jemand, gleichsam erschrocken wie belustigt.

»Ja. Strunz. Egal. Es geht um den Wendepunkt. Natürlich haben wir die Polizei ein wenig gekitzelt, ein bisschen in die Seite gebufft. Aber das war mehr so als freundschaftliche Ermunterung gedacht. Hier dagegen stoßen wir in eine neue Dimension vor.«

Weber musterte die Runde. Die Pause war dramaturgisch gut gesetzt. Jetzt war die Gelegenheit, alle Fragen zu stellen, die der Medienrummel aufgeworfen hatte.

Ich dachte an das geheime Zimmer, Lleowin mit seinem Drogenhandel und seiner Rolle beim Verfassungsschutz, Hax'n Orje Hasenkötter und wie sich das alles irgendwie zusammenfügen würde.

Aber niemand fragte.

»Legendenbildung«, sagte Weber in die Stille hinein und nickte. »Ja, es geht um Legendenbildung. Den Feind eines jeden Ermittlers. Die Legende schleicht um uns herum, schiebt sich vor die klare Aussicht eines wunderschönen Morgens in den Alpen und verklebt die Synapsen im Kopf. Das ist doch alles ein großer Quatsch. Ein albernes Theater. Pure Hysterie. Was wird uns denn da präsentiert? Was ist Wissen und was Träumerei? Na? Nichts! Die Fakten liegen auf dem Tisch. Strunz ist tot. Es gibt eine Vorgeschichte samt einem unbekannten Doppelmörder. Wir haben diesen interessanten Fall vor der Firmenzentrale dieses Pharmakonzerns. Und wir haben diesen Drogendealer.«

Weber sah zu mir rüber.

»Den haben wir doch?«

»Ja klar. Nicht mehr in Manndeckung, aber in Raumdeckung«, behauptete ich.

Er ging darauf nicht weiter ein.

»Aber wir haben keinen Zusammenhang zwischen all diesen verwirrenden Fakten. Daran arbeiten wir. Jeden Tag. Alle Mann. Was aber nicht geht, ist, dass die Polizei hier reingrätscht und eine derartige Unruhe stiftet. Konkurrenz? Ja. Eine gesunde Rivalität? Ja. Aber das hier löst das letzte gemeinsame Band. So weit durfte es nicht kommen!«

Es entstand ein kleines Gemurmel. Weber hatte es noch nicht geschafft, uns auf seine Seite zu ziehen. Wir mieden weiter seinen Blick.

»Wir müssen auf dem Boden der Fakten bleiben. Niemand darf sich dazu hinreißen lassen ... nein, lassen Sie es mich anders erklären. Wir haben ein paar Fakten als Eckpfeiler in den Boden gerammt. Und dazwischen haben wir Raum.«

Weber breitete seine Arme zu einem angedeuteten Kreis aus.

»Raum für Spekulationen. Das ist die Achillesferse der Ermittler. Die Zeit der ersten Ungewissheit, die aber nie zu einem dauerhaften Zustand anwachsen darf. Sonst sind wir verloren. Denken Sie an die Ermordung John F. Kennedys. Der Fall lag viel deutlicher als der Fall Strunz. Aber als der Zweifel erst einmal gesät war, das Terrain nicht fest genug abgesteckt, da öffnete sich die Büchse der Pandora, und die Legendenbildung entwich lautlos. Und sie hält bis heute an. Über keinen Mordfall gibt es mehr Vermutungen, dunkle Geschichten und wirre Theorien. Ganze Regale stehen voll mit Büchern, die wilde Verschwörungen und phantastische Hirngeburten als wahr ausgeben. Am Ende landen die Geschichten dann immer beim Mossad und beim CIA, die ja bekanntlich auch die Mondlandung der Apollo 16 fingiert haben.«

»Aber«, unterbrach jemand.

Weber ließ das nicht zu.

»Genau: Aber. Drüben im Polizeipräsidium lachen sie sich gerade tot, weil sie wissen, dass hier jetzt lauter kleine Abers durch die Luft fliegen. Aber hier, aber dort. Aber unterm Tisch, auf dem Flur, bei Weber im Büro und auf dem Klo. Heute sind diese kleinen Abers Andeutungen, und schon morgen gibt es keine Chance mehr, sich dagegen zu wehren. Genau darin besteht der Grenzüberschritt. Es handelt sich nicht um eine kleine Indiskretion, die ein wenig Farbe ins Spiel bringt und uns anspornt. Sondern hier versuchen sie, unsere Arbeit unmöglich zu machen. Und so weit durfte es niemals kommen.«

Weber holte tief Luft und kam dann zum Schluss seiner Rede: »Meine Damen, meine Herren. Behalten Sie die Nerven. Und machen Sie sich um mich keine Sorgen. Es wird eine Kraftanstrengung in den nächsten Tagen benötigt. Aber ich werde jede einzelne Anfeindung gegen mich und die Behörde entkräften. Es geht hier nicht um mich. Es geht um jeden von uns.«

Aus Webers Sicht war damit alles gesagt. Seine Halsschlagader pumpte aber weiter riesige Mengen Blut durch den Körper.

»Und Strunz?«, fragte jemand in die allgemeine Erschöpfung hinein.

Weber war genervt. »Ach, verdammt. Da geht es schon los. Im Sog dieser ganzen unnötigen Aufregung kommen die Verrückten aus ihren Kellern gekrochen und hängen sich an die Geschichte ran. Das sind bleichgesichtige Wichtigtuer, zurückgebliebene Psychopathen, die sich jetzt im Schutz der Anonymität aus der Deckung trauen. Seit heute Morgen meldet sich so ein Bekloppter bei allen möglichen Stellen und gibt sich als Strunz aus. Faselt rum, gibt schlaue Kommentare ab. Ein dummer Trittbrettfahrer. Nichts weiter als Taubenscheiße auf der Windschutzscheibe.«

Niemand wagte, eine Diskussion anzustrengen.

Wenige Minuten später blieben Weber und ich übrig.

Er war erschöpft.

»Und?«, fragte ich in das Schweigen hinein.

Weber winkte ab. Diese Halunken rückten nicht mit der Sprache raus. Mit Halunken meinte er die Schlapphüte vom Verfassungsschutz. Weber hatte es auf allen Ebenen versucht, war aber damit gescheitert, herauszufinden, warum sie McGalowan angeheuert hatten. Die Angelegenheit blieb unübersichtlich. Was nütze dieser ganze Heckmeck um den Agentenkram, wenn sie am Ende alles für sich behielten, schimpfte er.

»Abschaffen, diesen ganzen verkommenen Apparat. Einfach abschaffen!«

Ich wagte mich aus der Deckung. »Vielleicht wäre es ein Ansatz, noch einmal genauer auf diese Geschichte mit Hax'n Orje zu schauen.«

»Weshalb?«

»Die Szene fand vor McGalowans Marktstand statt.«

»Nicht schon wieder dieser Mac!«

»Hax'n Orje von gegenüber ist in Streit mit einem Kunden geraten, hat ihn vermöbelt und wurde angezeigt. Orje ist von Hause aus ein friedlicher Geselle. Er arbeitet wacker in seiner Fleischerei. Bio. Er zerlegt und verarbeitet das Ferkel fachgerecht. Aber Orje ist Chef. Und nimmt sich Zeit für gesellschaftliches Engagement.«

»Aaahh!« Weber wand sich.

Je länger ich sprach, desto klarer erschien mir der Fall vor dem geistigen Auge. (Wer hatte noch diesen Aufsatz von der allmählichen Verfestigung der Gedanken beim Reden geschrieben? Schiller, Kleist, oder war es doch Goethe? Moritz müsste das doch wissen.)

»Er fährt Hilfstransporte nach Afghanistan. Schön. Aber was bringt er wieder mit?«

»Ja, was?«

»Vielleicht soll McGalowan genau das herausfinden«, schlug ich vor. Weber stutzte.

»Gar nicht so übel, Robbie-Junge«, sagte er. »Du meinst, Orje bringt das ganze schöne Zeug da runter und packt da nicht so schöne Dinge wieder ein?«

Jedenfalls war die Sache weiteres Nachdenken wert, versuchte ich ihn zu überzeugen. Orje fährt nach Afghanistan, und ausgerechnet sein Gegenüber auf dem Marktplatz verkauft das Dope aus der Gegend.

»Aber was hat das mit Strunz zu tun?«, fragte Weber.

»Soll ich die Polizei bitten, es freundlicherweise für uns herauszufinden?«

Weber klopfte mir auf die Schulter. Es wurde vielleicht doch noch etwas zwischen uns.

Im Radio hatten sie Experten aufgetrieben, die die Angelegenheit ausgiebig analysierten. Es ging um »die mörderische Handschrift des Phantoms«. Die Diskussion irritierte mich. Niemand hatte offenbar die Absicht, Licht in das Dunkel des Falles zu bringen. Woher auch? Die Experten wussten ja nichts, weil sie zwar schlau, aber nicht eingeweiht waren. Also lenkten sie das Gespräch jeweils in ihre Fachrichtung. Einer sagte, Serienmörder hätten in ihrer Kindheit unter einer dominanten Mutter gelitten und dass das ein gesamtgesellschaftliches Problem sei. Ein anderer sah es anders. Demnach fischten die internationalen Geheimdienste nach Menschen, die labil genug waren, sich für die vielfältigen Agentenzwecke einsetzen zu lassen.

Aber die Morde, insistierte der Moderator.

Ja, die Morde. Da waren sich nun die beiden Experten einig. Die gelte es aufzuklären.

Interessante These, erwiderte der Kollege. Aber aus der Ferne betrachtet nur Spekulation, versuchte er dem Gesprächspartner den Wind aus den Segeln zu nehmen.

Ich schaltete ab.

Weber hatte ja im Prinzip recht. Es war mir grundsätzlich sympathisch, nicht in diese plötzlich hereinbrechende Hysterie einzustimmen und kopflos durch die Gegend zu rennen, nur um Handeln vorzutäuschen. Vermutlich nahm das Gezeter jetzt erst einmal kein Ende. Und, ehrlich gesagt, mir wäre es viel zu anstrengend, jeder öffentlichen Zuckung hinterherzurennen. Wir sollten uns an das halten, was wir haben, dachte ich. Wenig genug. Aber nicht nichts.

Ich legte die Beine auf den Tisch.

Wenn da nicht die Geschichte mit dem geheimen Zimmer gewesen wäre. Was trieb Weber da, außerhalb des Protokolls und ohne seinen sonst so vertraulichen Plauderton? Mit wem traf er sich wirklich, und was besprachen sie? Diese kleine Episode, unscheinbar und nebensächlich hatte sie begonnen, fing an, in mir zu gären.

Die Nachrichtenlage schlug schon am Nachmittag um. »Die Stimme aus dem Jenseits« waren die Regionalnachrichten im Fernsehen überschrieben. Webers Befürchtungen über die Legendenbildung trafen früher als erwartet ein.

Tatsächlich waren beim Generalstaatsanwalt, der Polizei, den Parteien, den Zeitungen und Fernsehanstalten gleichlautende Anrufe eingegangen. Eine Männerstimme gab sich als der tote Strunz aus und kommentierte die Lage. Die Ermittler seien fleißig, ermittelten aber in die falsche Richtung. Man müsse doch fragen, wem sein Tod nütze und warum, schnarrte eine verzerrte Stimme jedes Mal in den Hörer. Sein Tod sei kein Zufall gewesen, und man müsse das genauer prüfen. Die Öffentlichkeit spiele eine wichtige Rolle. Man müsse wachsam sein.

Waren denn jetzt alle verrückt geworden? Ich beschloss, das alles erst einmal zu ignorieren, und wandte mich einem weiteren vielversprechenden Bericht zu. Er war lapidar mit »Die Handschrift des Doppelmörders« überschrieben und fing weniger sensationslüstern an als die anderen Beiträge.

Der rätselhafte Tod des Oberstaatsanwaltes Jürgen Strunz beschäftigt Polizei, Justiz, aber auch die Öffentlichkeit seit Wochen. Selten hatte die jüngere Kriminalgeschichte einen ähnlich spektakulären Fall zu verzeichnen, denn mit Strunz starb nicht nur ein hervorragender Vertreter der Anklagebehörde, auch die näheren Umstände des Falles sind außergewöhnlich.

Strunz starb mitten im Herzen des großen Justizkomplexes. Hunderte Richter, Staatsanwälte, Verteidiger, Angeklagte und Zeugen ringen hier täglich um Wahrheit und Gerechtigkeit. Und plötzlich liegt Strunz tot auf den kalten Kacheln. Welche Ironie des Schicksals! Bis heute haben wir nicht die leiseste Vorstellung davon, was in den entscheidenden Momenten davor geschah. Das ist das erste Versäumnis in der Akte Strunz.

Die Ermittlungskommission um den erfahrenen Oberstaatsanwalt Weber hat gewiss viel unternommen, erreicht hat sie allerdings wenig. Mehr als einen harmlosen Drogendealer, der vorübergehend in Untersuchungshaft saß, konnte das Weber-Team nicht präsentieren. Zudem ist unklar, was der Mann mit dem Fall zu tun haben könnte. Hier stimmt das Verhältnis von Aufwand und Ertrag nicht. Das ist das zweite Versäumnis in der Akte Strunz.

Es vergeht kaum ein Tag, an dem nicht neue Fragen auftauchen, während die alten unbeantwortet bleiben. Nun geraten auch noch Hinweise an die Öffentlichkeit, die Chefermittler Weber selbst in den Blickpunkt des Interesses rücken. Tatsächlich scheint er mehr in die Geschichte verwoben zu sein als bislang bekannt. Es bestand möglicherweise eine Nähe zwischen Weber und Strunz, die bis zur Befangenheit reichen könnte. Stimmen die Gerüchte, dann lohnt sich ein tieferer Blick in das Verhältnis der beiden Staatsanwälte. Diese ersten Hinweise reichen bereits aus, um ein Unbehagen dabei zu verspüren, warum ausgerechnet Weber die Ermittlungen in diesem Fall leitet und nicht jemand, der außerhalb jeden Zweifels steht. Das ist das dritte Versäumnis in der Akte Strunz.

Und hier nun nähern wir uns dem Kern des Problems. Wäre Oberstaatsanwalt Weber nicht mit anderen Dingen beschäftigt gewesen, dann hätte er naheliegende Indizien zu den Ermittlungen heranziehen können. Strunz verfolgte offenbar eine heiße Spur, eine Serie von Taten, die ihn seit Langem verfolgten. Das geht aus einem Teil der Ermittlungsakten hervor, die der Redaktion vorliegen. Aber bis heute blieb Weber jegliche Information darüber schuldig, was er und seine Ermittlertruppe unternommen haben, um in diese Richtung zu ermitteln. Eine erschreckende Vorstellung, die das persönliche Versagen des Chefermittlers in die Nähe eines Justizskandals rücken könnte. Das ist das vierte Versäumnis in der Akte Strunz.

Wenn es das Ziel des Beitrags war, Zweifel gegen Weber zu säen, dann war es gelungen. Es war verblüffend zu lesen, wie gut informiert der Autor war, ohne dabei effekthascherisch über das Ziel hinauszuschießen. Keine Frage, da hatte jemand ganz tief in die Vorgänge geblickt. Mich irritierte ein wenig, dass die Geheimdienste nicht auftauchten. Steine-Leo und Hax'n Orje mittenmang. Am Ende waren es gar nicht die Jungs von der Polizei gewesen, die den Gegenschlag platziert hatten, sondern die Schlapphüte? Aber das erklärte noch lange nicht Webers Geheimnistuerei.

Aber, aber, aber. Da waren sie wieder, die Legenden bildenden Zweifel.

***

Es war ja richtig, dass Strunz da diese kleine Sammlung ungeklärter Fälle zusammengetragen und mit allerlei Bemerkungen versehen hatte. Wir hatten das bemerkt, aber nicht weiter ernst genommen. Das war ein wirkungsvoller Hebel, um gegen die Justiz zu schießen, wer auch immer das wollte und Einblick in die Hintergründe hatte. Aber diese Vorwürfe zielten immer auch ins Leere. Und dann? Was wäre, wenn wir uns die Mappe näher angesehen hätten? Wo war der Ansatz, die vielversprechende Idee?

Es blieb ein wenig zielgerichtetes Stochern im Ungefähren. Wie einfach es doch war, dem Gegenüber vorzuwerfen, mit Scheuklappen unterwegs zu sein, einfach, weil das immer zutraf. Alles könnte wichtig sein, alles den entscheidenden Hinweis bergen. Aber es brauchte einen Funken, der die Zündung in Gang brachte. Also, hatten wir was übersehen?

Ich stutzte.

Ein möglicher Mosaikstein war da gerade aus dem Nichts ins Bild gefallen. Und drumherum formte sich ein Plan in meinem Kopf.

Der Wachtmeister, der kurz nach Strunz ebenfalls aus dem Leben geschieden war. So vollkommen überraschend, wie Strunz mir von hoch oben vor die Füße gestürzt war. Was verbarg sich dahinter? Oder war es tatsächlich nur ein Zufall? Weber müsste mitspielen. Keine einfache Mission. Aber ich sollte es versuchen. Ich war ja ein Kandidat für sein Team. Weber müsste sogar stolz auf mich sein.

Ich machte mich auf den Weg zu ihm. Zögernd erst, dann immer schneller gehend, zum Schluss rannte ich fast.

Weber sah mich abwehrend an. »Das bringt doch alles nichts. Das ist reine Phantasie. Selbst wenn sich das irgendwie so abgespielt hat, stehen wir vor dem Rätsel, wie ein möglicher Täter unerkannt ins Gebäude kam, Strunz suchte, ihn fand, von der Empore stieß und vollkommen spurlos wieder verschwand. Ein böser Geist sozusagen. Das ist doch Kokolores.«

Er wandte sich ab, behielt mich aber im Auge.

»Okay. Aber wenn wir davon ausgehen, dass es so gewesen

sein könnte, dann hätten wir eine Theorie und würden nicht mehr so uninspiriert in alle Richtungen irren.«

Das brachte Weber fast aus der Fassung. »So, so. Der feine Herr Beierlein findet unsere Arbeit uninspiriert. Der feine Herr Beierlein, der gerade vor ein paar Wochen hier angekommen ist, hat eine Theorie, und der feine Herr Beierlein zeigt uns jetzt mal so richtig, wie das geht. Na, dann lass mal weiter hören.«

Ich konnte mich nicht erinnern, jemals mit Weber so etwas wie eine Diskussion geführt zu haben. Auch wenn es ihm schwerfiel, schnitt er die Unterhaltung nicht einfach mit einem unsinnigen Befehl ab. Er forderte mich heraus.

»Mag ja sein, dass es Quatsch ist. Aber wenn wir es von diesem Standpunkt aus betrachten würden, dass der Tod des Kollegen Dobrinski nicht zufällig in unmittelbarer zeitlicher Nähe eintrat, dann könnten wir im schlechtesten Fall einen möglichen Tathergang ausschließen. Im besten Fall stellt sich dann nicht einfach die Frage, wie es dazu gekommen ist, sondern wie es der Täter angestellt hat. Und wir wären einen Schritt weiter.«

Ich war zufrieden mit mir. Auch wenn ich keine großen neuen Weisheiten vorgetragen hatte. Aber ich hatte endlich einmal etwas entgegengesetzt und versucht, unserem Handeln eine Struktur zu geben – wenigstens eine, die ich verstand.

Weber musterte mich.

»Okay, Freundchen«, sagte er, als er damit fertig war. »Lass uns dieses kleine Spielchen spielen. Kümmere dich um deine schöne Theorie, und dann sehen wir weiter. Wenn das nichts bringt, dann kehrst du in den Schoß der Abteilung zurück. Ich habe noch viel vor mit dir.«

Er sah mir tief in die Augen, lächelte, zog die Mundwinkel hinunter, griff mit seiner Linken meinen Oberarm und streckte mir die Rechte zum Abschiedsgruß vor den Bauch.

»So ein kleiner Wettstreit schärft den Sportsgeist unter Männern.«

Jetzt lächelte er wieder.

Ich versuchte, seinem Blick so lange wie möglich standzuhalten, musste dann aber umdrehen, um das Zimmer zu verlassen.

Mir gefiel es, für eine Weile aus Webers Schwitzkasten zu entkommen und mein eigenes Ding zu machen. Auch wenn es danach umso schlimmer werden würde, in Webers Obhut zurückzukehren. Weber würde sich etwas Geeignetes ausdenken, das war sicher.

Bis dahin hatte ich Zeit. Die wollte ich nutzen. Ich beschloss, meine Aufgabe an einem angemessenen Ort zu beginnen. Strunz' Büro war nicht mehr versiegelt, aber auch noch nicht leer geräumt. Ich setzte mich, rückte näher an den Tisch und straffte meinen Rücken. Strunz hatte sicher mit gestrecktem Rücken am Tisch gesessen, stellte ich mir vor. Wer mit kurzen, harten Bleistiften schrieb, drückte den Rücken selbstverständlich durch. Ich sah mich um, versuchte, ein Gefühl für den Raum in mich aufzusaugen, das mich vielleicht der Gedankenwelt meines Kumpels im Geiste etwas näherbrachte. Fast nichts störte die reine Funktionalität des Büros, das ein penibler, gescheiterter, alkoholkranker, verzweifelter Einzelkämpfer im Lauf der Jahre eingerichtet hatte.

Allein das kopierte Foto an der Wand passte nicht ins Bild. Das Foto war in einer Fußgängerzone aufgenommen worden und zeigte einen Mann. Ein stämmiger Typ mit lückenhaftem Vollbart, längeren, fast zotteligen Haaren, den Kopf ein wenig zwischen die Schultern gezogen, wandte sich im Moment der Aufnahme von einem Geldautomaten ab, schien in der Menge untertauchen zu wollen. Die Fotokopie war nachlässig mit einer Reißzwecke an der Wand befestigt.

Es war das einzige Bild eines Menschen in den Strunz-Papieren, das einzige Foto, das dem Gedankengefüge des toten Staatsanwaltes ein Gesicht gab. Das war ihm so wichtig gewesen, dass er es kopiert und an die Wand gepinnt hatte. Ich nahm es von der Wand und schob es in meine Hemdtasche. Ich zog ein Blatt Papier aus dem Drucker und legte es vor mich auf den Tisch. Dann suchte ich nach einem harten Bleistift, den härtesten, den ich finden konnte.

»These«, schrieb ich oben in die Mitte und unterstrich es zweimal. Ich zog einen senkrechten Strich darunter, der das Blatt in zwei gleiche Hälften teilte. Das sollte den Zeitstrahl darstellen.

Also, ganz von vorn.

Strunz. Bumms. Mir vor die Füße. Kein Mensch in der Nähe, außer uns beiden. Das war am Dienstag. Wie lange hatte es gedauert, bis der Alarm losschrillte?

Egal. Niemals hätte es eine Person geschafft, von der oberen Empore zu einem der Ausgänge zu gelangen.

Ich ließ ein wenig Platz zwischen Strunz' letztem Fall von der Empore auf die kalten Kacheln der Eingangshalle und dem Eintreffen der Meute. Tumulte. Polizei. Der Tod wurde festgestellt.

Weiter.

Die Mobildaten. Dieses Prepaidgerät ohne Inhaber war zweimal in der Nähe aufgetaucht. Einmal am Vortag und einmal zum Todeszeitpunkt bis ungefähr dreißig Minuten danach. Eine Spur? Vielleicht. War sie wertvoll? Keine Ahnung. War sie erfolgversprechend? Nur, wenn sich das Gerät einer Person zuordnen ließ.

Ich starrte auf das Blatt Papier. Und nun? Ich kam nicht weiter. Warf den Stift auf den Tisch. Er schlug hart auf und rollte auf den Boden. Gleichzeitig zerknüllte ich das Blatt Papier und warf es in den Papierkorb.

Was tat ich hier? Rumsitzen und Papiere ordnen. Dazu ein paar Bemerkungen mit hartem Bleistift in das Blatt kratzen. So weit war es also schon mit mir gekommen. *Gestatten, Robert Strunz, Zettelknecht im Paragrafenstall des Herrn.*

Ich musste raus.

Der Weg nach oben auf die zweite Empore war kürzer, als ich in Erinnerung hatte. *Hier oben irgendwo muss es geschehen sein.* Da drüben vielleicht. Zum ersten Mal seit dem verhängnisvollen Tag nahm ich Strunz' Perspektive ein. Hier stand er also, kurz bevor sich unsere beiden Lebenswege kreuzten. Für ihn endete er auf den braunroten Kacheln.

Da unten war ich zum Ausgang gegangen, in Gedanken versunken.

Von hinten schlich sich der Täter heran, wenn es sich so abgespielt hatte, vollstreckte seinen Plan und verschwand. Aber durch welche Gänge – und wohin?

Ich stieß mich vom Geländer ab und verlor mich in den dunklen Windungen dieses Kriminallabyrinths. Der Täter befand sich vom Moment des Alarms an in einer Mausefalle. Es gab keinen plausiblen Ausweg aus der Situation. Selbst wenn er sich in irgendeiner Tarnung den Kontrollen ausgesetzt hätte, wäre er früher oder später aufgefallen.

Es sei denn, er gehörte zu den Mitarbeitern des Hauses. Wir hatten in diese Richtung nie ermittelt.

Zurück an Strunz' Schreibtisch, öffnete ich das Fenster und steckte mir eine Zigarette an. Ich holte das Blatt aus dem Papierkorb und hob den Stift auf, der gleich daneben liegen geblieben war. Wenn ich nicht eine demütigende Niederlage gegen den Alten hinnehmen wollte, müsste ich einen plausiblen Schritt weiterkommen. Auf eine Eingebung zu hoffen, erschien mir relativ sinnlos, einen Moment lang tat ich es trotzdem – ohne Erfolg. Mit einem leichten Knarzen beugte sich die Rückenlehne des Stuhls durch den Druck meines Rückens nach hinten. Ich legte die Beine auf den Tisch und sah aus dem Fenster.

Es klopfte.

Aber es geschah nichts. Ich drehte mich Richtung Tür, ohne meine Position zu verändern, schaffte es nicht, den Kopf ganz zur Tür zu wenden, und weigerte mich, näher auf dieses unbestimmte Klopfen zu reagieren.

Mir war egal, was sich dahinter verbarg.

Ein paar Sekunden später hörte ich, wie sich die Klinke langsam senkte. Ich spürte es regelrecht im Nacken. Die Tür öffnete sich, leise mit dem Holz auf dem Linoleum schabend. Ein Lufthauch zog durchs Zimmer. Zögerlich schob sich der mürrische Wachtmeister durch den Spalt. Es war derselbe, der schon damals einen schlechten Auftritt hingelegt und sich den Ärger Webers eingehandelt hatte. Es war um den toten Kollegen gegangen. Wie hieß er noch gleich? Auch so ein polnischer Name.

Dobrinski.

Der Wachtmeister entschuldigte sich. Er wollte nicht stören, er sollte hier ein wenig Ordnung schaffen. Aber das hätte auch noch Zeit. Er verschwand zügiger, als er gekommen war.

Ich wandte mich wieder den Bäumen vor dem Fenster zu. Der Wind strich sachte durch die Äste. Was für ein friedlicher Moment.

Dobrinski!

Dobrinski. Dobrinski. Dobrinski.

Einen Augenblick später stand ich an der Tür, riss sie auf und raste los. Der Wachtmeister schlich gerade hinten um die Ecke. Schon stand ich neben ihm. Er erschrak, als ich vorbeihetzte und kurz vor ihm stehen blieb. Jetzt war ich es, der sich entschuldigte, sehr viel wortreicher, als er es getan hatte. Ich entschuldigte mich für mein überrumpelndes Manöver, für meine Arroganz und die meiner Kollegen und vor allem für Webers ungebührlichen Anschiss, neulich in der Morgenrunde. Ich bat ihn, mit mir zurückzukommen und sich ein wenig Zeit für eine kleine Unterhaltung zu nehmen.

Er sah mich zweifelnd an, trottete dann aber doch mit mir zurück. Weiter skeptisch, setzte er sich auf den angebotenen Stuhl. Ich brachte ihm ein Glas Wasser aus dem Hahn und zwang mich, zur Ruhe zu kommen.

»Wissen Sie was?«, sagte ich, als mein Puls wieder halbwegs im grünen Bereich schlug. »Ich kann das gut verstehen, dass die Wachtmeister so schlecht auf die Juristen, die Anwälte, Staatsanwälte und Richter zu sprechen sind. Manchmal sind wir echt Ignoranten. Sie machen die ganze Arbeit, und die Studierten wissen alles besser. Geben sich schlau und reden neunmalklug daher.«

Der Wachtmeister, ich wusste ja nicht einmal seinen Namen, entspannte sich, ohne weiter seine Skepsis deutlich im Gesicht zu tragen. Ich kam zur Sache.

»Dobrinski. Sie gaben damals diesen Hinweis. Und Weber hat Sie abgebürstet. Das war ein Fehler.«

Die Entschuldigungssalven und das Wort »Fehler« schienen ihn langsam gnädig zu stimmen.

»Das kann man wohl sagen«, sagte er und beobachtete mich wachsam aus kleinen braunen Augen.

Dobrinski war eines Morgens nicht zum Dienst erschienen, erfuhr ich. Die Kollegen dachten, es sei einer dieser Ausfälle, die regelmäßig auftraten, den Arbeitsalltag so lästig erschwerten, sich aber schon am kommenden Tag erledigten. Aber auch dann kam Dobrinski nicht. Ein Kollege, der ihn privat kannte, ging am folgenden Morgen vorbei. Ohne Erfolg. Am nächsten Tag fehlte Dobrinski erneut. Der Kollege ließ die Wohnung öffnen und fand ihn tot auf seiner Couch im Wohnzimmer liegend.

»Lassen Sie uns das genau rekonstruieren. Wann geschah das alles?« Ich schob ihm Strunz' Tischkalender als Aufforderung rüber. Er nahm ihn.

»Hier. Das war an diesem Montag. Am Dienstag ist Strunz gestorben. Am Mittwoch hat Dobrinski gefehlt, ohne Krankmeldung. Am Donnerstag war er nicht anzutreffen. Und am Freitag haben wir ihn gefunden. Das war der Tag, an dem ich es Weber melden wollte.«

Er schob den Kalender wieder zurück.

»Wie läuft das genau ab, wenn ein Kollege krank ist?«

Der Wachtmeister dachte nach. Entweder darüber, was er antworten sollte, oder darüber, ob in der Frage eine Falle steckte.

»Also, bei Dienstantritt gibt es eine kurze Meldung, ob alle an Bord sind. Wenn nicht, teilt die Schichtleitung die Leute neu ein. Da hängt ja eine Menge dran. Was ist wichtig, was kann man weglassen? Wir können die Knackis ja nicht einfach irgendwo in einer Wartezelle versauern lassen. Na, da wär was los.«

»Mich interessiert, ob Dobrinski einfach fortgeblieben ist oder ob er oder sonst jemand im Gericht angerufen hat, um ihn abzumelden, ohne dass seine Kollegen direkt davon erfuhren. Man weiß ja nicht immer so genau, ob jemand fehlt, weil er krank ist oder weil er einfach freihat.«

Der Wachtmeister sammelte sich auf seinem Stuhl. »Das müssen Sie die Verwaltung fragen. Bei mir hat er sich jedenfalls nicht abgemeldet.«

Wir sprachen noch kurz darüber, dass wir es nicht leicht hätten, dass früher vieles besser war und die heutigen Führungskräfte keine Ahnung davon hatten, wie es in den unteren Etagen im echten Leben wirklich aussah.

»Ach, und das hier, könnte das Dobrinski gewesen sein?« Ich holte das Foto aus der Brusttasche hervor und hielt es ihm entgegen. Gerade als er es sich genauer ansehen wollte, steckte ich es wieder zurück.

»Könnte er es gewesen sein?«

»Was weiß ich. Schon. Wahrscheinlich. Wieso?«

Ich bedankte mich, und er brachte mich in »die Verwaltung«. Wir nahmen ein kleines Treppenhaus, das ich bislang nicht entdeckt hatte. Zwei mittelalte Frauen saßen hinter zwei mittelalten Schreibtischen und bearbeiteten Akten. Sie quittierten unser Eindringen übellaunig.

»Was soll das denn jetzt?«, fragte die eine sofort nach unserem Eintreten.

»Na, da kann ja jeder kommen«, assistierte die andere, gleich nachdem wir die Tür hinter uns geschlossen hatten.

Geradezu beleidigt sahen sich beide an, als ich sagte, was wir wollten.

»Mit Stimmenerkennung und Vorratsdatenspeicherung arbeiten wir hier noch nicht. Was weiß ich, wie dieser Kerl sich krankgemeldet hat«, sagte die eine. Sei es jetzt schon so weit, dass jedes Telefonat überwacht werde, gebe es keine anderen Sorgen, als sich mit diesem Quatsch zu beschäftigen, und was stelle man sich eigentlich vor, was hier so den ganzen Tag über gearbeitet werde? »Wer sind Sie überhaupt?«

Niemand.

Ich schwieg. Die Furchen im Gesicht meines neuen Freundes warfen wieder dunklere Schatten. Wir traten den geordneten Rückzug an und verabschiedeten uns so freundlich, wie es in dieser feindlichen Atmosphäre möglich war.

Trotzdem: Dobrinski war mein Mann.

In dessen Uniform und mit dessen Hausausweis konnte ein Unbekannter unerkannt das Gebäude betreten und wieder verlassen haben.

Ich mochte die Stille, als ich wieder zurück im Zimmer war und die Tür hinter mir schloss. Alles hatte seine Ordnung. Plötzlich ergab auch der harte Bleistift einen Sinn. Die gestochenen Anmerkungen. Es war alles da. Strunz hatte gesammelt, was er finden konnte. Aber es war nicht willkürlich.

Ich musste mich enger auf seine Spur begeben. An das halten, was er hinterlassen hatte. Sein Dossier lag vor mir, wie es in den vergangenen Tagen zigmal vor mir gelegen hatte.

Was einte die Fälle?

Ich stellte mir vor, wie Strunz noch vor einigen Tagen hier gesessen hatte, von den Kollegen gemieden, bestenfalls ignoriert. Er hatte sich schon lange aus dem Getriebe des großen Ganzen verabschiedet und drehte sein eigenes kleines Zahnrad. Der Apparat ließ ihn gewähren. Er störte nicht weiter. Endstation.

Da saß er nun, arbeitete seine Aufgaben im Dienst nach Vorschrift ab und vergrub sich in seiner eigenen Parallelwelt. Sammelte, was er finden konnte rund um das Pharmageschäft. Wertete Zeitungen aus, studierte Wirtschaftsnachrichten, las Bilanzen und fasste sie zusammen, untersuchte Tatorte daraufhin, ob sie in der Nähe von Pharma-Standorten geschehen waren, und katalogisierte Tätertypen – eine unendliche, sinnlose Mühe, wie es schien.

Sah so Verzweiflung aus?

Pieper. Legende. Auto.

Verband diese drei Begriffe überhaupt eine gemeinsame Bedeutung?

Ich nahm mir noch einmal die Dossiers vor. Sechs Fälle hatte er am Ende herausgefiltert. Der Virendiebstahl in Mailand, bei dem der Dieb verschwunden war. Das Wien-Ereignis, in dessen Folge der Gesundheitsminister zurücktreten musste, weil er jede Menge Beratergeld von der Pharmalobby erhalten hatte. Der Lobbyist, der den Minister zum Schluss jedoch ans

Messer geliefert hatte, war für die Ermittler ebenfalls nicht mehr auffindbar gewesen. So ähnlich war es in Stockholm gelaufen, als die Regierungspartei plötzlich für die Liberalisierung von Genversuchen eintrat – nachdem auch sie zuvor umfangreich geschmiert und von Parteispenden geradezu erdrückt worden war.

In Lyon war ein Manager unter nicht geklärten Umständen ums Leben gekommen, nachdem seine Firma plötzlich wichtige Marktanteile in Asien verloren hatte. Der Leverkusen-Komplex betraf gefälschte Studien zur Wirksamkeit eines neuen Medikaments. Und in Basel hatten Insidergeschäfte und dubiose Geldströme innerhalb der Unternehmensstruktur zum Absturz von Aktienkursen und Umwälzungen in der Geschäftsführung geführt.

Hier wie da: Die Spuren verliefen schnell im Nichts. Die Verdächtigen oder wichtige Zeugen schienen vom Erdboden verschluckt zu sein.

Auf einem gesonderten Blatt Papier hatte Strunz die Namen der sechs Protagonisten aufgelistet. Wer auch immer sich tatsächlich hinter all diesen merkwürdigen Geschichten verbarg, hatte augenscheinlich eine Vorliebe für Todesanzeigen. Alle gesuchten Männer hatten sich Pseudonyme von zuvor kürzlich Verstorbenen zugelegt. Strunz hatte Geburts- und Sterbedaten in die zweite Spalte eingetragen, dazu die Geburtsorte. Weiter hinten hatte er die Orte auf der Kopie einer Europakarte markiert – aber offenbar keinen Anknüpfungspunkt gefunden.

»Fallabhängig«, hatte er an den Rand gekritzelt.

Eine weitere Spalte befasste sich mit der Wohnsituation. Wo es möglich war, hatte Strunz dabei Kopien aus Akten hinzugezogen, in zwei Fällen hatte er sich die Information selbst beim jeweiligen Vermieter besorgt. Das Ergebnis war überall das gleiche gewesen: »Bar und im Voraus«, hieß es in der dritten Spalte.

Doch weiter war Strunz nicht gekommen. Die eingezeichnete vierte Spalte war leer geblieben. Hatte er hier selbst geahnt, dass er sich in einer Sackgasse befand?

Ich zog das Basel-Dossier hervor und blätterte darin. Die Geschichte war stückchenweise vor zwei Jahren ans Licht der Öffentlichkeit geraten. Zunächst waren Gerüchte aufgetaucht, wonach sich Mitarbeiter mit satten Aktienpaketen versorgt hatten, im Wissen, dass der Konzern wenige Tage später auf der Hauptversammlung ein Rekordergebnis verkünden würde. Später kamen Einzelheiten über Luftbuchungen heraus, um Gewinne nicht versteuern zu müssen. Dabei war den Schweizern eine Beteiligungsgesellschaft behilflich gewesen, die das Finanzielle abwickelte. Doch der Ansprechpartner, ein Herr Sebastien Falck (geb. 17.4.1958 – gest. 2.11.2012), entpuppte sich im Nachhinein als Phantom. Die Finanzierungsgesellschaft versicherte, dass Falck nicht in ihrem Auftrag gehandelt habe, ja, nicht einmal wisse, wer der vermeintliche Berater überhaupt war.

Falck hatte in einem Apartmenthaus in Freiburg gewohnt – bar und im Voraus bezahlt – und war jeden Tag runter nach Basel gefahren, um den Konzern zu beraten.

»Auto?«, hieß es in Strunz' gestochener Schrift daneben.

Ja, Falck war wohl mit dem Auto gefahren. So ein Finanzheini setzt sich nicht in die Bahn und rumpelt den Rhein hinauf, dachte ich. Und mit dem Rad dauerte es wohl ein wenig zu lange.

Ich zog mit dem Zeigefinger einen Falz, damit die Seite nicht verschlug, und schob den Hefter beiseite.

Mailand. Hier fand ich das Original des Fotos von der Wand. Strunz hatte ihn sich direkt vor die Nase gehängt. Damit er ein Gesicht zu seiner Theorie hatte? Auch den verdächtigen Virendieb (Frank Deutschnofen, geb. 30.8.1933 – gest. 1.4.2002) hatte Strunz sich näher angesehen. Bar und im Voraus hatte auch er seine Wohnung gezahlt.

Und auch hier hatte Strunz eine letzte Anmerkung angefügt: »Mietwagen?«

Ich legte das Dossier auf das erste, nahm das nächste, jetzt schneller. Und die anderen auch.

Pieper. Legende. Auto.

Es war die die letzte Patrone gewesen, die Strunz im Magazin hatte. Lag in den Wagen der Verdächtigen der Schlüssel, der die Fälle doch noch verband?

Ich spürte, dass etwas in mir vibrierte. Wie ein inneres Signal, dass ich auf der richtigen Spur war. Aber um das zu klären, brauchte ich zunächst Dobrinskis Obduktion.

DREIZEHN

Ich passte einen Moment ab, in dem er mir entspannt vorkam, er aber auch nicht in irgendwelche Gedanken vertieft und seine Aufmerksamkeit entsprechend im Keller war. Fragte ihn, wie es ginge und so. Jetzt, wo wir Kumpel waren. Wegen neulich. Er sah mich ausdruckslos an und goss einen Kaffee aus der Thermoskanne in seine Tasse.

»Ich hab da 'ne Idee«, leitete ich ein.

»Robbie-Junge. ›'ne Idee‹. Wir sind nicht dazu da, eine Idee zu haben. Überlass das den Künstlern. Wir orientieren uns an dem Handfesten, über das wir verfügen.«

Kein guter Start.

»Erinnern Sie sich an Dobrinski, der kurz nach Strunz gestorben ist?«

Weber zögerte.

»Deine Theorie. Ich weiß. Jetzt wird's wohl folkloristisch.«

Die Herablassung irritierte mich nicht. »Dobrinski und Strunz starben in unmittelbarer zeitlicher Nähe. Ich bin zwar noch nicht so lange dabei, aber das kommt mir seltsam vor. Daher die Idee. Ich weiß, es ist verrückt, Dobrinski soll ja an Herzversagen gestorben sein. Aber wissen wir das genau?«

Weber zuckte mit den Schultern. »Und?«, sagte er. »Was weißt du?«

»Nichts. Wir sollten Dobrinski obduzieren lassen. Irgendwie muss Strunz' Mörder, wenn es denn einen Täter gibt, unerkannt ins Gebäude gekommen sein.« Ich taxierte Weber. »Und wieder raus.«

Weber war nicht begeistert. Er dachte kurz darüber nach. Schüttelte den Kopf, musterte mich, trank einen Schluck Kaffee. Sein Blick verriet keine Gefühlsregung. Er lehnte sich zurück und begann, mit den Fingern auf seine Oberschenkel zu trommeln.

Er ließ mich zappeln.

»Und diese komischen Handydaten«, sagte ich. »Es gab doch

diese Auffälligkeit, die die Teckies von der Datenabteilung erwähnt haben. Wenn es da eine Verbindung zu Dobrinski gibt. Das könnte sich lohnen.«

Weber verzerrte das Gesicht. »Mein lieber Herr Gesangsverein! Erst schleppen wir dich hier mit, und der introvertierte Herr Beierlein ziert sich ein wenig, weil er das alles ganz blöd findet, was wir so machen – und jetzt geht er gleich in die Vollen. Warum denn nicht gleich so, Robbie-Junge?«

Er beugte sich vor. Und sagte im leisen Ton des Verschwörers: »Okay. Aber erzähl es nicht überall rum. Wir machen es smart. Wenn es klappt, können wir punkten, wenn es eine Pleite ist, drücken wir es in den Skat. Wir bringen ihn zu Pimpke. Es gibt keinen Besseren. Ich hab Strunz schon zu ihm bringen lassen. Und er ist verschwiegen. Wie die Leute, die er untersucht.«

Ich tat so, als ob ich das als Witz verstanden hätte, und lachte beim Aufstehen.

»Aber du kümmerst dich drum. Ich will da nicht in Erscheinung treten. Pimpke soll ihn sich ansehen, wenn er Zeit hat. Wenn dieser Wachtmeister überhaupt noch greifbar ist und nicht schon verscharrt.«

Er lag noch im Keller, wie ich mit einem Anruf in der Kühlkammer feststellte. Ich ließ ihn in Pimpkes Institut bringen und zog mich in mein Zimmerchen zurück.

Es lief doch gar nicht so schlecht. Es ging voran, und ich bekam so langsam die Füße auf den Boden. Für einen Moment spielte ich mit dem Gedanken, den Dartpfeil aus dem Hintern des Poster-Mädchens am Schrank zu ziehen und ihn irgendwohin zu werfen. Ich ließ es bleiben. Stattdessen riss ich einen Zettel vom Block auf dem Schreibtisch, zerknüllte ihn und warf ihn mit Schmackes in den Mülleimer. Treffer!

Pieper. Legende. Auto.

Ich legte die Beine auf den Schreibtisch, ließ den Kopf auf die Brust sinken und dämmerte ein.

***

Der Anruf kam am nächsten Morgen. Eine halbe Stunde später waren wir da. Pimpkes Institut befand sich in einer ausgebauten Gründerzeitvilla am Stadtrand. Er empfing uns mit geschäftiger Beiläufigkeit. Für Konventionen wie Förmlichkeiten hatte er keine Zeit. Das war mir sehr sympathisch.

Er trug einen weißen Kittel über dem grauen Anzug und schien sich nicht weiter um sein Äußeres zu scheren. Pimpke aß eindeutig zu viel und bewegte sich zu wenig. Und er trank wohl ordentlich, denn seine Nase war mit feinen roten Äderchen durchzogen.

Er bat uns mit einer knappen Handbewegung hinein.

»Kommen wir zur Sache«, sagte er, bevor wir uns gesetzt hatten.

»Dieser Strunz ist eine heiße Kiste, ein interessanter Fall. Ich werde ihn in mein Lehrprogramm aufnehmen. Sehen Sie, die spannende Frage ist tatsächlich, ob wir herausfinden, ob er noch gelebt hat, als er fiel. Die Suizidforschung hat in den vergangenen Jahren enorme Fortschritte erzielt. Wir können heute Sachverhalte unterscheiden, von denen wir vorher keine Ahnung hatten. Wussten Sie, dass jemand andere Verletzungen davonträgt, wenn er lebend irgendwo herunterfällt, als jemand, der schon tot ist?«

Weber schüttelte den Kopf. Ich wunderte mich über seine Unwissenheit. Vielleicht tat er auch nur so.

»Das liegt daran, dass man sich bei Bewusstsein ganz anders auf den Aufprall vorbereitet. Ein Suizidaler verhält sich wieder anders. Und das ist in dem uns hier vorliegenden Fall ganz wichtig.«

»Hat Strunz sich selbst da runtergeschmissen?«, unterbrach Weber.

Pimpke schüttelte nicht nur den Kopf, wie Weber, sondern seinen ganzen Körper. Die Angelegenheit amüsierte ihn.

»Warten wir es ab. Strunz betreffend können wir viel ausschließen. Er hatte keine Drogen im Körper, nicht einmal Alkohol. Aber die Höhe stellt uns tatsächlich vor Probleme. Gab es vielleicht einen kleinen Stich mit der Stricknadel ins Genick, kletterte er selbst in absoluter Klarheit und Überzeugung über die Brüstung, fiel er nach einem kleinen Kampf?« Pimpke sah uns fragend an.

»Deswegen sind wir hier, Professor. Um das zu erfahren und es zu verstehen.«

»Papperlapapp. Sie haben recht. Aber der Strunz, das ist ein Fall für sich. Ich hatte ihn gestern auf dem Tisch. Nach Art der Armverletzungen würde ich davon ausgehen, dass er noch bis zum Aufprall gelebt hat. Sehen Sie, das sind die typischen Verletzungen, wie sie beispielsweise ein Radfahrer davonträgt, der stürzt, oder ein Bauarbeiter, der vom Gerüst fällt.«

Pimpke zog ein paar Fotos vor und hielt sie Weber hin, der einen Augenblick hinsah und dann die Augen schloss.

»Strunz hat ähnliche Verletzungen. Nur sehr viel schwerer. Wegen der Höhe. Was in der Literatur fehlt, sind Vergleichsdaten. Mit echten Toten. Gewiss, wir haben ein paar Studien aus Frankreich und den USA, in denen die Kollegen mit lebenden und toten Schweinen hantierten, ob das aber einen wissenschaftlichen Mehrwert bringt, sei dahingestellt. Ich schweife ab. Strunz. Man kann ganz schön sehen, wie beim zweiten Aufprall das Genick brach. Und zwar glatt. Sehen Sie hier.«

Er holte ein paar andere Fotos hervor und verteilte sie auf dem Tisch.

»Beim ersten Mal halfen möglicherweise die Reflexe noch. Beim zweiten Mal nicht mehr. Da war er schon drüber weg. Und deswegen prallte der Nacken ungeschützt auf den Boden. Hier.«

»Aha«, nickte Weber anerkennend und sah einen kurzen Moment zu mir rüber. Ich genoss diesen Moment. Weber wollte mich in das Gespräch einbeziehen, sodass nicht nur er die Bilder der gebrochenen Knochen und anderen unappetitlichen Verletzungen in Augenschein nehmen musste. Mit dem Versuch eines leichten Lächelns erteilte ich seiner Bitte eine Absage und überließ ihm die Bühne.

»Ist es nicht belastend, den ganzen Tag über diese fürchterlichen Verletzungen zu untersuchen? Ich meine, Tote sind keine begehrenswerte Gesellschaft.«

Pimpke schreckte aus seiner fallbezogenen Wissenschaftlertrance hoch. »Das ist Ansichtssache«, erklärte er ruhig. »Genau genommen, ist es wie beim Öffnen einer Walnuss. Ich weiß ja nicht, wie es Ihnen geht. Beim Knacken einer Nuss denke ich daran, wie es ist, einen Schädel zu öffnen. Ich kann mich nicht dagegen wehren. Deswegen esse ich noch lange kein Hirn, sondern nur eine Nuss. Weil es etwas Abstraktes ist und ich diesen Akt nur symbolisch auflade. Vor mir liegt eine Hülle, die es zu knacken gilt. Deren Geschichte ich an ihr selbst entschlüsseln will. So ist es auch unten auf dem Tisch. Das ist spannend und treibt mein Interesse immer wieder aufs Neue an.«

Weber nickte verzweifelt.

Pimpke schloss für einen Moment die Augen.

Ich lehnte mich zurück.

»Strunz ist also eine harte Nuss«, sagte Pimpke. »Mal was anderes, mal was Neues.«

»Ja«, sagte Weber.

»Ja«, antwortete Pimpke und senkte den Kopf.

»Das ist etwas für die Forschung. So weit sind wir noch nicht, dass wir hier ein handfestes Ergebnis liefern können. Das bedaure ich außerordentlich.« Er neigte den Kopf zur Seite und starrte einen Moment lang in die Ferne. »Ganz im Gegensatz zu dem Neuen, den Sie nachgeschoben haben.«

Weber blickte wieder zu mir rüber.

»Dobrinski«, sagte ich.

Weber nickte.

»Dobrinski.«

»Dobrinski. Schmidt. Graf von Hodenthal – egal. Mich interessiert nur sein Körper«, warf Pimpke ein.

Ich musste lachen, unterdrückte es aber, so gut ich konnte.

»Das ist etwas ganz anderes. Der wurde mit Herzversagen eingeliefert. Dem Augenschein nach durchaus möglich. Aber am Ende entlarvt die Lunge des Toten den Täter. Die Bläschen in den Lungenflügeln.«

Pimpke betrachtete unsere Gesichter, schüttelte den Kopf und fuhr fort.

»Das war alles ganz hübsch arrangiert. Wie er so friedlich zu Hause auf der Couch vor dem Fernseher saß, die Tagesdecke auf dem Schößchen ausgebreitet. Der Mörder – und so müssen wir ihn meiner Meinung nach nennen – ging sehr planvoll vor. Sehen Sie«, sagte er und lud uns mit einer flüchtigen Handbewegung ein, näherzukommen.

Weber zögerte, rutschte dann Interesse heischend auf die vordere Kante seines Sessels vor.

»Um so einen Tod zu arrangieren, bedarf es einer gewissen Cleverness«, leitete Pimpke ein. Er lächelte uns jetzt wieder fröhlich an. »Sehen Sie also, dieser Herr saß oder lag also tot vor dem Fernseher. Sie haben mich gebeten, ihn mir genauer anzusehen. Das tat ich. Am Ende hängt es immer an Kleinigkeiten. Bevor ich mir die Leiche vornahm, untersuchte ich seine Kleidung. Und das war sehr lehrreich. Nehmen wir die Hose. An den Knien und am Hintern fanden sich die gleichen Fasern am Leinengewebe. An den Schuhen auch. Wir sprechen dabei von Sekundärspuren. Ohne genaue Kenntnis des Tatortes würde ich trotzdem einen Teil meiner bescheidenen Ersparnisse darauf verwetten, dass es sich dabei um Fasern von einem Teppich aus der Wohnung des Toten handelt.«

Pimpke holte tief Luft, seine Wangen glänzten. Weber und ich schwiegen. Er verstand es als Aufforderung, weiterzureden.

»Ich langweile Sie womöglich mit diesen Kleinigkeiten. Für unsereins sind sie entscheidend. Warum sollte jemand die gleichen Teppichfasern an seinen Schuhen, seinen Knien und seinem Hintern aufweisen? Ich verrate es Ihnen: Weil er ermordet wurde. Der Herr sank in seiner Wohnung nieder. Das erklärt die Spuren an den Knien. Dann fiel er hin. Warum wurde er umgedreht? Weil er transportiert wurde. Die Faserspuren am Hintern zeigten alle in eine Richtung. So, als ob er an den Armen gehalten und über den Boden gezogen wurde. Und dennoch befand er sich am Ende auf der Couch. Ich frage: Wie kann es sein, dass ein Toter friedlich vor dem Fernseher sitzt, aber vorher auf den Knien und dem Hintern in seiner Wohnung auf dem Teppich herumkroch? Das muss man doch sehen!«

Weber zog die Mundwinkel hinunter. Pimpke nickte. Ich schwieg. Allerdings zunehmend interessiert.

»Und da kommen wir Rechtsmediziner ins Spiel. Ich hab ihn mir also vorgenommen. Alle diese Vorüberlegungen dienen auch dazu, die Leiche nicht unnötig zu lädieren. Ich habe mir also meine Gedanken gemacht und danach meine Untersuchung strukturiert.«

Webers Augenlider wurden schwer und hingen immer tiefer in sein schlaffes Gesicht hinein. Er wollte das Ergebnis, aber keine wissenschaftliche Herleitung.

»Ich fing also mit den Lungenflügeln an. Das war nach der Vorgeschichte naheliegend«, sagte Pimpke, der gegen das offenkundige Desinteresse Webers immun zu sein schien.

»Und siehe da. Die Bläschen in den Kapillaren bestätigten meine Vermutung. Ich werde Sie mit den Einzelheiten verschonen …«

Das war der Moment, als Webers Lebensgeister wieder in seinen Körper fuhren. Er zuckte.

»Genau. Die Bläschen. Und keine Einzelheiten.«

»Das sage ich ja«, rief Pimpke. »Diese Art weißer Bläschen an den Enden der Lungenflügel treten auf, wenn die Sauerstoffzufuhr abrupt unterbrochen wird. Zum Beispiel durch heftiges Würgen. Deswegen muss man hier wohl bei dem Herrn von einem Opfer sprechen.«

Pimpke ließ sich nicht stoppen. Er weidete nicht nur Leichen, sondern auch die Situation in seinem Büro aus. Er quälte uns in den kommenden Minuten mit seinen Forschungen, wissenschaftlichen Beiträgen und vor allem mit seinen Erlebnissen mit den leblosen Körpern.

Ich erinnerte mich noch an diesen Gehängten aus Rumänien, dessen Strangulationsmerkmale die entscheidenden Hinweise zur Aufklärung eines spektakulären Mordfalls gaben. Alles sah nach Selbstmord aus, aber Pimpke hatte herausgefunden, dass die Leiche bereits tot gewesen war, als sich die Schlinge um den Hals geschlossen hatte. Und diese einmalige Geschichte aus Cottbus. Da hatte sich ein Aquarellmaler mit einer selbst gebauten Apparatur eigenhändig enthauptet. Die Pointe lag darin, dass am Ende der Kopf unter dem eigenen Arm landete.

»Genial ausgedacht und umgesetzt«, sagte Pimpke anerkennend. Schließlich berichtete er noch von dem Rätsel aus der Schillerstraße, dessen Pointe ich aber vergessen hatte. Auch so ein komplizierter Mord, den er in stoischer Kleinarbeit aufgelöst hatte.

»Verblüffend«, hörte ich Weber sagen. »Wirklich erstaunlich, was Sie zu leisten in der Lage sind.« Er straffte sich in seinem Sessel, stand aber nicht auf.

»Das ist sehr nett, vielen Dank. Aber ich habe da noch was ganz Feines. Sehen Sie, wenn das alles so ist, wie es ist, dann steht da noch dieses kleine weitere Rätsel im Weg.«

Er sah uns mit blitzenden Augen an und registrierte zufrieden, dass seine Pointe uns wachgerüttelt hatte.

»Wenn er also schon zwei Tage vor dem Auffinden gestorben ist, was Sie mich ja zu untersuchen baten, warum stank er dann nicht, als man ihn in dieser wirklich verblüffenden Sommerhitze fand? Warum war er nicht längst zum dankbaren Nährboden für Fliegenlarven und diese ganzen, zugegebenermaßen unangenehmen Begleitumstände der einsetzenden Verwesung geworden?«

Wir wussten keine Antwort, und Pimpke hatte offenbar auch keine erwartet, denn er redete einfach weiter. »Also nahm ich mir die Kleidung ein weiteres Mal vor. Und fand diese merkwürdige chlorhaltige Molekülstruktur, die sich auch in der Decke und auf dem Boden fand. Hoppla! Und dann stellte sich dieses Bild des Arrangements in meiner Vorstellung ein: Warum sollte jemand – außer es handelt sich um einen Junkie auf Entzug –, warum sollte sich irgendein Mensch bei dieser Bullenhitze eine Decke über den Schoß legen?«

Pimpke klatschte in die Hände. »Weil der Täter die Leiche dadurch abkühlte. Um den Todeszeitpunkt zu verschleiern! Dieses Wetter schafft uns alle, und seit Tagen ist die Temperatur selbst nachts nicht unter zwanzig Grad Celsius gefallen. Ich weiß noch nicht einmal, wo ich zu Hause eine Decke aufbewahre, so heiß ist dieser Sommer.«

Er klatschte noch einmal in die Hände. »Ha!« Setzte sich dann hinter seinen Schreibtisch und faltete die Hände. Vielleicht, damit sie sich vom Klatschen erholen konnten.

»Nachdem der Täter die Leiche auf dem Sofa arrangiert hatte, kühlte er sie ab, vermutlich mit Eisspray und dann mit der Decke, die er vorher in die Eistruhe gelegt hatte. So hatte er die begründete Hoffnung, ein wenig Zeit zu gewinnen, während das tauende Wasser sich in der Kleidung und auf dem Boden verlor. Ich bin Ihnen ausdrücklich dankbar, dass ich die Gelegenheit bekam, diesen Fall zu untersuchen.«

Pimpke atmete tief ein und senkte seinen Kopf, vermutlich in Demut, wie ich dachte.

Weber fackelte nicht lange. »Ich brauche den Bericht so schnell wie möglich. Jetzt wollen wir Sie aber nicht weiter bei der Arbeit stören.« Er versuchte zu lächeln, als er sich erhob und Pimpke die Hand gab. Pimpke nahm sie herzlich und bedauerte unseren Abschied.

»Kommen Sie wieder. Es gibt so viel zu betrachten. Und zu diskutieren.«

»Ja, sicher.«

Der Knuff in meinen Oberarm mitten in Pimpkes Vorgarten war die engste körperliche Geste der Vertrautheit, die Weber mir zukommen ließ. Er schmerzte ein wenig, sollte aber anerkennende Zustimmung signalisieren.

Jetzt hatten wir einen Tathergang. Fehlte nur noch der Täter.

VIERZEHN

Eine Handvoll Spatzen trieb ihr rätselhaftes Spiel. Stürzte sich von den Ästen hinab auf die Straße, nach dem einen oder anderen Samen pickend, um eine halbe Sekunde später in spöttischem Streit wieder auseinanderzurauschen. Die Wurzeln der Bäume forderten ihr Recht und durchbrachen die Pflastersteine auf dem Gehweg.

Statt rechts zur U-Bahn abzubiegen, entschied ich mich dafür, links die Bushaltestelle anzusteuern, als zwei Schatten von hinten in mein Blickfeld traten.

Da es so schön symmetrisch geschah, bemerkte ich es nur halb und dachte mir nichts dabei. Erst als ich mich ins Wartehäuschen setzte und sie mich in die Mitte nahmen, fiel ich aus meinen Gedanken.

»Tag«, sagte der eine und lächelte.

Der Bus kam.

»Oh nein«, sagte sein Begleiter, als ich aufstand. Es war der Typ aus dem Delphi, der Pieper und mich verfolgt hatte.

»Wir wollen reden.«

Der Bus hielt.

»Einfach so, keine Sorge.«

Einfach so. Reden. Das hätten sie die ganze Zeit schon haben können.

Der Bus fuhr ab. Wir blieben sitzen.

»Verstehen Sie uns nicht falsch, wir wollen weder Ihre noch unsere Zeit verschwenden. Im Gegenteil, wir sind an einer effektiven Lösung interessiert. Deswegen wollen wir ein Angebot unterbreiten.«

Die beiden Anzugträger stellten sich als Beauftragte – »äh« – eines international aufgestellten Konzerns vor.

»Auch wir ermitteln in dieser facettenreichen Geschichte. Bei uns geht es um eine erhebliche Versicherungssumme, die diesen kleinen Aufwand lohnt. Wir schlagen Ihnen ein Tauschgeschäft vor. Sie erzählen uns, was Sie wissen, und wir

Ihnen, was wir wissen. So kommen beide Seiten vielleicht einen Schritt weiter.«

Meinen Hinweis, sich an meine Chefs zu wenden, ignorierten sie.

»Nein, so geht das nicht. Wir suchen Leute, die kooperationsbereit sind. Und es würde nicht zu Ihrem Schaden sein.«

Die Jungs traten auch auf der Stelle, sonst wären sie nicht jetzt aus der Deckung gekommen, um mich einzuspannen. Sie hatten mich als schwächstes Glied der Kette ausgemacht. *Blutsaugerbande. Fragt doch Pieper!* Aber was klagte ich?

»Ich fürchte, da gibt es nicht viel auszutauschen. Wir haben genauso wenig eine Spur von Tschernowitz«, log ich.

Die beiden sahen sich kurz an.

»Pardon, wir sind nicht so sehr an ihm interessiert.«

Sie tauschten sich erneut wortlos aus.

»Sondern an der Lady«, sagte der andere.

Der nächste Bus kam.

»Ich überleg's mir«, sagte ich und wollte einsteigen.

Sie schüttelten die Köpfe und breiteten die Arme aus.

»Herr Beierlein, ehrlich gesagt, ist uns dieses Versteckspiel lästig. Wir machen unseren Job, andere erledigen andere Jobs. Jeder geht seinen Geschäften nach. Meinen Sie wirklich, es ist uns eine Freude, Ihnen ständig nachzustellen und auf eine günstige Gelegenheit zu warten? So wie neulich, als sie auf dem Boden lagen und lallten. So ist das Leben.«

Wir wollten einen Mörder finden, sie hätten anderes im Sinn. Warum also diese persönlichen Befindlichkeiten, fragten sie scheinheilig. Ihre Auftraggeber wollten wissen, ob ihr Geld richtig angelegt sei. Daran sei doch nichts Schlechtes.

»Unsere Klienten wollen sichergehen. Sie investieren viel in ein neues Geschäftsfeld. Und dann diese ganze Aufregung. Mit solchen Dingen will sich doch niemand in Verbindung bringen lassen. Beierlein, seien Sie doch nicht bockig. Es gibt Informationen, die sehr interessant sind. So geht das Spiel.«

Genau. So geht das Spiel. Alle wollen immer nur spielen.

»Das Spiel hat Menschenleben gekostet. Ist es das wert?«, fragte ich.

»Beierlein. Noch einmal. Uns interessieren diese Mordgeschichten überhaupt nicht. Der Auftrag lautet anders. Das Mädchen und das Geschäft.«

Das Mädchen? Jana? Was hatte sie damit zu tun?

»Und mich interessiert das Geschäft der Pillendreher nicht. Überall auf der Welt werden Milliarden Pillen hergestellt, und ein Heer an Verkäufern und Medizinern muss sie unter die Leute bringen. Deswegen sehen sie auch so unschuldig weiß, manchmal auch rosa oder zartblau aus. Und sie schmecken nach nichts. Das System ist krank. Das System und der Export des Systems in alle Welt.«

Meine Gegenüber schwiegen verständnislos.

Ich kam in Fahrt. »Sanogo rühmt sich damit, den Menschen zu helfen. Aber sie verdienen daran, dass die Menschen krank sind, nicht an deren Heilung.«

Die beiden Privatermittler wussten keine schnelle Antwort.

»Wenn Sanogo es nicht macht, machen es andere. Beierlein, Sie können die Welt nicht vom Kopf auf die Füße stellen.«

Sie kapierten es nicht. In den nächsten Bus stieg ich ein.

Es war keine Freude, im Sommer mit dem Bus durch die Gegend zu fahren. In dieser Blechbüchse sammelten und stauten sich die Gerüche der ganzen Stadt. Sie mischten sich zu einer Übelkeit erregenden Kakophonie. Es gehörte zu einer Konstante meines Lebens, dass die schönen, jungen und nach Limonen duftenden Frauen unerreichbar weit weg und die ungewaschenen Leute direkt neben mir saßen. Der dumpfe Schweiß meines Nachbarn drang in mich ein, ohne dass ich mich wehren konnte. Dabei wollte ich mich jetzt dringend einmal besinnen und nachdenken.

Die Lady war es also, auf die sie scharf waren. Dabei hätten sie sie doch haben können. Einer für dreißig, beide für fünfzig Euro, neulich an der Straßenecke. Die unheimliche Jana. Auch Weber hatte sie erwähnt. Einfach so. Ich hatte es gar nicht richtig wahrgenommen. Aber woher wusste er von unserer Beziehung, was hatte das zu bedeuten? Ich sah die Bäume und Häuser an mir vorbeiziehen und spürte einen leichten Schwindel. Ich hoffte, es lag an der Hitze.

Den letzten Schritt aus dem Bus auf die Straße zu vollziehen, war eine kleine Erlösung. Manchmal lagen die Dinge dicht beieinander. Es war ja nicht so, dass mich draußen zarter Rosenduft erwartete. Am späten Nachmittag hatten sich alle Hunde dieser Welt schon mindestens einmal vor einen Baum gehockt. Dennoch genoss ich den Fußweg die letzten paar hundert Meter bis nach Hause. Ich lauschte dem gleichmäßigen Takt meiner Schritte und beobachtete das Flirren der Blätter gegen den niveablauen Himmel.

Ich setzte »Pieper, Legende, Auto« gegen Strunz, Mörder und Dobrinski.

Und brachte es immer noch nicht zusammen.

Die ganze Zeit schon spukte ein Satz von Moritz aus dem Park in meinem Kopf herum: »Vielleicht sieht die Welt aus Strunz' Blickwinkel ganz anders aus.« Auf was hätte Strunz aber blicken sollen, was wir bislang nicht in Betracht gezogen hatten?

Strunz war besessen von Tschernowitz. Er sammelte merkwürdige Fälle, mit denen er sich auf der richtigen Spur wähnte. Aber es fehlte etwas, das die Fälle verband. Die Fahrzeuge, die seine mutmaßlichen Täter genutzt hatten, waren sein letzter möglicher Trumpf. Ich würde die großen Autovermietungen kontaktieren, um Strunz' letzte Etappe bei seiner Recherche zu einem Ende zu bringen.

Also noch mal: Wie könnte die Welt aus Strunz' Blickwinkel ausgesehen haben?

Strunz hatte Tschernowitz gesucht. Den er für den Täter hielt. Den er hinter all diesen ungeklärten Geschichten wähnte. Was hatte er gesehen, was wir nicht sahen?

Ich blieb stehen und betrachtete die matten Blätter des Straßenbaums vor mir. Die Sonne blitzte in kurzen Strahlen immer wieder hindurch und blendete mich. Worauf konnte er seinen Blick gerichtet haben, dass ihn jemand deswegen beseitigen wollte?

Ich dachte nach. Ging wieder ein paar Schritte. Dachte weiter nach. Dann blitzte etwas in mir auf. Sofort kehrte ich um und rannte die Straße zurück. Rief nach einem Taxi. Stieg ein. Sah die Stadt an mir vorbeifliegen. Nahm drei Stufen auf einmal. Stürzte in mein Zimmer. Und schmiss den Computer an. Während er hochfuhr, klaubte ich Strunz' Aufzeichnungen zusammen.

Okay.

Loggte mich bei der Deutschen Rentenversicherung über den Zugang der Staatsanwaltschaft ein, beantwortete die Sicherheitsabfrage und schickte meine Anfrage ab. Wenig später fiel die Antwort aus dem Bildschirm: »Tschernowitz, Arthur (geb. 24.9.1920, gest. 16.5.2014)«.

Strunz musste sich der Ursache seines Karrieretraumas ganz nah gefühlt haben: Tschernowitz. Von ihm ausgehend reihten sich die alten sechs Fälle wie an einer Schnur aufgezogen bis heute aneinander. Sein Problem war all die Jahre gewesen, dass er nur hinterherjagen konnte. Jetzt auf einmal musste er Tschernowitz direkt neben sich gespürt haben. Wie nah er ihm gekommen war, hatte er an diesem verhängnisvollen Spätnachmittag erlebt, bevor er von der Empore fiel.

Ich hörte kaum noch Schritte auf den Fluren. Das Gebäude war verlassen. Ich legte die Beine auf den Tisch und dachte über die Facetten der Geschichte nach, die sich da – mit einem Plumps! – in mein Leben gedrängt hatte. Jedenfalls soweit ich sie zu verstehen glaubte.

Tatsächlich ging es nicht um zwei verschiedene Täter – Tschernowitz und Schneider –, sondern nur um einen in zwei Verwandlungen. Strunz hatte das geahnt, nicht aber gewusst, wie dicht er ihm tatsächlich auf den Fersen war. Bis es zu spät war und er die Halle des Kriminalgerichts hinabstürzte.

So könnte es gewesen sein: Als Tschernowitz-Schneiders Mordversuch an Pieper gescheitert war, wusste er, dass die Justiz ihn suchen würde. Er konnte nicht riskieren, enttarnt zu werden. Pieper hatte sich nicht an die Abmachung gehalten und den Bericht über den Skandal an Sanogo verkauft, statt ihn zu veröffentlichen. Der Konzern ließ die Unterlagen im Tresor verschwinden. Tschernowitz alias Schneider alias Wer-auch-immer war bloßgestellt und tauchte unter, ohne seinen Plan vollendet zu haben. Dafür wollte er sich an Pieper rächen. Die Situation war ihm entglitten. Das Attentat schlug fehl, gleichzeitig musste er sich um Strunz kümmern. Dafür suchte er sich Dobrinski aus. Wahrscheinlich gab es eine gewisse Ähnlichkeit. Die Kleidung und der Dienstausweis des Wachtmeisters hatten es ihm ermöglicht, unerkannt in das Gebäude zu gelangen.

Minuten später fiel Strunz.

Die beiden Verfolgerkerle hatten alles aus sicherer Entfernung und mit Wohlwollen beobachtet. Sie interessierten sich ja nur für die Lady.

Jana.

***

Ich verließ als Letzter das Gebäude und nahm mir endlos Zeit für den Rückweg.

Zuerst bemerkte ich ihr Fahrrad. Nachlässig an den Baum gelehnt und nicht angeschlossen. Einen Augenblick später stand sie auch schon vor mir. Das kastanienbraune Haar schimmerte im glasigen Sonnenlicht.

»Hi.«

»Hi.«

»Wie geht's?«

Wie geht's? Was für eine schleimige Begrüßung.

»Du siehst müde aus. Wollen wir was essen gehen?« Sie legte die Hand auf meinen Oberarm. »Das ist alles ganz schön viel, was? Du kannst etwas Abwechslung vertragen.«

Keine Frage, Schatz. Aber ausgerechnet jetzt wollte ich meinen müden Kopf nicht in ihren warmen Schoß legen. Trotz des Kristallblicks und ihrer rotbraun schimmernden Haare. Aber das konnte sie nicht wissen. Ich öffnete die Haustür. Sie glitt an mir vorbei in den kühlen Hausflur hinein.

Jana war wie immer. Kein Wunder. Sie spielte ihre Rolle perfekt. Ich hätte gern allein darüber nachgedacht. Aber ein paar Augenblicke später saß sie auf dem Sofa, ein Glas Orangensaft in der einen Hand. Mit der anderen massierte sie ihren Nacken in gespielter Beiläufigkeit.

Sie trug ihre dunkelblauen Jeans, ein weißes T-Shirt und einen Strickpulli drüber. Unschuldig. Wie beiläufig.

»Ich muss nachdenken.«

Jana zog ihre Füße hoch aufs Sofa und legte den Arm, mit dem sie gerade ihren Nacken massiert hatte, auf die Lehne des Sofas.

»Gut. Lass uns zusammen nachdenken.«

Gut. Können wir als Erstes darüber nachdenken, ob du die eiskalte Gehilfin eines skrupellosen Gangsters, Erpressers, ja sogar eines Mörders bist und es dir in deiner berechnenden Anteilnahme lediglich darum geht, mich auszuhorchen?

»Denken kann man nur allein.«

»Quatsch«, entgegnete sie ebenso prompt wie knapp.

Sie rieb das kühle Glas an ihren Handgelenken und schloss die Augen. »Na, dann pass mal auf«, sagte sie dann. »Strunz hat Selbstmord begangen, das liegt doch auf der Hand. So ein Beamtentyp zerbricht an der Tschernowitz-Geschichte. Er erholt sich nicht davon, weil seine bürgerliche Karriereplanung mit einem Schlag dahin ist. Er fängt an zu trinken und fängt an zu spinnen. Jeden Tag, an dem er sein Büro betritt, wird er wieder und wieder an die Schmach erinnert. Woche für Woche. Jahr für Jahr. Das zehrt. Und nach vielen Jahren auf seinem einsamen Trip durch die Hölle war er am Ende angekommen. In diesem Moment entschloss er sich, das Trauma zu beenden. Er taumelte an diesem Nachmittag, wie in Trance, aus seinem Büro, den Talar nachlässig übergeworfen. Die Lösung lag klar vor ihm. Er sah in die Halle hinab und warf sich über die Brüstung.«

Jana sah mich zufrieden an. Ich hatte sie beobachtet. Aber auch bei der Erwähnung von Tschernowitz hatte ich keine Regung in ihrem Gesicht und kein Zucken eines Fingers entdeckt. Doch das beruhigte mich nicht.

»Jetzt bist du dran«, sagte sie.

Ich zögerte.

»Ich bin nicht dran«, sagte ich schließlich, vielleicht ein wenig zu beleidigt. »Und im Übrigen ist das Unsinn. Verzweiflung ist das eine, sich von der Brüstung zu schmeißen, etwas anderes. Warum ausgerechnet an diesem Tag? Es gab, soweit wir wissen, weder zu Hause noch im Büro ein herausragendes Ereignis, das so etwas erklären könnte.«

»Das Maß war einfach voll«, sagte sie lahm. Gleichzeitig bedeutete sie mir mit ihren beiden offenen Armen, mich zu ihr zu setzen. Das brachte mich nur kurz aus der Fassung. Ich unternahm einen Kompromissversuch, setzte mich ans andere Ende des Sofas und schlug abwehrend die Beine übereinander.

»Nein. So viel Mut hatte Strunz nicht. Er war ein Zauderer. Er steht auf der Empore und stiert in die Tiefe. Wo hätte er den Mut hernehmen sollen, seinem Leben so ein Ende zu setzen? Das widerspricht allem, was ich von ihm weiß. Nein. Er war es nicht selbst. Jemand hat nicht nur nachgeholfen, sondern ihn durch den Stoß ermordet.«

Jana hielt das Glas lässig in der einen Hand, mit Daumen und Zeigefinger der anderen fuhr sie vorsichtig an der Außenseite auf und ab. Dabei sah sie mir geradewegs in die Augen. Ich hielt ihrem Blick stand, bis sie ihn auf den Boden senkte. War das ein Zeichen? Wusste sie, dass ich Bescheid wusste?

»Wir stehen kurz vor der Lösung«, sagte ich schließlich. »Das Einzige, was fehlt, ist ein Motiv. Wenn wir das haben, geht alles ganz schnell. Wir haben sein Leben vor uns ausgebreitet, die alten Fälle durchleuchtet und den letzten auch. Es ist wie Anfang Frühling, wenn das Chlorophyll in die Triebe schießt.«

Jana lachte. »Frühling. Der ist längst vorbei.«

»Ja.«

Leider.

Ich nahm die Fernbedienung und zappte mich durchs Programm, in der stillen Hoffnung, irgendwo ein Fußballspiel zu finden, das mich ablenkte und Janas Lust am Diskutieren erstickte.

»Du bist echt fertig, was? Aber mach dir keine Sorgen, alles wird gut.«

Sie hatte verstanden und stellte das Glas auf den Tisch. Ich ging zur Tür, um sie zu verabschieden. Sie nutzte diesen Moment kurzer Unachtsamkeit geschickt. Als Erstes bemerkte ich den vanilleartigen Geruch ihrer Haut, dann spürte ich ihre Haare auf meiner Schulter. Ich drehte mich um, sie legte einen

Arm um meine Hüfte und zog mich näher heran. Schenkel an Schenkel, Bauch an Bauch, Brust an Brust.

Ihre Lippen umschlossen meine. Öffneten sich. Ich schloss die Augen, die Welt begann sich zu drehen, ich fiel durch sie hindurch, rasend hinab.

Aber ihr Haar roch nicht mehr nach Sommer und Abenteuer.

Und Sehnsucht.

FÜNFZEHN

Der Wecker klingelte minutenlang, bevor mich der Lärm am Ende doch in die Wirklichkeit zerrte. Mein Mund fühlte sich pelzig an, als ich meine Zunge den Gaumen entlangstreichen ließ. Zwei Tassen Kaffee später sah es nicht viel besser aus. Ich zog mich trotzdem an und sah auf die Uhr: vier Uhr fünfzig.

Wir hatten uns um halb sechs am Hauptbahnhof verabredet, weil wir es uns nicht zutrauten, Jana, die wahrscheinlich, nein, sicher sogar, ganz anders hieß, unbemerkt von zu Hause bis zum Bahnhof zu beschatten. Ich war um fünf vor halb da und sah Moritz schon aus der Ferne, halb hinter einer Säule am Washingtonplatz-Eingang versteckt, einen Kaffeebecher in der Hand.

Na, das ging ja gut los.

Vielleicht sollten wir den ganzen Quatsch doch lieber lassen. Oder uns gleich mit einer roten Mütze auf dem Kopf und einem Transparent in der Hand – »Achtung, wir verfolgen die Assistentin des seit Jahren gesuchten Verbrechers Tschernowitz!« – auf den Vorplatz stellen. Ich hatte mich von Anfang an etwas überrumpelt gefühlt. Was für ein Wahnsinnsplan, Jana zu verfolgen und dadurch dem Phantom alias Tschernowitz alias Schneider auf die Schliche zu kommen.

»Da bist du ja«, sagte Moritz.

Wir rauchten stumm eine Zigarette. Meine schmeckte nicht.

»Los jetzt«, sagte Moritz und lief geduckt an der Außenseite des Bahnhofs entlang zum Haupteingang am Europaplatz.

Wir hatten in der Nacht einen Plan entworfen. Wir zwei Anfänger. Er sah vor, dass wir an diesem Morgen am Hauptbahnhof Stellung bezogen und auf Jana warteten. Die Angelegenheit würde sich unendlich komplizieren, wenn sie tatsächlich erschiene.

Jana hatte Moritz erzählt, sie würde mit dem ersten Zug am nächsten Tag nach Hause fahre. Der erste Zug verließ um drei vor sechs den Hauptbahnhof. Die Minuten bis dahin zogen klebrig auf meinem Handy vorbei. Der Vorplatz auf der Rückseite des Bahnhofs blieb fast menschenleer. Fünf Uhr sechsundfünfzig, siebenundfünfzig, achtundfünfzig. Und schließlich war's sechs. Ich atmete auf. Am Ende hatte Jana entschieden, gar nicht zu fahren oder die Mitfahrzentrale zu nehmen.

Oder einfach auszuschlafen.

Ich lehnte mich an die Säule und sah in den Himmel. Meine Zuversicht sank in gleichem Maß, wie die feinen Morgenwolken am Horizont verdunsteten.

Mein Handy klingelte.

»Ja?«

»Sie ist da.«

»Scheiße!«

»Sie fährt mit der Rolltreppe hoch, also in Richtung der Bahnsteige 11 bis 16.«

Ich löste mich von der Säule und ging durch die Drehtür in die Halle des Bahnhofs. Die Geschäfte öffneten zu dieser Stunde. Ich sah junge Frauen in den Uniformen ihres Arbeitgebers die Theken für den Tag vorbereiten. Ich lief zur Rolltreppe ins erste Obergeschoss und rannte sie an Menschen und Koffern vorbei hinauf.

Dort angekommen, suchte ich in dem hektischen Gewimmel nach auffällig roten Haaren. 11 bis 16 also. Sechs Gleise, drei Bahnsteige, je zwei Aufgänge. Moritz da hinten, ich hier vorne. Hatten wir eine Chance?

Ja.

Jana zog einen dieser Reisekoffer hinter sich her, ohne die man heutzutage keine Reise mehr antreten kann. Diese kleinen schwarzen Dinger, mit einem herausziehbaren Griff. Um sich eine Business-Bedeutung zu verleihen. Oder so.

Jetzt setzte die Phase ein, auf die wir nicht vorbereitet waren. Was, wenn sie beim Betreten des Bahnsteigs direkt hinter der Treppe stehen blieb und wir keine Chance hatten, uns an ihr vorbeizumanövrieren?

Jana machte eine kurze Pause, kramte ihren Fahrschein hervor, wohl, um noch mal das Gleis zu prüfen, und betrat dann die Rolltreppe neben dem Virgin-Laden zu den Gleisen 13 und 14. Ich wartete, bis sie oben verschwunden war, und nahm die Treppe, um sofort umdrehen zu können, falls die Gefahr entstehen sollte, dass sie mich entdeckte. Aber ich hatte Glück. Sie war ein ganzes Stück weiter an den Anfang des Bahnsteigs gegangen und hatte sich auf eine Bank gesetzt. Ich entdeckte Moritz hinter mir, der den anderen Aufgang genommen hatte. Wir waren einen Schritt weiter.

Nach einer gefühlten Ewigkeit fuhr der Zug endlich los. Die Gesichter der auf dem Bahnsteig Verbliebenen lösten sich mit zunehmender Geschwindigkeit in fleischige Streifen auf. Ich richtete mich auf meinem Platz ein. Drückte die Jacke ins Netz über mir und schob den Rucksack unter den Sitz.

Wir hatten es uns so gedacht: Wenn Jana irgendwo in einen Waggon einstieg, sollte einer von uns vor ihr und der andere hinter ihr einen Platz suchen. Aber es sollte immer eine Toilette und das Bordrestaurant dazwischenliegen, sodass es zu keiner zufälligen Begegnung mit ihr kommen konnte. An den jeweiligen Haltestellen wollten wir uns an den nächsten Ausgang stellen und sehen, ob sie ausstieg. Das war eine reine Sicherheitsmaßnahme, um sie nicht aus den Augen zu verlieren. Und in ihrer Nähe zu bleiben.

In einem Fernzug durfte man die Tickets zum Glück noch beim Kartenknipser kaufen. Also würden wir erst mal bis Hannover lösen. Danach müssten wir weitersehen. Aber so weit waren wir noch lange nicht.

Wir rollten durch die Stadt. Am Stadtrand wurden die Häuser niedriger, das satte Sommergrün setzte sich gegen die lärmende Stadt durch. Das geschah zum immer gleichen Rhythmus des über die rostigen Schienen rollenden Zuges.

Ich hatte mich in die letzte Reihe des Großraumwagens gesetzt, um alles im Auge zu haben. Im Abteil gab es die üblichen Halbglatzen, die regungslos den Film auf ihrem Laptop verfolgten. Und natürlich die alleinerziehenden Mütter, die ihre kleinen Kinder mit phantasievollen Spielchen zu beschäftigen versuchten. Ihnen Kekse aus der Plastikdose anboten, um damit das Wohlverhalten ihrer Kleinen einzukaufen. Neben mir saßen zwei Reiseprofis, die sich mit Abfahrt des Zuges in ihren Sitz fläzten und sich schlafend stellten.

Ich lehnte mich zurück und schloss die Augen.

Babapp, babapp, babapp. Ich hatte das Gefühl, unendlich schwer in einen unendlich tiefen Raum zu sinken. Jetzt nur nicht einschlafen.

Der Zug nahm Fahrt auf. Die märkischen Felder zogen lautlos vorbei. Der Raps war längst verblüht und stand schlaff im Feld.

Jetzt bloß nicht einschlafen, dachte ich noch ein letztes Mal, bevor sich meine Lider zentnerschwer über den Anblick der Felder senkten.

Babapp, babapp, babapp …

Es gibt so einen mehligen Zustand des Daseins, in dem jeder Willen aus dem Körper weicht. Ein wohliger Strom fließt durch die Muskeln, vor allem die Augenlider. Und macht sie so schwer. Wie leichtes Fieber. Der Schlaf tritt unausweichlich ein.

Das Handy.

»Ja?«

»Hast du sie gesehen?«

Ich brauchte ein paar Sekunden, um zu begreifen, wo ich war.

»Nein.«

»Wo bist du überhaupt? Ich kann dich nicht sehen.«

»Ich … ich hab's verschlafen. Sorry.«

»Verdammt. Pass auf. Ich meld mich gleich.«

Moritz legte auf. Ich sah aus dem Fenster. Ich konnte das Bahnhofsschild nicht lesen. Okay. Eine Stunde Schlaf. Na und? Meine beiden Nachbarn stellten sich weiter schlafend.

»Ja?«

»Sie ist noch da. Mensch, reiß dich zusammen.«

»Klar«, brabbelte ich ins Handy. Aber da hatte Moritz schon wieder aufgelegt.

Babapp, babapp, babapp.

Wir ließen Wolfsburg rechts hinter uns. Dann Hannover. Wir hatten Glück. Jana stieg in Eile aus. Wir hinterher und gleich nebenan in einen Anschlusszug, der offenbar gewartet hatte.

Babapp. Babapp.

Ich stand am Fenster im Gang, um flexibel reagieren zu können. Als am anderen Ende die Waggontür aufzischte und ein Kontrolleur erschien. Nach vorn konnte ich nicht, da irgendwo saß Jana, hinten lauerte die Uniform. Sie näherte sich langsam, überprüfte die Fahrkarten, wechselte manchmal ein paar Worte oder gab Auskunft.

Manchmal scheitern große Pläne an klitzekleinen Details. Unter dem Hitzeschweiß, der sich wie ein Film auf meine Haut gelegt hatte, drängte ein Stressschweiß an die Oberfläche, der sehr viel unangenehmer zu ertragen war.

Die Tür zischte erneut. Ein älterer Mann stürzte in den Waggon, schnappte nach Luft und rief: »Hilfe, Hilfe. Meine Frau. Sie ist in Ohnmacht gefallen.« Er packte den Kontrolleur am Arm. Der wusste nicht, was er unternehmen sollte, er war schließlich kein Arzt. Doch der Alte drängte weiter. Der Zugbegleiter besann sich seiner Verantwortung und folgte ihm zurück.

Die Hitze hatte ausnahmsweise eine erfreuliche Seite gezeigt. Ich atmete tief – und schwer.

Bremen Hauptbahnhof. Als wir hielten, passte ich auf. Es dauerte nicht lange, und ihr kastanienrotbrauner Schopf verließ den Zug. Ich erkannte sie sofort. Erkaltete Lava.

Ich griff meinen Rucksack und sprang aus dem Zug. Moritz wartete, bis ich auf seiner Höhe war, und scherte hinter mir in die Schafherde derjenigen ein, die mit uns ausgestiegen waren.

»Was hat sie vor?«, zischte ich Moritz über die Schulter zu.

Es war nicht schwer, sie im Getümmel aus der Distanz zu verfolgen.

»Keine Ahnung.«

»Und jetzt?«

Ich fühlte ein Kratzen am Kehlkopf. Der ganze schöne, alberne Plan hatte sich wie ein Strahl der Sonne in Nichts aufgelöst.

Es war inzwischen später Vormittag. Wie lange hatte es jetzt schon nicht mehr geregnet? Ich wusste es nicht. Jana eilte zum Ausgang, durch die kleine Halle am Ende hindurch. Draußen stieg sie in einen Bus ein, dessen Motor bereits lief. Vorn stand »Osterholz-Sch.« drauf. Es war nicht dran zu denken, ebenfalls einzusteigen. Wir verbargen uns hinter einem Wartehäuschen. Der Bus fuhr los, Moritz nickte mir zu. Als er an uns vorbeigefahren war, rannten wir zum Taxistand.

»Nach Osterholz-Sch.«, sagte Moritz.

»Wir haben keine Eile, es reicht, wenn Sie in Ruhe dem Bus hinterherfahren.«

Der Taxifahrer musterte uns, sah aber angesichts der beiden blassen Männchen auf dem Rücksitz keine Gefahr für sich und fuhr los.

»Armbeck«, sagte er, als er sich in den Verkehr eingefädelt hatte.

»Nein, Osterholz.«

»Es heißt Osterholz-Scharmbeck, nicht Osterholz-Sch.«

»Ja, klar.«

Der Bus hielt nicht oft. In Bewegung zu sein, war besser, als irgendwo in der Pampa herumzustehen.

»Nicht, dass hier falsche Eindrücke entstehen«, sagte ich, während wir an der ersten Haltestelle darauf warteten, dass es wieder losging. »Wir folgen heimlich einer Freundin, die morgen Geburtstag feiert, und da wollen wir sie überraschen. Wir wissen nur nicht, wo ihre Eltern wohnen, da feiert sie nämlich, deswegen das ganze Verfolgen-Sie-den-Bus-Theater.«

Der Taxifahrer nickte. »Schon klar.«

Er drehte das Radio lauter.

An der dritten Haltestelle stieg sie aus, ohne dass wir noch ein Wort mit unserem Chauffeur gewechselt hätten.

Jana zog ihr Businessköfferchen hinter sich her.

»Was macht das, und wo sind wir hier?«, fragte ich den Fahrer. Moritz war schon ausgestiegen, um Jana nicht aus dem Blick zu verlieren.

»Dreiundzwanzigfünfzig. Scharmbeckstotel. Hier gibt's nicht viel zu feiern, Jungs. Ich würd's mir überlegen.«

Ich zahlte und gab großzügig Trinkgeld.

Jana ging ein paar Meter die Straße hinauf, bog ab und stieg in einen dunklen Wagen mit getönten Scheiben, der auf sie gewartet hatte. Sie öffnete die hintere Tür, warf den Koffer achtlos hinein und setzte sich vorn auf den Beifahrersitz.

Der Wagen fuhr an, bog nach Süden ab und ließ uns allein in Scharmbeckstotel zurück.

»Und nu?«, fragte Moritz, der seinen Elan offenbar irgendwo zwischen Hannover und Bremen verloren hatte.

Ja. Und nun? Wir sahen uns um. Nichts als Backsteinbungalows, dahinter breitete sich das karge Land der norddeutschen Moorlandschaft aus. Kein Mensch auf der Straße.

»Wir machen es wie die Vogelkundler«, sagte ich. Es hatte ja keinen Zweck, jetzt aufzugeben. »Bird by bird.«

Moritz sah mich an, sagte aber nichts.

»Jetzt aufgeben wär doof. Das Auto ist da lang gefahren, also gehen wir da lang und suchen es.«

Moritz folgte mir.

»Und was hat das mit Vogelkunde zu tun?«

Wir gingen ein paar Schritte am Straßenrand entlang und sahen vermutlich aus wie zwei verlorene Tramper auf dem Weg nach Amsterdam.

»Ich hab mal irgendwo gelesen, dass es am Ende eben doch darauf ankommt, den Gipfel zu besteigen. Schritt für Schritt. Bis zum Ende. Entweder es gelingt. Oder eben nicht. Egal. Auch wenn der Berg unbezwingbar erscheint. Weitergehen. Einfach weitergehen. Die Geschichte handelte von einer Biologiestudentin, die die Vogelnamen lernen sollte. Sie saß vor dem Lexikon und zerbrach fast an der Aufgabe. Wie sollte sie alle diese verdammten Namen der verschiedenen Vögel lernen, fragte sie sich. Das erschien aussichtslos. Bis sie mit ihrem Opa darüber sprach. Der nahm sie beiseite, setzte sich zu ihr an den Schreibtisch und flüsterte ihr ins Ohr: ›Du musst anfangen. Von vorn. Das Buch aufschlagen und mit der Nummer eins beginnen. Dann ist es auch schon bald geschafft. Bird by bird. Vogel für Vogel. Einer nach dem anderen. Erst drei, dann fünf. Zehn. Ganz schnell sind es zwanzig. Und auf einmal sind es mehr Vogelnamen, als du jemals dachtest, lernen zu können.‹

So machen wir es auch. Wir gehen jetzt da lang und setzen einen Fuß vor den anderen. Bis wir alle Vögel kennen.«

»Noch kitschiger hast du es nicht drauf?«

Es war kein besonders überzeugender Plan. Aber er hielt uns in Bewegung.

Scharmbeckstotel war wirklich ein Dorf. Nach ein paar Schritten ließen wir das letzte Backsteinhaus hinter uns und marschierten auf der Landstraße einem ungewissen Abend entgegen.

Die wilde Karstlandschaft hatte mich noch nie sonderlich interessiert. Der Weg an den Zuckerrübenfeldern entlang bekräftigte mich darin. Ödnis.

In der Ferne waren die ersten Häuser des nächsten Dorfes zu erkennen. Wenigstens bis dahin sollten wir es schaffen. Um dann neu nachzudenken. Moritz hatte den gleichen Gedanken. Jedenfalls lief er wortlos neben mir her. Der tiefer stehenden Sonne entgegen.

Das neue Dorf fing an, wie Scharmbeckstotel geendet hatte: mit menschenleeren Straßen, gesäumt von schmucklosen Backsteinhäuschen.

Moritz verlangte eine Pause, die ich ihm gern gewährte. Wir setzten uns auf die Straßenpoller an der einzigen Kreuzung des Kaffs. Moritz nahm seinen Rucksack ab, holte eine Trinkflasche heraus, trank, wischte sich den Schweiß von der Stirn und sagte: »Heilige Scheiße. Ich sage nie mehr was gegen Vogelkundler.«

Er nickte mir zu und zeigte mit dem Kopf die eine Straßenflucht entlang.

Ein trostloser Anblick. Eine langweilige Häuserflucht, ab und zu mit Mittelklassewagen vor der Tür. Belanglose Vorgärten. Manche mit Schaukeln an den Apfelbäumen. Und ganz hinten stand er. Der dunkle Wagen mit den getönten Scheiben.

Moritz packte seine Flasche ein, warf seinen Rucksack über den Rücken und ging los.

»Hey. Willst du da jetzt hin und klingeln, oder was?«

Moritz hielt inne.

»Nein. Wir schleichen uns an.«

Ich hatte selten einen blöderen Spruch gehört. Es hörte sich nach Karl May und seinen Schoschonen im Wilden Westen an.

Moritz sah ein, dass es Quatsch war, am helllichten Tag vor dem Haus von – ja, vor wessen Haus standen wir hier eigentlich? – rumzustreunen. Nach kurzer Beratung entschieden wir, ein Stück des Weges zurückzugehen. Wir suchten uns einen Platz etwas abseits der Straße in einem buschigen Hain vor den Toren des Dorfes. Von dem wir trotzdem einen fernen Blick auf das Haus hatten. Wir versteckten uns nicht. Mit unseren Rucksäcken wollten wir wie zwei Wanderer auf Ausflug wirken. Und warten, bis es dunkel wurde.

Das Haus war das letzte in einer Reihe gleichförmiger Einfamilienhäuser. Allerdings war es als einziges weiß angestrichen. Es setzte sich auch nach Sonnenuntergang klar gegen das tiefe Blau des Abendhimmels ab. Im Erdgeschoss brannte Licht. Wir hatten nicht viel gesprochen, bis es endlich so weit war. Hatten unsere Sachen zusammengepackt und uns in Stellung gebracht. Die Straße entlang geduckt, bis wir angekommen waren. Hinter einem Auto auf der anderen Straßenseite hatten wir einen Beobachtungsposten aufgeschlagen. Ich fühlte mich unsichtbar, wie ich so auf dem Boden saß, mit dem Rücken an der Fahrertür lehnend. Moritz neben mir. Drüben tat sich nicht viel. Der Fernseher lief und warf Lichtblitze an die Gardine vor dem Fenster. Selten schob sich ein Schatten durchs Zimmer, wohl auf dem Weg in die Küche, ein neues Getränk holend. Oder zum Pinkeln.

Wir warteten, ich hatte keine Ahnung, worauf.

»Sag mal, Moritz«, sagte ich schließlich. »Ich komm da die ganze Zeit nicht drüber weg.«

Moritz kramte einen Schokoriegel aus seinem Rucksack. Vielleicht auch, um mich nicht ansehen zu müssen.

»Wenn die ganze Geschichte dazu dient, Tschernowitz zu überführen, und er Strunz gekillt hat, weil er ihm nach all den Jahren in die Quere gekommen ist, und er Jana schickt, um die Kontrolle zu behalten …«

»Ja?«

»… dann war die sogenannte Jana abgestellt, um mich im Zweifel ebenfalls um die Ecke zu bringen. Für den Fall, dass ich zu viel herauskriege. Ich hab ja praktisch Strunz' Rolle in der Sache übernommen.«

»Darüber habe ich auch schon nachgedacht.«

»Und?«

Allzu gern hätte ich seine Antwort erfahren. Als sich ein Unterarm um meinen Hals und eine Hand auf meinen Mund legte. Der Arm zog mich nach hinten auf den Boden.

»Schschsch«, zischte eine Stimme direkt neben meinem rechten Ohr.

»Schsch.«

Ich hörte Moritz stöhnen, da, wo er gerade noch mit mir gesprochen hatte. Irgendwo läutete eine Kirchenglocke.

Es war der kleinere der beiden Detektive, die mir das Tauschgeschäft angeboten hatten, der mich nun lautlos innerhalb einer halben Sekunde überwältigte. Sein Kollege hatte Moritz versorgt.

»Überrascht?«, fragte er scheinheilig.

Ich fühlte mich ertappt, wie aus einem Traum gerissen. Und von einer Sekunde auf die andere unendlich erschöpft. Waren sie uns gefolgt? Oder Jana?

»So, und jetzt bitte keine falsche Entscheidung treffen«, mahnte mein Betreuer. »Eigentlich schade, dass es zu keiner Kooperation zwischen uns gekommen ist. So bleibt eine Seite als Verlierer zurück. Das hinterlässt unnötige Wunden.«

Sie bedeuteten uns, aufzustehen. Dass wir unsere geschützte Stellung verließen und vom Haus aus problemlos zu sehen waren, störte sie nicht. Ein weißer Kleinlastwagen fuhr heran, hielt, sodass wir den Blick auf das Haus verloren. Sie öffneten die Heckklappe, lotsten uns hinein und schlossen die Tür hinter uns. Der Wagen fuhr an, um nur wenige Sekunden später wieder anzuhalten. Moritz und ich rumpelten durch den Laderaum. Sie hatten uns aus der Schusslinie gebracht. Irgendwo am Rand abgestellt.

Ich hatte nicht gewusst, wie ohrenbetäubend Stille sein kann. Vor allem inmitten von Schwärze. Moritz neben mir spürte ich nur, zu sehen war er in der hundertprozentigen Dunkelheit nicht. Wie eine Fledermaus, die ihre Umwelt per Echolot vermaß, spürte ich ihn neben mir. Es heißt immer, dass Menschen Blindheit durch die Sensibilisierung anderer Sinne ausgleichen können. Das konnte ich nicht bestätigen. Im Gegenteil: Ich hatte das Gefühl, in einem mit Watte gefüllten Schuhkarton zu sitzen. Sah nichts, fühlte nichts, dachte nichts.

Diese Reise, die wir nie hätten unternehmen sollen, war abrupt gebremst worden. Nach all den Stunden im Zug und auf der Lauer fühlte ich mich kraftlos. In diesem Moment fügte sich das Puzzle zusammen. Ich schloss die Augen und sah das ganze Gemälde. In starken Farben gesetzt und mit kräftigen Schwüngen gezeichnet. Mir schauderte. Diese ganze verdammte Geschichte war von Anfang an eine Falle gewesen. In die ich prompt hineingetappt war. Sie hatten mich geschickt als Lockvogel eingesetzt und mich ohne mein Wissen an die verlockendste Stelle manövriert.

Dummkopf. Das ganze Spiel war eine Nummer zu groß für mich. Meine Überheblichkeit Weber und all den anderen gegenüber war mir peinlich. Immerhin das. Aber was machte das jetzt noch aus? Wie einfach es doch aussah, hier aus der Perspektive eines Regenwurms.

Irgendwann fing ich an zu sprechen. Ich erzählte Moritz, was mir gerade so einfiel. Ich erzählte ihm von unseren gemeinsamen Touren durch die Kneipen und wie viel Spaß mir das gemacht hatte, von meinem merkwürdigen Verhältnis zu Weber und dem Irrgarten der Justiz. Und dass ich mich schuldig fühlte, weil ich ihn da mit hineingezogen hatte.

Es war nicht viel, es war wahrscheinlich absurd, und es spendete keinen Trost, aber so vergewisserte ich mich meiner Existenz.

Moritz war da. Er presste einen ordentlichen Batzen Luft heraus. Sein Atem beruhigte mich.

Jeder bewältigte den Schock auf seine Weise.

Saßen wir jetzt erst Minuten in diesem blöden Laster oder schon Stunden?

Musik tropfte die Innenseite meines Schädels hinab. Es

begann mit hohlen Akkorden, auf die sich später eine träge Melodie legte.

Hope? No Hope.

Das Stück entwickelte sich langsam, die Akkorde schoben sich zu traumhaften Klängen zusammen, die Melodie zerfiel in auf- und absteigende Tonkaskaden. Hoffnung, Hoffnungslosigkeit. Und dazwischen: Verzweiflung.

Ich erinnerte mich daran, wie ich mich als Kind vor der Dunkelheit gefürchtet hatte. Um die bösen Geister zu vertreiben, hatte ich damals ein Ritual erfunden. Ich begann, mir jeden Abend vor dem Einschlafen eine Geschichte zu erzählen. Die Geschichten fingen immer mit denselben Worten an. »Ich fürchte mich nicht in der Dunkelheit. Es gibt keine Gefahr.« So begannen meine Abenteuer jeden Abend aufs Neue, als das Licht in meinem Zimmer ausging und ich mit mir allein war.

Also erzählte ich mir auch jetzt eine Geschichte, eine, die sich mir hier in der Dunkelheit aufdrängte.

Strunz' letzter Fall von der Galerie hatte den rostigen Dieselmotor der Verwaltungsmaschinerie angeschmissen. Einmal in Gang gesetzt, ließ sie sich nicht mehr stoppen. Dieses Monster saugte alles auf, was es kriegen konnte. Und die Arbeiter lieferten Futter. Ganz egal, ob es sich um Schrott handelte oder um den Tod eines Staatsanwaltes. Alles kam rein in die Mühle und wurde verwurstet. Die Juristen saßen dahinter und machten große Wurst daraus. Sie kochten das alles zusammen, rührten um und füllten es portionsgerecht ab. Das sollte ich also lernen: Wurstmachen.

Jetzt verstand ich Weber viel besser. Endlich. Als Herr der Wurstwaren hielt er den Betrieb am Laufen. Es war ihm egal, ob Strunz sich selbst das Leben genommen hatte oder das Opfer eines hinterhältigen Komplotts geworden war. Entscheidend war allein, dass die Wurstmaschine lief.

Zum Kotzen.

Aber alle fraßen weiter.

Am Ende war es aber auch nur der Laderaum eines mittelmäßigen Kleintransporters. Der Wagen war genau für solche Zwecke hergerichtet. Schallisoliert, hermetisch abgeriegelt.

Die beiden Detektive machten das nicht zum ersten Mal. Wir saßen in einer kleinen schwarzen Gummizelle. Wir begannen, die Innenwände abzutasten, die Verblendungen, die Übergänge zwischen Boden- und Seitenflächen, fanden aber keinen Angriffspunkt. Wir trafen uns am Heck, da wo das Schließen der Klappe die Nacht über uns gebracht hatte.

»Hier muss doch ein Schloss sein, ein Spalt, eine Fuge«, sagte ich in das Nichts hinein. Moritz atmete aus, antwortete aber nicht. Unsere suchenden Hände trafen sich auf einer Plastikmanschette.

»Hier!«

»Ja. Hier.«

Moritz schlug mit der Handkante von unten dagegen. Ich von der Seite. Wir hatten keine Ahnung, was wir da taten. Uns trieb der Wille an, etwas zu unternehmen, um in diesem Verlies auf Rädern nicht wahnsinnig zu werden. Auch wenn das bedeutete, mit den Händen gegen eine Plastikmanschette zu klopfen. Auch wenn es nichts brachte.

Ich holte mein Feuerzeug aus der Tasche, entzündete es. Ich hielt die Hand vor die Flamme, um meine Augen nicht zu blenden. Nach einer Weile hatten sie sich an das Licht gewöhnt. Moritz und ich begutachteten unsere ertastete Entdeckung.

Das Teil setzte sich mattschwarz von der Verkleidung ab. In der Mitte gab es eine Aussparung, dahinter glänzte eine kleine Messingscheibe hervor. Wir betrachteten dieses simple System in der Hoffnung, einen Lösungsansatz für unser Problem zu finden.

Aber es kam nichts.

»Verdammt«, rief ich und schlug mit der Faust dagegen. Sofort schoss ein scharfer Schmerz von meinen Fingerknöcheln bis in die Schulter.

Moritz setzte sich auf und lehnte sich an die Heckklappe. Er zog die Beine an und senkte den Kopf tief auf die Brust. Ich bewegte mich nicht. Es herrschte wieder Gedanken lähmende Stille. Derart eindringlich, dass ich das Geräusch fast überhört hätte.

Ritsch.

Und nichts weiter. Vielleicht nur die Idee eines Geräuschs. Eine Hoffnung. Ein Geräusch von der Art, das sich schon tausendmal ins Ohr geschlichen, aber nie festgesetzt hat. Vertraut, aber nicht konkret.

Als Moritz fast eine Rolle rückwärts vollzog.

Gleichzeitig schwemmte eine Welle durchsichtigen Lichts in unseren Kofferraum. Ich zog mich zurück wie eine Spinne, die vom Anschalten des Lichts überrascht wird. Jemand hatte die Heckklappe geöffnet.

Das Erste, an dem ich mich orientieren konnte, war ein kleiner schwarzer Punkt. Dann ein zweiter und ein dritter. Vielleicht war auch ein vierter dabei, ganz weit rechts, aber das sah ich nicht so genau. Moritz schrie auf. Ich hätte nicht gedacht, dass er immer noch so nah bei mir lag.

Um die Flecken herum wurden Schatten sichtbar, die sich zu länglichen Flächen formten. Dann erste Konturen, Farben: Drei Maschinengewehre waren auf uns gerichtet. Schwarz uniformierte Männer hielten die Gewehre, ihre Blicke – das einzig menschlich Sichtbare unter den Sturmhauben – verrieten Entschlossenheit.

Aus dem Hintergrund schob sich ein weiterer Schatten ins Bild.

»Robbie-Junge, was machst du denn hier?«

Ich wurde ihn nicht los. Ich würde ihn nie wieder loswerden.

»Auf eigene Faust so ein Ding zu drehen, wie bist du bloß auf so eine dumme Idee gekommen? Hast du gar nichts gelernt?«

Weber half mir aus dem Wagen. Sie hatten den Lastwagen weg vom Haus ans Ende der Straße gefahren. Wir gingen ein Stück in den Wald hinein. Hinter jedem Baum stand ein Polizist, in großem Ornat, mit Schusswesten, Helmen und allerlei Kleinkram am Gürtel.

»Habt ihr wirklich geglaubt, ihr könnt die Mission zu zweit durchziehen?«, fragte er.

Es lag kein Spott in seiner Stimme, die Worte reichten aus.

»Robbie, das hast du trotzdem sehr gut gemacht«, sagte er dann und wollte mir durch das Haar streichen. Ich zog meinen Kopf zurück.

»Ja, sicher. Die Enttäuschung sitzt jetzt im ersten Moment tief. Das ist ganz normal. Aber denk an unseren kleinen Wettstreit. Er begann nicht erst, als du dich auf die Suche nach einer neuen Spur gemacht hast, sondern lange davor.«

Warum waren Moritz und ich damals nicht einfach im Biergarten sitzen geblieben, hatten das Rauschen der Blätter im Sommerwind genossen und das Heran- und Davonfahren der Mädchen betrachtet? Jetzt waren wir in das Räderwerk des großen Getriebes geraten und hatten uns darin verirrt. Der allumfassende Apparat hatte uns umschlungen und nicht mehr losgelassen. Meine Anstrengung, an Weber vorbei zu glänzen und ihm meine moralische Überlegenheit zu demonstrieren, kam mir nur noch lächerlich vor.

SECHZEHN

Mindestens drei Dutzend Spezialkräfte waren rund um das Haus verteilt, zwei Hubschrauber in der Nähe jederzeit startbereit, weitere Truppen warteten im Hinterland, erklärte Weber.

»Dicker Fisch, großes Besteck.«

Wir sollten uns zurückhalten und im Hintergrund bleiben. Mit Einbruch der Dunkelheit würde es losgehen.

»Habe ich dir nicht gesagt, dass da Musike drin ist? Habe ich es dir nicht gesagt?«

Weber sah zum Haus hinüber. Ich meinte, ein Funkeln in seinen Augen zu erkennen.

Weber nickte, und das Spektakel begann.

Zum Auftakt wurden aus mehreren Richtungen Vogelschrecksalven gezündet und auf der gegenüberliegenden Straßenseite eine Leuchtrakete. Die funkelnde Magnesiumkugel schoss in den nächtlichen Himmel hinein. Der Überraschungseffekt. Danach ging alles sehr schnell. Unsere Leute rannten nach einem offenbar streng festgelegten, aber mir nicht erkennbaren Plan los. In wenigen Sekunden war die Hälfte von ihnen im Haus verschwunden, die andere Hälfte sicherte es von allen vier Seiten. Einsatzwagen fuhren in Stellung. Wo eben noch ein paar Vögel mit leisen Gesängen ihre Nachtruhe eingeläutet hatten, herrschte jetzt Aufruhr.

Der Moment der Wahrheit rückte näher, die Aufklärung des Falles Strunz, das Ende der unheimlichen Serie des Tschernowitz – und die ganze Aufregung drumherum.

Weber ging vor, wir hinterher.

Unsere kleine Prozession kam schnell ins Stocken. Drei breit gepanzerte Polizisten bewachten die Eingangstür und zeigten keine Bereitschaft, ihren Posten auch nur einen Zentimeter für unser Ankommen zu räumen. Sie hatten den Auftrag, den Eingang zu sichern, also sicherten sie den Eingang. Auf Webers Ansprache reagierten sie nicht. Er fand schließlich einen Weg, indem er sich kraftvoll zwischen zwei von ihnen schob und seinen Ausweis zeigte. Er drängelte uns durch.

Es roch scharf, als wir endlich drin waren. Pfeffergasschwaden hingen in der Luft. Jeder Raum war mehrfach gesichert. Erst im dritten Zimmer bewegte sich etwas. Fünf von unseren Leuten knieten in der Ecke auf einem Haufen. Sie ließen davon ab, als sie unser Eintreten bemerkten. Niemand sprach ein Wort. Weber hielt inne. Der Haufen entknäuelte sich. Ich hörte Atemgeräusche, konnte aber nicht unterscheiden, ob sie von Weber stammten oder von da unten kamen. Die undefinierbare Masse in der Ecke bewegte sich, stöhnend. Zwei Gestalten schälten sich aus einer Decke heraus. Sie hatten ordentlich etwas abbekommen. Die Gesichter waren blutverschmiert. Der eine hielt mit einem Arm den anderen an die Rippen gepresst. Sie blinzelten in die ihnen feindlich gegenüberliegende Welt. Jemand schaltete das Licht an.

Kreti und Pleti. Dick und Doof. Es waren die beiden Privatermittler, die uns in den Kleinlaster gesperrt hatten.

Weber erstarrte.

Sein Masterplan hatte anderes vorgesehen. Er schnappte nach Luft. Statt Tschernowitz und Jana befand sich unbedeutender Beifang in seinem Netz. Alles umsonst. Weber glitten die Zügel aus der Hand. Für alle sichtbar, die im Raum standen. Und das Schlimmste in diesem Moment war, dass er nicht zu verstehen schien, warum das so war. Aber wer verstand hier überhaupt etwas?

»Was soll das, wo sind die beiden anderen?«, fragte er schließlich. Niemand bewegte sich. Es war einer jener Momente, in denen die Konturen der Wirklichkeit sich in Adrenalin aufzulösen schienen.

Die beiden Detektive erholten sich langsam. Sie setzten sich auf, prüften ihre Verletzungen und wischten das Blut aus dem Gesicht. Der Kleine zeigte mit dem Finger auf Weber. »Ihr habt es verbockt, mein Gott, ihr habt es in die Scheiße geritten.«

Der andere sah sich um, hob aus der Ecke ein Fernglas vom Boden. Er hielt es Weber hin und zeigte zum Fenster.

»Da! Da drüben zerplatzt der Traum. Da drüben sitzt er. Zusammen mit seiner Komplizin. Sie reiben sich gerade die Tränen aus den Augen. Glückstränen sind das. Weil sie jetzt wissen, welche Dilettanten hinter ihnen her sind, die sich gegenseitig aus dem Rennen nehmen. Sie kommen davon. In diesem Moment. Weber, Sie wollten es allein lösen. Jetzt haben Sie es allein an der Backe.«

Weber zögerte. Er nahm das Fernglas und stellte sich ans Fenster. Es an seine Augen halten wollte er nicht. Er sah es auch so. Im Wald hinter ein paar Bäumen, ein paar hundert Meter entfernt, flimmerte ein Licht in die junge Nacht hinein. Es beleuchtete ein Haus. Weber begriff sofort.

Das Licht im fernen Haus erlosch.

Wir hörten das ferne Jaulen eines Motorrades, als wir endlich ankamen. Der Dachstuhl brannte vollständig, das Feuer hatte sich schnell ausgebreitet. Erste wilde Rauchschwaden drangen unter der Tür durch.

Weber hatte einige Zeit gebraucht, sich zu erholen. Dann hatte er sich an seinen Sportsgeist erinnert, der ihn zum Weitermachen trieb, obwohl die Lage aussichtslos war. Wir eilten planlos hinüber, Teile der Truppe folgten uns, andere blieben ratlos stehen, der Rest packte seine Sachen.

Es gab kein Zurück.

Hinein.

Mich traf der Anblick unvermittelt und daher mit doppelter Kraft. Weber stand mit beiden Schuhen im Blut, Moritz stürzte rückwärts aus dem Haus und erbrach sich. Ich starrte. Und begriff nicht, was ich sah. Konnte es nicht begreifen. Wollte es nicht begreifen. Die Bilder strömten ungefiltert in mein Bewusstsein. Volle Breitseite.

Luft. Ich sog so viel davon ein, wie ich konnte.

Jana. Das Feuer. Das Blut.

Sie lag auf dem Boden in einer Blutlache. Er hatte ihr die Kehle durchtrennt.

Weber stand trotzig im Eingang, deutete mit dem Zeigefinger in das Feuer und stierte in das lodernde Inferno.

»Weiter. Los, los.«

Es sollte wohl eine Rechtfertigung sein.

Ich taumelte aus dem Haus und stolperte die Straße entlang, bis die Hitze des Feuers nicht mehr zu spüren war. Wir hörten die Helikopter starten und sich entfernen.

Tschernowitz war durch den Wald mit einer Motocross-Maschine entkommen. Unter dem Radar hindurch. Und irgendwo abgetaucht.

Weber massierte mit Daumen und Zeigefinger seine Unterlippe.

Einen Moment lang, so schien es, dachte er ans Aufgeben. Eine Sekunde später schüttelte er den Zweifel ab und stürmte in Richtung Wald.

Wir teilten uns auf. Ausgestattet mit grell leuchtenden Scheinwerfern, zogen wir in kleinen Gruppen los. Nachdem die Beute entkommen war, bevor die Falle zuschnappen konnte, schien die Luft aus der Aktion gewesen zu sein. Jetzt lebte sie wieder auf. Mir kam das Bild eines Herzmuskels in den Sinn, der sich erst zusammenzieht, einen Augenblick lang verharrt und sich wieder entspannt. Nach einem Moment des Spannungsabfalls spürte auch ich wieder eine starke Energie überall. Die Jagd ging weiter.

Rauschende Funksprüche, Lichtfetzen und vereinzelte Rufe zerrissen die nächtliche Stille des Waldes. Je tiefer wir in den Wald gerieten, desto verschwommener drangen sie an mein Ohr. Es war eine wilde Hatz ins Nichts, allein geleitet durch die tief in den Boden hineingefrästen Spuren des Motorrades. So nah schien die Auflösung noch vor ein paar Minuten, so fern zeigte sie sich jetzt. Und sie rückte in immer weitere Ferne, je länger wir durch den Wald streiften.

Ein Lichtreflex, der jäh von irgendwo weit vorn zurückprallte, änderte plötzlich alles.

Wir hielten inne. Moritz, der unseren Scheinwerfer hielt, verlangsamte seinen Schritt, um den Strahl besser ausrichten zu können. Dem ersten Reflex folgten jetzt weitere. Stärkere. Das Motorrad lag achtlos beiseitegeworfen auf dem moosigen Boden. Rufe hallten durch das Dunkel, Äste knackten unter schnellen Schritten. Weber war sofort da.

Mit jeder Lampe, die aus den Tiefen der Dunkelheit zu uns stieß, leuchtete der Fundort heller. Wir bildeten einen albernen Halbkreis um diesen Haufen Metall. Niemand wagte sich einen weiteren Schritt vor.

Wir sahen das Motorrad in einem dichten Gestrüpp liegen, daneben irritierende Fußspuren im dunkelbraunen Grund. Erst jetzt bemerkte ich das Flüsschen, das sich kaum einen Meter dahinter seinen Weg durch die undurchdringliche Nacht bahnte. Der Mann, den wir der Einfachheit halber immer noch Tschernowitz nannten, hatte sich einen ausgeklügelten Fluchtplan zurechtgelegt. Während wir mit aller Macht jede Straße, jeden Weg und sogar den Luftraum überwachten, hatte er sein Motorrad gegen ein unscheinbares Boot getauscht, ein Kajak wahrscheinlich, das lautlos durch das seichte Wasser und wirre Gestrüpp gleiten konnte.

»Das war's«, flüsterte Weber in den Wald hinein. »Wir haben ihn.«

Offenbar verbuchte er Tschernowitz' Verlust des schnellen Motorrades zugunsten des langsameren Bootes als Erfolg.

Aber niemand hatte an dieses kleine Flüsschen gedacht.

Moritz stieß mich an und nickte mit dem Kopf das Ufer hinab. Sein Scheinwerferstrahl zielte das undurchsichtige Geäst flussaufwärts entlang. Ich sah Schatten verwinkelter Äste, den reflektierenden Mondschein auf dem schwarzen Wasser.

Wir standen etwas abseits. Der Trupp hatte sich auf das Motorrad gestürzt und durchwühlte den feuchten Sand nach weiteren Spuren.

Und dann das Bündel. Ein Stöhnen drang zu uns herüber, das nur wir beide hörten. Die anderen waren damit beschäftigt, den Fundort zu untersuchen. Weber stand regungslos in der Mitte. Er suchte nach einem Plan, um den vermeintlich zurückgewonnenen Vorteil in einen Erfolg zu verwandeln.

Wir lösten uns von der Gruppe und gingen los, die letzten Meter durch knorrige Äste gebremst, immer dem Schein der Lampe folgend. Ich spürte einen Zweig meine linke Wange entlangkratzen. Dann stand ich vor ihm.

Es war lächerlich. Nach all den Jahren des Versteckspiels,

der Tarnung und der Flucht war Tschernowitz ein Rucksack zum Verhängnis geworden. Die Schnüre eines gottverdammten Rucksacks! Offenbar hatte sich beim hastigen Davonpaddeln ein Riemen im Geäst verhakt. Alle Versuche, sich zu befreien, hatten das Gegenteil bewirkt. Eine Kordel seiner Tarnjacke hatte sich mehrfach um den rechten Arm geschlungen. Der Rucksack war ihm halb den Rücken bis in die Armgelenke hinuntergerutscht und fixierte die Arme in Hüfthöhe. Je mehr er sich dagegen wehrte, desto fester zog sich die Kordel zu. So hing Tschernowitz vor mir, halb im Wasser, halb darüber, eingewickelt und gefangen wie eine Fliege im Spinnennetz.

So endete also ein kriminelles Genie, das die Justiz seit Jahren zum Narren hielt.

Ich sah ihn an, er erwiderte den Blick. Noch immer suchte er, so schien mir, einen Ausweg aus der Falle, in die er sich selbst manövriert hatte. Blut quoll aus der Jacke. Mit seinem freien Arm, ein Messer in der Hand, hatte er entweder versucht, sich aus der Fesselung zu befreien oder sich selbst zu töten, weil er uns nicht den Triumph seiner Festnahme gönnte.

Er atmete schwer, behielt den Blick aber auf mich fixiert. Langsam glitt das Messer aus seinen Händen, klatschte auf die Wasseroberfläche und trudelte hinab.

Ich packte ihn und zog ihn ans Ufer. Er sackte mit einem Keuchen zusammen. Die anderen waren herbeigeeilt und halfen mit.

Weber beugte sich fast liebevoll über Tschernowitz, schob dessen linken Arm unter den Kopf, drückte ihn auf die Seite, betrachtete die Wunde und klopfte ihm aufmunternd auf die Schulter. Er wollte den ganzen Triumph. Und den Mann lebend nach Hause bringen.

Ich setzte mich zu Moritz auf eine Baumwurzel. Wir sprachen nicht, sondern betrachteten die Szene schweigend. Der Hubschrauberlärm versank in der Nacht, die Sanitäter erreichten uns, setzten dem schwer verletzten Tschernowitz eine Infusion und luden ihn auf eine Trage. Anschließend setzten sie sich in Bewegung, bewacht von zehn Kollegen in Kampfmontur, mit Maschinengewehren bewaffnet und argwöhnisch durch das Unterholz dirigiert von Weber, der seinen Fang keine Sekunde aus den Augen ließ.

Ich stand auf. Zu schnell. Der Kreislauf schmierte ab.

***

Geräusche mischten sich ins Schwarze hinein. Erst langsam und von ferne. Aber ansteigend. Das Rauschen wandelte sich in ein Grollen. Mit schärferen Konturen an den Enden. Bedrohlicher als die Wärme davor. Eine starke Kraft zog mich wieder in die Finsternis zurück. In Watte gepackt, wirkten die sich nähernden Stöße wie Wellen eines blaugrünen Meeres bei Vollmond an einer einsamen Küste. Aber es half nichts. Die ersten Wortfetzen drangen durch die schützende Hülle, die nur noch eine dünne Haut war.

Ich öffnete die Augen. Das rechte war verklebt. Beißendes Weiß sprang mir entgegen und warf mich zurück. Ich sehnte mich nach der farblosen Stille zurück, die ich noch wenige Stunden zuvor so verflucht hatte.

Weber. Immer wieder Weber.

Seine Stimme filterte ich aus dem Wirrwarr heraus. Das heißt: Seine Stimme filterte sich immer wieder in mich hinein. Trotz all meiner Bemühungen, sie zu ignorieren. Weber war mein Schicksal. Er gestikulierte, redete, lachte, redete weiter und schlug seinem Sitznachbarn auf die Schulter.

Jemand bemerkte, dass ich das Bewusstsein zurückerlangte. Sie schwiegen. Dann drehte sich Weber zu mir um.

»Da bist du ja wieder.«

Ich wäre lieber weg gewesen. Egal, wo. Nur nicht hier. Wir fuhren in einem Auto. Weber saß auf dem Beifahrersitz, auf der Sitzbank hinter ihm saßen zwei weitere Männer. Zwei schwarze Schatten. Ich lag noch eine Pritsche weiter und sah in den vorbeirauschenden Himmel schräg über mir.

»Erhol dich, Junge. Wir haben eine lange Fahrt vor uns.«

Die Beiläufigkeit seiner Worte verpasste mir den nächsten

Nackenschlag. Ich entschied mich, weiterzudämmern und nicht zu reagieren.

Ich schlief ein und träumte wirres Zeug.

Als ich wieder zu mir kam, hatte sich nichts geändert.

Doch. Ich spürte einen metallenen Geschmack in meinem Mund, der bis in den Rachen hinunterreichte. Und die Beine zitterten nicht mehr.

Ich öffnete die Augen. Ein bisschen.

Die Männer vor mir sahen sich unregelmäßig nach mir um. Gut gelaunt.

»Kommt, lasst ihn zufrieden.«

»Ja.«

Sie konnten es kaum erwarten.

Ein paar Minuten später hatte ich genug Energie gesammelt, um mich dem nächsten Sturm entgegenzustemmen.

»Er ist wach.«

»Ja.«

»Ja, ich bin wach. Und wäre dankbar für einen Schluck zu trinken.«

Einen kurzen Moment noch herrschte Stille.

»Mensch, gebt ihm doch was zu trinken. Der Junge verdurstet ja.«

»Hier. Nimm doch. Er nimmt es nicht. Was soll ich machen?«

Wie hätte ich es nehmen sollen, anderthalb Meter von der mir hingehaltenen Flasche entfernt?

Meine Mitfahrer lachten.

Ich lehnte mich zurück und sah aus dem Fenster.

»Robbie-Junge, das ist eine komplizierte Kiste. Dreckige Erfahrungen im Leben können nicht schaden.«

Ich brachte nicht viel mehr als ein Krächzen heraus. »Und Jana?«

Weber klatschte in die Hände. »Da hast du den richtigen Punkt angesprochen.«

Es wurde ruhig im Wagen.

»Deine kleine Pornoschnute hat alles verändert. Und zwar, als sie bei Strunz aufgetaucht ist. Da schrillten unsere

Alarmglocken. Sie ist der neue Hotshot im Geschäft. Aber wir wussten nicht, was sie vorhat. Also haben wir uns zurückgehalten.«

Ich ahnte, was jetzt kommen würde. Pornoschnute. Geschäft. Die Detektive. Die Treffen im Geheimzimmer. Weber hatte mir die ganze Zeit etwas vorgemacht und mir immer nur die halbe Wahrheit erzählt. Sogar bei Gitti in der Kneipe hatte er sein Spiel weitergetrieben. Ich war die ganze Zeit Webers Laufbursche gewesen. Ein Türöffner wie der Wachtmeister. Nur dass Weber nicht wie Tschernowitz jemanden aus dem Weg hatte räumen wollen und ich im Gegensatz zu Dobrinski noch lebte. Trotzdem hatte er mich schlicht benutzt. Wofür? Um einen Fuß in der Tür des Sanogo-Komplexes zu behalten. Ich war nicht als Ermittler eingesetzt, sondern als Köder ausgeworfen worden, mit dem Weber und seine Truppe endlich an Tschernowitz herankommen sollten. Jana hatte den erhofften Fehler begangen und zugeschnappt. Das war's.

»Dass Strunz dabei ums Leben kam, war bedauerlich. Aber das brachte uns einen Schritt weiter. Wir hatten jetzt eine Ahnung davon, in welche Richtung das Schiff segelte. Dieser Schneider war im Auftrag des Sanogo-Konkurrenten RussVita unterwegs. Eine Firma, die den gleichen Mist wie Sanogo herstellt. Sie hatten Schneider alias Tschernowitz angeheuert, um Sanogo aus dem Geschäft mit den faulen Medikamenten rauszukegeln, damit sie deren Vertrieb in die Entwicklungsländer übernehmen konnten. Dafür stellten sie ihm diese Jana an die Seite. Als klar war, dass er das Ding versägt hatte, ging es nur noch um die Frage, er oder sie. Ich war, ehrlich gesagt, etwas überrascht, dass der Alte die Junge plattgemacht hat. So schnell enden aufstrebende Karrieren. Hat sie denn sonst was draufgehabt? Aber egal.«

Weber dachte kurz nach, ob er etwas vergessen hatte.

»Und ich bin froh darüber, dass mein Robbie-Junge seine Rolle so schön ausgefüllt hat.«

Der Fahrer nickte und suchte nach einem neuen Radiosender.

Es war Zeit für die Nachrichten. Das Wetter. Dann quäkte die erste Meldung aus dem Lautsprecher:

»Frankfurt – Die deutschen Zollbehörden haben einen internationalen Drogenhändlerring gesprengt. Am Frankfurter Flughafen beschlagnahmten die Ermittler zwei Tonnen Hanfprodukte, die als angebliche Vitaminkapseln nach Deutschland geschleust werden sollten. Als Hilfstransport getarnt, brachte die Bande Hilfsgüter nach Afghanistan und schmuggelte Drogen auf dem Rückweg nach Deutschland. Die Behörden nahmen insgesamt zwanzig Verdächtige in Deutschland, Afghanistan und Mazedonien fest, darunter auch den Berliner Georg H., der die Taten bereits gestanden haben soll. Er befindet sich im Zeugenschutzprogramm des Bundeskriminalamtes.«

Immerhin Lleowins Verfassungsschutz-Mission schien erfüllt.

Weber drehte sich um. Wir fuhren in gleichmäßigem Tempo auf der rechten Spur der Autobahn. Kiefernwälder flankierten unseren Weg. Ich hätte gern ihren Duft gerochen und nicht in diesem wahnsinnigen Auto gesessen.

»Der Hurensohn hätte es tatsächlich fast geschafft«, sagte Weber. »Wir haben Strunz unterschätzt. Er war der Schlüssel. Er hat seine eigene Spezialeinheit gebildet und auf der ganzen Welt nach ihm gesucht. Er hatte alles gesammelt, was er finden konnte, von dem er las und das er irgendwie Tschernowitz zuordnen konnte. Verblüffend.«

Weber hatte meine Auszeit genutzt, um sich seinen Sieg zurechtzudeuten.

»Pieper, Legende, Auto«, warf ich ein.

»Genau. Und immer schön mit hartem Bleistift schreiben. An der Legende hat er lange geknabbert. Er war ganz kurz davor, den Fall seines Lebens zu lösen. Aber er hat es nicht mehr bis zur Ziellinie geschafft. Ich hätte es ihm gegönnt, nach all den Jahren. Am Ende haben wir es für ihn erledigt. Stolz?«

Er tätschelte mir albern das Knie.

Webers Worte waren wie Sirup in mein Bewusstsein gesickert.

»Ist das gerecht?«, fragte ich zurück.

»Robbie-Junge. Gerechtigkeit kannst du vorm Jüngsten Gericht erwarten, aber selbst da wäre ich mir nicht so sicher.«

Die Nacht war schrecklich. Erst im Morgengrauen dämmerte ich ein paar Minuten weg: Killerwürste fraßen Eimer voller bunter Tabletten, schwitzende Fußballer jagten fette Gänse durch die Gänge des Justizpalastes.

Irgendwann schreckte ich aus dem Traumchaos auf und schaffte es, mich zu erheben. Ich rauchte eine Zigarette auf dem Balkon. Die Straße lag einsam und still unter mir, in den Fenstern der anderen Wohnungen brannte noch kein Licht. Ich stellte mir vor, wie es wäre, jetzt hier runterzuspringen. Und welche Folgen es hätte. Vor allem für die arme Sau, die da unten gerade entlanglief und der ich rücksichtslos vor die Füße fiele. Ich wusste ja, wie sich das anfühlte. Würde die Wurstmachermaschine genauso zuverlässig anspringen und sich rostig tuckernd durch dieses Leben wälzen, es durchleuchten und akkurat in den Darm pressen?

Aber nein. Ich wollte es in Würde zu Ende bringen, zog mich an und schnürte die Schuhe zu.

In der Morgendämmerung lief ich los, ziellos, gedankenverloren. Und immer wieder tauchten Janas Bilder vor mir auf. Ihre wehenden, duftenden Haare, der Kristallblick – und ihre tote Hülle auf dem Boden des Hauses in der Pampa. Ich wollte nicht daran denken. Meine heimliche Liebe, deren Haar so wundervoll im Licht der Sonne geglänzt hatte, bevor der Sturm über uns hereingebrochen war. Was hätte ich dafür gegeben, sie in meine Arme zu schließen. Immer noch. Nur einmal. Zum Abschied.

Weber schob sich vor die Bilder in meinem Kopf.

»Vergiss sie. Sie ist tot.«

Aber ich vergaß sie nicht. Der Anblick des toten Körpers, den ich so begehrt hatte, in einem Meer aus Blut, hatte sich in meinen Kopf gebrannt. Ich würde ihn nie vergessen.

Ich lief scheinbar ziellos durch die Gegend. Tatsächlich hatte ich mich auf den Ausgangspunkt meiner Ermittlungen zubewegt. Ich bog noch einmal ab, dann stand ich vor Piepers Haustür. Das Klingelschild war abmontiert. Gegenüber lag auch das Lokal des Russen noch im morgendlichen Dämmerschlaf. In der Tür hing ein Schild: »Zu vermieten.«

Also der Russe auch.

SIEBZEHN

Es dauerte ein paar verschämte Wochen und ein albernes Alibi-Ausschreibungsverfahren, bis der General zur Bundesanwaltschaft befördert worden war und Weber an seine Stelle trat. Das Duo hatte sofort erkannt, dass Strunz' letzter Fall ihre Chance war. Sie hatten den Tschernowitz-Komplex, sobald er ihre Behörde erreicht hatte, als Karrieresprungbrett genutzt. Dass Strunz unterwegs ums Leben gekommen war, brachte sie nicht aus der Spur. Sie hatten einfach weitergemacht. Und mich als dummen Jungen für ihre Zwecke missbraucht.

Ich musste dann als Zeuge aussagen. Sie hatten den Prozess in den schönen Verhandlungssaal 700 gelegt. Dahin, wo die Bänke noch wie vor hundert Jahren unter der Last der Zuschauer knarzten und die Angeklagten hinter Sicherheitsglas saßen. Ein Überbleibsel aus den Terroristenprozessen der siebziger Jahre. An jedem Morgen eines Verhandlungstages spuckten die unterirdischen Gänge Tschernowitz dort aus, und jeden Nachmittag schluckten sie ihn wieder. Eskortiert von vier Beamten absolvierte er so den Weg von der U-Haft und zurück.

Ich erzählte die Geschichte so, wie ich sie in Erinnerung hatte. Tschernowitz hatte von Anfang an geschwiegen und tat es bis zum Schluss. Er folgte meiner Aussage regungslos. Danach bin ich noch zwei- oder dreimal hingegangen. Aus Interesse. Tschernowitz, so lernte ich, hieß in Wirklichkeit Ronald Pischl. Das fand ich ein wenig enttäuschend. Es klang im Gegensatz zu Tschernowitz so banal. Er war als kleines Kind mit seiner Familie aus Bayern in die DDR umgesiedelt. Der Vater, ein wackerer sozialistischer Landwirt, hatte im real existierenden Arbeiter- und Bauernstaat die bessere Alternative für sich und seine Familie gesehen.

Doch die Hoffnungen wurden schnell enttäuscht. Die Familie zerfiel. Der Vater kehrte desillusioniert zurück. Die Behörden drängten die Mutter, mit dem Sohn zu bleiben. Auch das geriet zum Fiasko. Die Mutter suchte Zuflucht in Arbeit und Eskapaden, der kleine Ronald begann aufzubegehren. Zuerst zu Hause, dann in der Schule und zum Schluss in aller Öffentlichkeit gegen die verlogene DDR-Wirklichkeit. Auch der berüchtigte Jugendwerkhof Torgau, eine Art Gulag für Jugendliche, die nicht ins System passten – notorisch Aufmüpfige, sogenannte schwer Erziehbare, politisch nicht Genehme und auch Kriminelle – vermochte es nicht, ihn zu brechen und zu zähmen. Die Rebellion hörte nicht auf. Tschernowitz, im Stich gelassen von der Familie und der Gesellschaft, widersetzte sich fortwährend. Es folgten Aushilfsjobs und kleine Haftstrafen.

Schließlich landete er als Hilfsarbeiter beim Pharmazeutischen Kombinat Germed in Dresden. Zunächst als Fahrer, später als Hilfslaborant. Der Konzern beschäftigte sich mit der Synthese von Psychopharmaka. Da war er also schon damals voll im Thema.

Dann fiel die Mauer. Das verhasste System verschwand. Der Hass auf die Menschen blieb.

Er diente sich den neuen Eigentümern an. Niemandem verpflichtet, lieferte er die Informationen, die sie brauchten, um den Laden aufzuräumen. Sie dankten es ihm mit einer Festanstellung.

So wurde er, was er war: ein Menschenfeind.

Und immer schön dran denken: Hinten sind die Gänse fett!

Ich traf Weber noch einmal oben in der Kantine. Ich spürte ihn hinter mir, bevor er mir den Artikel neben den Teller schob und sich neben mich setzte. Er nickte auffordernd, ließ mich aber meinen Teller Nudeln aufessen, bevor er mir eine weitere Lektion erteilte.

»Das interessiert dich bestimmt, das weiß ich, das ist sehr schön«, sagte er mit seinem typischen Grinsen.

Sanogo rühmte sich in dem Artikel, das soziale Engagement in der Stadt auszuweiten. Es gab einen kleinen Festakt mit Stadtrat. Sie gaben das Geld, einen Kinderspielplatz zu renovieren, mit einem Streichelzoo auszustatten und Schatten spendende Kastanien zu pflanzen.

Kinder, Tiere, Bäume – Sanogo orgelte auf allen Registern.

»Sie leisten Ablass«, flüsterte Weber in meinen leeren Teller hinein. Und ohne eine Erwiderung abzuwarten, fuhr er fort: »Verstehst du? Jetzt fängt das Dealen an.«

Ich las den Artikel in Ruhe durch. Der Europa-Chef von Sanogo hatte sich nicht lumpen lassen, das rote Bändchen höchstselbst durchzuschneiden. Der Kinderspielplatz sei nur der Auftakt für eine ganze Serie von Hilfsprojekten. Sanogo wolle die gesellschaftliche Verantwortung wahrnehmen und ein starker Partner des Gemeinwesens sein. Blabla. »Ein goldenes Band der Solidarität knüpfen.«

Aua.

Weber lachte.

»Genauso läuft der Hase. Auch bei uns gibt es ökonomische Zwänge. Stell dir das mal vor, was da alles dranhängt. Um Sanogos Verwicklung gerichtsfest nachzuweisen, müsste eine ganze Horde von Ermittlern um den halben Erdball jagen. Allein schon die Auswertung der Unterlagen aus der Berliner Zentrale würde Monate dauern, dazu kommen Rechtshilfeersuchen in Europa und Afrika. Mindestens. Und dann stänkern die Anwälte rum und torpedieren die Arbeit, wo sie können. Sanogo sitzt natürlich besonders in der Klemme. Monatelang, wahrscheinlich sogar jahrelang mit diesen Vorwürfen in der Öffentlichkeit zu stehen, das kostet sie viel Geld. Und den Ruf zu reparieren, noch einmal genauso viel. Also ermitteln wir ein bisschen auf Sparflamme und schauen mal zu, was so passiert.«

»Und siehe da«, nahm ich die Pointe vorweg, »Sanogo entdeckt sein soziales Gewissen.«

»Siehst du, ich hab doch immer gesagt, dass du ein schlaues Kerlchen bist. Am Ende lohnt es sich für beide Seiten.«

Ich brachte meinen Teller zur Geschirrablage und nickte ihm zum Abschied zu.

Ein letzter Blick aus dem Fenster des Zimmers, das in den vergangenen drei Monaten mein Arbeitsplatz gewesen war. Wie geschmeidig sich die Blätter der Bäume im Wind bewegten.

Das Licht brach sich in ihnen und zauberte ein fulminantes Farbenspiel in die Äste.

Am Ende war nicht viel übrig geblieben. Ich konnte meine Sachen unterm linken Arm hinaustragen. Hinaus in ein neues Leben. Es lagen Schatten über Moabit.

Draußen kühlte der Wind mein Gesicht. Die Wolken zogen sich zusammen und schichteten sich in immer dunkleren Grautönen übereinander.

Endlich. Ich überquerte die Turmstraße, winkte Rimpel kurz durchs Fenster zu und beobachtete, wie die ersten Tropfen auf den staubtrockenen Asphalt platschten. Sie bildeten einzelne Flecken auf dem blassen Grau. Schnell und immer schneller prasselte der Regen auf den ausgehungerten Boden hinab. Die dunkelgrauen Flecken bildeten dunkle Tupfer auf dem verdursteten Untergrund, schufen erst ein konfuses, irrational anmutendes Muster, eroberten nach und nach die ganze Fläche. Bald entstanden erste Pfützen.

Ich verpasste den Moment, als die Wahrnehmung sich umkehrte. Plötzlich suchte ich nach hellgrauen Stellen, wo das Dunkelgrau eben erst pünktchenweise hineingeplatzt war.

Und fand sie nicht mehr.

Ich zog den Kragen hoch und duckte mich unter dem Regen weg.